『十三五』国家重点图书出版规划项目

国家社会科学基金重大项目『中国近代日记文献叙录、整理与研究』

（项目编号：18ZDA259）阶段性研究成果

中国近现代稀见史料丛刊【第八辑】

张剑 徐雁平 彭国忠 主编

使蜀日记 勉喜斋主人日记 浮海日记

（清）周家楣等 著

董晨 整理

本辑执行主编 徐雁平

凤凰出版社

图书在版编目（CIP）数据

使蜀日记　勉喜斋主人日记　浮海日记 / (清) 周家楣等著 ; 董晨整理. -- 南京 : 凤凰出版社, 2021.9
(中国近现代稀见史料丛刊. 第八辑)
ISBN 978-7-5506-3467-1

Ⅰ. ①使… Ⅱ. ①周… ②董… Ⅲ. ①日记一作品集一中国一清代 Ⅳ. ①I264.9

中国版本图书馆CIP数据核字(2021)第147691号

书　　名	使蜀日记　勉喜斋主人日记　浮海日记
著　　者	(清)周家楣 等 著　董　晨 整理
责任编辑	徐珊珊
装帧设计	姜　嵩
出版发行	凤凰出版社(原江苏古籍出版社) 发行部电话025-83223462
出版社地址	江苏省南京市中央路165号,邮编:210009
出版社网址	http://www.fhcbs.com
照　　排	南京凯建文化发展有限公司
印　　刷	江苏凤凰通达印刷有限公司 江苏省南京市六合区冶山镇,邮编:211523
开　　本	880毫米×1230毫米　1/32
印　　张	7
字　　数	182千字
版　　次	2021年9月第1版
印　　次	2021年9月第1次印刷
标准书号	ISBN 978-7-5506-3467-1
定　　价	68.00元

(本书凡印装错误可向承印厂调换,电话:025-57572508)

袁行霈先生题辞

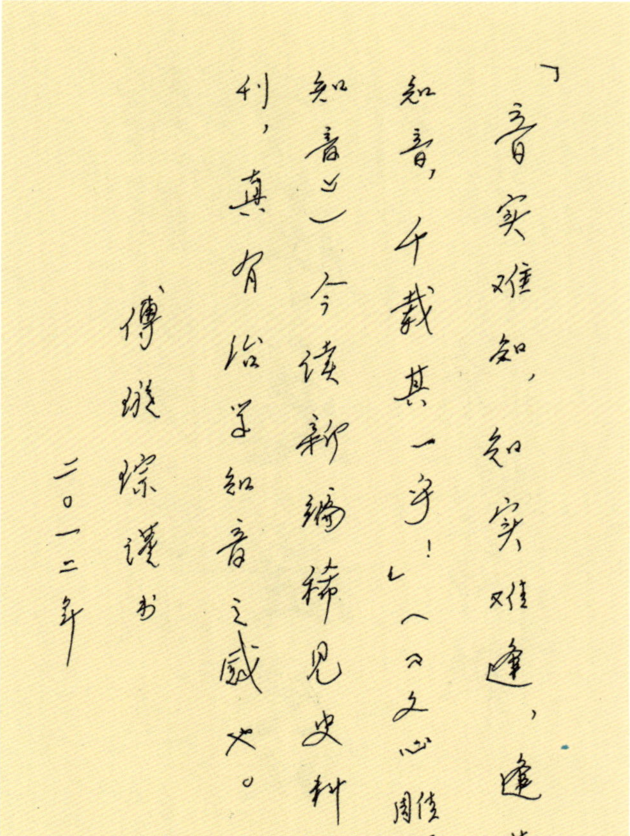
「音实难知，知实难逢，逢其
知音，千载其一乎！」（文心雕龙·
知音）今读新编稀见史料丛
刊，真有治学知音之感也。
傅璇琮谨书
二〇一二年

傅璇琮先生题辞

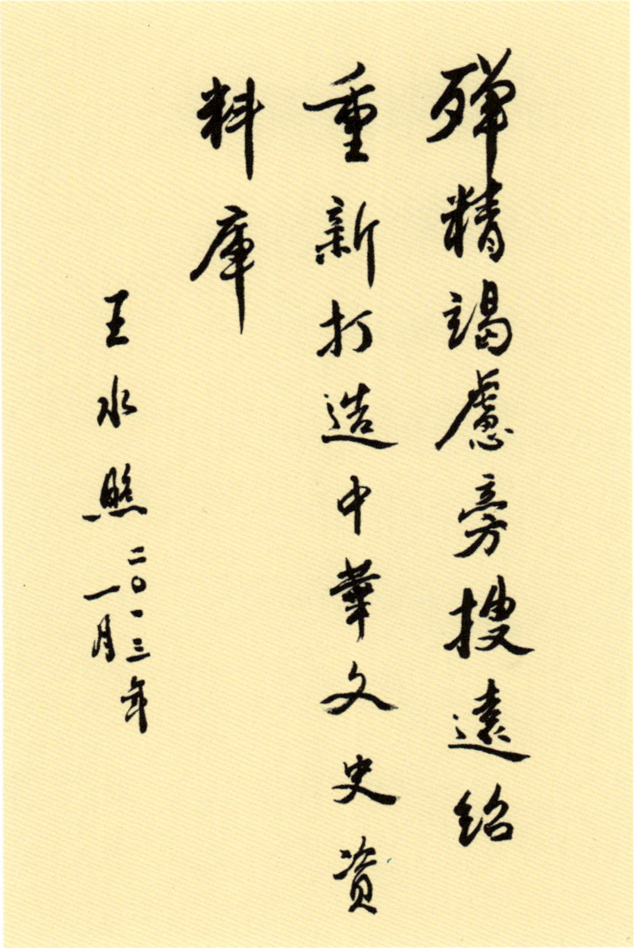

王水照先生题辞

《中国近现代稀见史料丛刊》总序

在世界所有的文明中，中华文明也许可说是“唯一从古代存留至今的文明”（罗素《中国问题》）。她绵延不绝、永葆生机的秘诀何在？袁行霈先生做过很好的总结：“和平、和谐、包容、开明、革新、开放，就是回顾中华文明史所得到的主要启示。凡是大体上处于这种状况的时候，文明就繁荣发展，而当与之背离的时候，文明就会减慢发展的速度甚至停滞不前。”（《中华文明的历史启示》，《北京大学学报》2007 年第 1 期）

但我们也要清醒看到，数千年的中华文明带给我们的并不全是积极遗产，其长时段积累而成的生活方式与价值观具有强大的稳定性，使她在应对挑战时所做的必要革新与转变，相比他者往往显得迟缓和沉重。即使是面对佛教这种柔性的文化进入，也是历经数百年之久才使之彻底完成中国化，成为中华文明的一部分；更不用说遭逢“数千年来未有之变局”、“数千年未有之强敌”（李鸿章《筹议海防折》），“数千年未有之巨劫奇变”（陈寅恪《王观堂先生挽词序》）的中国近现代。晚清至今虽历一百六十余年，但是，足以应对当今世界全方位挑战的新型中华文明还没能最终形成，变动和融合仍在进行。1998 年 6 月 17 日，美国三位前总统（布什、卡特、福特）和二十四位前国务卿、前财政部长、前国防部长、前国家安全顾问致信国会称：“中国注定要在 21 世纪中成为一个伟大的经济和政治强国。”（徐中约著《中国近代史》上册第六版英文版序，香港中文大学 2002 年版）即便如此，我们也不能盲目乐观，认为中华文明已经转型成功，相反，中华文明今天面对的挑战更为复杂和严峻。新型的中华文明到底会怎样呈现，又怎样具体表现或作用于政治、经济、文化等层面，人们还在不断探索。这个问题，我们这一代恐怕无法给出答案。但我们坚信，在历史上曾经灿烂辉煌的中华文明必将凤凰浴火，涅槃重生。这既是数千年已经存在的中华文明发展史告诉我们的经验事实，也是所有为中国文化所化之人应有的信念和责任。

不过，对于近现代这一涉及当代中国合法性的重要历史阶段，我们了解得还过于粗线条。她所遗存下来的史料范围广阔，内容复杂，且有数量庞大且富有价值的稀见史料未被发掘和利用，这不仅会影响到我们对这段历史的全面了解和规律性认识，也会影响到今天中国新型文明和现代化建设对它的科学借鉴。有一则印度谚语如是说："骑在树枝上锯树枝的时候，千万不要锯自己骑着的那一根。"那么，就让我们用自己的专业知识与能力，为承载和养育我们的中华文明做一点有益的事情——这是我们编纂这套《中国近现代稀见史料丛刊》的初衷。

书名中的"近现代"，主要指 1840—1949 年这一时段，但上限并非以一标志性的事件一刀切割，可以适当向前延展，然与所指较为宽泛的包含整个清朝的"近代中国"、"晚期中华帝国"又有所区分。将近现代连为一体，并有意淡化起始的界限，是想表达一种历史的整体观。我们观看社会发展变革的波澜，当然要回看波澜如何生，风从何处来；也要看波澜如何扩散，或为涟漪，或为浪涛。个人的生活记录，与大历史相比，更多地显现出生活的连续。变局中的个体，经历的可能是渐变。《丛刊》期望通过整合多种稀见史料，以个体陈述的方式，从生活、文化、风习、人情等多个层面，重现具有连续性的近现代中国社会。

书名中的"稀见"，只是相对而言。因为随着时代与科技的进步，越来越多的珍本秘籍经影印或数字化方式处理后，真身虽仍"稀见"，化身却成为"可见"。但是，高昂的定价、难辨的字迹、未经标点的文本，仍使其处于专业研究的小众阅读状态。况且尚有大量未被影印或数字化的文献，或流传较少，或未被整合，也造成阅读和利用的不便。因此，《丛刊》侧重选择未被纳入电子数据库的文献，尤欢迎整理那些辨识困难、断句费力、裒合不易或是其他具有难度和挑战性的文献，也欢迎整理那些确有价值但被人们习见思维与眼光所遮蔽的文献，在我们看来，这些文献都可属于“稀见”。

书名中的“史料”，不局限于严格意义上的历史学范畴，举凡日记、书信、奏牍、笔记、诗文集、诗话、词话乃至序跋汇编等，只要是某方面能够反映时代政治、经济、文化特色以及人物生平、思想、性情的文献，都在考虑之列。我们的目的，是想以切实的工作，促进处于秘藏、边缘、零散等状态的史料转化为新型的文献，通过一辑、二辑、三辑……这样的累积性整理，自然地呈现出一种规模与气象，与其他已经整理出版的文献相互关联，形成一个丰茂的文献群，从而揭示在宏大的中国近现代叙事背后，还有很多未被打量过的局部、日常与细节；在主流周边或更远处，还有富于变化的细小溪流；甚至在主流中，还有漩涡，在边缘，还有静止之水。近现代中国是大变革、大痛苦的时代，身处变局中的个体接物处事的伸屈、所思所想的起落，藉纸墨得以留存，这是一个时代的个人记录。此中有文学、文化、生活；也时有动乱、战争、革命。我们整理史料，是提供一种俯首细看的方式，或者一种贴近近现代社会和文化的文本。当然，对这些个人印记明显的史料，也要客观地看待其价值，需要与其他史料联系和比照阅读，减少因个人视角、立场或叙述体裁带来的偏差。

知识皆有其价值和魅力，知识分子也应具有价值关怀和理想追求。清人舒位诗云“名士十年无赖贼”（《金谷园故址》），我们警惕袖手空谈，傲慢指点江山；鲁迅先生诗云“我以我血荐轩辕”（《自题小像》），我们愿意埋头苦干，逐步趋近理想。我们没有奢望这套《丛刊》产生宏大的效果，只是盼望所做的一切，能融合于前贤时彦所做的贡献之中，共同为中华文明的成功转型，适当“缩短和减轻分娩的痛苦”（马克思《资本论》第一卷第一版序言）。

《丛刊》的编纂，得到了诸多前辈、时贤和出版社的大力扶植。袁行霈先生、傅璇琮先生、王水照先生题辞勖勉，周勋初先生来信鼓励，凤凰出版社姜小青总编辑赋予信任，刘跃进先生还慷慨同意将其列入"中华文学史史料学会"重大规划项目，学界其他友好也多有不同形式的帮助……这些，都增添了我们做好这套《丛刊》的信心。必须一提的是，《丛刊》原拟主编四人（张剑、张晖、徐雁平、彭国忠），每位主编负责一辑，周而复始，滚动发展，原计划由张晖负责第四辑，但他尚未正式投入工作即于2013年3月15日赍志而殁，令人抱恨终天，我们将以兢兢业业的工作表达对他的怀念。

《丛刊》的基本整理方式为简体横排和标点（鼓励必要的校释），以期更广泛地传播知识、更好地服务社会。希望我们的工作，得到更多朋友的理解和支持。

2013年4月15日

目　录

前　言

本书共收录三种日记，包括《使蜀日记》《勉喜斋主人日记》《浮海日记》。其中《使蜀日记》抄本、《勉喜斋主人日记》稿本仅藏于中国科学院文献情报中心，十分珍贵。三种日记反映了清末不同文人阶层的生活状态、政治环境，以及先进文人的救国图存用心。

《使蜀日记》为光绪二年(1876)时任太仆寺少卿周家楣赴四川典试乡试途中所写日记。

周家楣(1834—1886)，字小棠，江苏宜兴人，咸丰九年(1859)进士，历任礼部主事、太仆寺少卿、顺天府尹、总理各国事务衙门大臣、礼部侍郎、户部侍郎、吏部侍郎等职，《清史稿》五三六卷有传。周家楣在外交事务及顺天府尹任上功勋最著。他行走总理各国事务衙门二十三年，力主遣使出国，草拟《保护华工条约》，积极筹办海防，持平办理教案，在同治、光绪年间的外交事业上发挥了重要的作用。他先后三次任职顺天府尹，施政有方，体贴民情，在整顿吏治、劝课农桑、赈灾济难、兴文办教等方面皆有建树，并主持修纂了《光绪顺天府志》。周家楣一生文章著述多收于缪荃孙所编《期不负斋全集》中。

《使蜀日记》记事始于光绪二年闰五月二十二日(1876 年 7 月 13 日)周家楣奉旨任四川乡试正考官，终于当年十二月初九日(1877 年 1 月 22 日)面圣复命。其中，六月初九日周家楣与副考官吴观礼启程离京，途经直隶、山西、陕西、四川四省，全程行四千七百八十三里，至八月初二日抵达成都，八月初六日入闱，十二日出闱，九月初十日放榜，十月初三日启程返京，十二月初七日抵京，前后途中行路九千余里，历时三月，期间每日记录典试事宜、行程见闻与交游经历。

此日记的重要史料价值主要表现在三个方面：

其一，《使蜀日记》比较完备地记录了晚晴时期乡试考官的工作流程，内容涉及命题、刻印试题、选派帘官、防范舞弊、阅卷等多方面的事宜，考官与当地官员的配合模式亦记述颇为详细。

其二，《使蜀日记》非常详细地记录了周家楣一行从京师至成都途中所见的地理情况，地名、里程悉数收载，地势之平峻、水流之急缓、城邑之盛衰等皆有描述，途经的古迹、庙宇亦多抄录其碑刻、匾联。

其三，《使蜀日记》呈现了晚晴时期地方政治生态的一些特点。周家楣一行每经一城邑，则记录当地主官的籍贯、入仕途径、任官经历等基本情况，而其往返途中地方官员的变动，于日记中亦有体现。此外，日记中所记载的赠送程仪、准备礼扇等事，亦可见当时的一些官场风俗。

按周家楣之侄周志靖跋文，宣统二年(1910)，周志靖本准备将《使蜀日记》先用活板排印数百本，再徐图刊刻。然而，由于经费不足、事务繁忙以及时代变革等原因，《使蜀日记》最终未得印行。此日记今唯存一绿格抄本，系周志靖手抄，藏于中国科学院文献情报中心，原题《先伯父使蜀日记》，跋中又称《蜀辖日记》，今按封面定题为《使蜀日记》。

《勉喜斋主人日记》，作者自署“希曾”，姓氏不详，日记内又自称“调原”，号勉喜斋主人，祖籍山西，父祖辈时已迁居扬州。希曾生于清咸丰二年(1852)，其祖父于扬州、上海等地任低级官员，同治初年曾暂署泰州新丰盐场事一年余，其父亲廉卿、叔父贞卿皆早逝。希曾于光绪十四年(1888)候补苏州，光绪十六年起任上海货捐局稽查，《勉喜斋主人日记》即记录此间之事。

《勉喜斋主人日记》记事起于光绪十四年八月初一日(1888 年 9 月 6 日)，终于光绪十八年廿五日(1892 年 6 月 19 日)，中缺光绪十六年六月初一日(1889 年 6 月 28 日)至十一月十二日(12 月 4 日)

事。此日记惟有一稿本,藏于中国科学院文献情报中心。

《勉喜斋主人日记》十分详尽地记录了晚清地方候补文官的生活状态。候补官员积压是晚清吏治的突出弊病,大批候补官员难以获得委缺委差,生活困苦,无所事事。希曾候补苏州两年,进项主要为布政、按察二司的月课奖金。按日记所载,光绪十六年五月,希曾于按察使司月课列二等第一名,奖金六千文,他月皆列三等,奖金三四千文,这一收入实难维系其在苏州的生活。故虽有姨母接济,希曾仍常需拆借、典质以周转资金,最困窘时更典去棉袍以勉强度日。因此,求取委差以获得职事收入是希曾致力最勤之事,而其主要途径则为求人请托。光绪十六年底,希曾获往嘉定等县催漕项之差,一路颇得程仪,而主官委差时所问之事,则不过与请托人"系何亲戚",此中风气可见一斑。

在众多的候补官员中,希曾由于其亲戚照拂的缘故亦属幸运。希曾之姨丈为著名学者、藏书家姚觐元,其子姚慰祖亦与希曾过从甚密,并多次委托希曾影抄善本。希曾之姑丈则有以书画篆刻闻名的阮恩高、以词曲著名的钱锡宷。这样的亲族关系使希曾常能与当地文人名士往来交游,并有更多的机会托请差使。这些亲友交际亦于日记中多有体现。

《勉喜斋主人日记》还比较详细地记录了晚清上海缉私官吏的日常工作生活。光绪十六年底,希曾赴任上海货捐局稽查,受委于黄浦江上巡查货船以核验货品捐税,缉拿走私,并间或应付赈济、巡捕等务。这一差使极大改善了希曾的生活,到上海后,他于当差之外日常聚饮听书,"肆行狎邪游",按日记所载,稽查每月之薪有洋四十余元,其中半数寄回家中,然凭所余之资能如此游逸,此差之肥亦已可见。

《勉喜斋主人日记》呈现出了一个晚清下层官吏的生活与心态的样本。在此日记中,多可见希曾对父祖的追慕、对家人的思恋、对亲族的羡艳、求取委差时的焦急、求差不得时的自怨自艾、获任时的风光自得,乃至于在书画间所获的雅趣、对相好之妓的痴迷等。这些不同的形象侧面构成了一个相对立体的完整形象，可为相关研究提供丰富的细节。此外《勉喜斋主人日记》亦对光绪年间苏州、上海等地的市井民俗多有反映，可备参考。

《浮海日记》为光绪二十九年(1903)蒋黼赴日本参观第五回内国劝业博览会，并考察日本教育、实业途中所记。

蒋黼(1866—1911)，字伯斧，又名蒋斧、蒋黻，苏州吴县人，曾任学部二等咨议官，于京师大学堂授小学。生平事迹见罗振玉所撰《学部候补郎中二等咨议官蒋君墓志铭》。蒋黼是有着救亡图存思想的先进学者，对振兴农业、兴办教育最为用心。1896 年，他在上海与罗振玉共同创立"农学社"，并设"农报馆"，办《农学报》，致力于传播农业技术，促进农业变革。1898 年，他又与罗振玉同创"东文学社"，教授日文。1901 年，蒋黼发表儿童修身教材《蒙学初级修身书》，该书后被列为学部检定的四种初等小学修身教科书之一。1905 年，蒋黼在《教育世界》上连载发表了《中国教育史资料》十卷，后又将其单独出版，以《教育史》为题收于《教育丛书》中，该书是中国最早的教育史著作。此外，蒋黼也是敦煌学的先驱之一，他与罗振玉共同编著了《敦煌石室遗书》，并撰写有《摩尼教流行中国考略》等论文。

《浮海日记》记事起于光绪二十九年四月廿五日(1903 年 5 月 21 日)，终于当年六月十九日(8 月 11 日)，其中，四月廿七日(5 月 23 日)蒋黼乘船从上海启程，六月初六日(7 月 29 日)返程抵沪，行程共计六十八日。在日本期间，除多次参观博览会外，蒋黼考察了日本本州、九州和北海道多座城市，参观了多所学校、工厂、农场及其他机构，拜会了众多中日人士。

蒋黼在日期间，考察学校最多，其考察对象以初等教育与实业教育为主，涵盖幼稚园、小学校、初等学校、实业学校等不同类型学校十九所，着重记载学校的建筑规模、办学经费、学制设置、师生构成、科目安排等，对具体的教学活动如唱歌、游戏、运动、行礼等亦有详实的描述。此外，他还勤于询问日本新式教育的发展历程，间或阐发对中国教育问题的思考。

蒋黼此行还考察了日本工业、农业的发展情况，参观了如大阪造币局、佛兰内罗株式会社、静冈制纸工场、前田农场、神户盐田等二十余处实业场所，涉及十余项工农业门类。蒋黼对日本实业发展中运用的新技术、新工艺等记述详备，特别是在考察铸币、造纸、制盐等工厂时，全面地记录了整个制造流程，可见他对发展实业、革新技术的热忱。此外，蒋黼还详尽调查了日本农会的组织机构与发展历程。

赴日期间，与蒋黼同行的有著名实业家张謇，张謇此行写有《癸卯东游日记》，可与《浮海日记》相参照。二人一行拜会了众多日本知名人士，其中与《朝日新闻》执笔西村时彦、小池信美、内藤湖南（同时为著名汉学家）交流最为频繁，而在日交游的中国人则以孙淦、路孝植、王惕斋往来最多。二人每至一处，则与当地的学校校长、工厂厂长、汉学家、中国留学生等相会晤，日记中记录名姓者有百余人。

日记末还附有《记许士泰事》一篇，后单独发表于《农学报》第227号。该文讲述了中国山东农夫许士泰于光绪二年被黑田清隆招至北海道农垦，因勤于垦殖，踏实本业，定居北海道而屡获日本官方嘉奖之事。蒋黼因此感慨："独惜吾国农夫，其朴勤如士泰者，奚啻亿万？使得贤长官以日本之法提倡而奖励之，其所开拓岂止区区一北海道哉？奈何独使许士泰以上农称于日本也。故诠次其事以告有劝农之责者。"此种希求以日本新法改革中国事业的愿望，贯串整部日记。

蒋黼旅日日记现存抄本两种，刻本一种。其中，中国科学院文献情报中心藏蓝格抄本《浮海日记》一册，左侧边栏外题"面城精舍校写"，应系罗振玉使人抄成。复旦大学图书馆藏红、绿格毛装抄本《浮海日记》一册，两抄本只有个别文字差异。另外，中国国家图书馆、日本东京大学东洋文化研究所等皆藏有清光绪间苏州斐韫斋刻本蒋黼《东游日记》，该本前有张祖廉、罗振玉题诗，内容与两抄本差别较大，总体而言，刻本《东游日记》删去了抄本《浮海日记》中日常行程、私人交游等方面的大量内容，而对考察教育、实业的内容则有所补充。可以推断，抄本《浮海日记》应更接近蒋黼在日所写日记的原貌，归国后，或为突出“考察日记”的性质，蒋黼对日记内容进行了增删调整，并另定名为《东游日记》付梓刊行。今以中国科学院文献情报中心藏抄本《浮海日记》为底本，补以国家图书馆藏清光绪间刻本《东游日记》，加以标点整理，应更能呈现蒋黼旅日途中完整的经历见闻。

整理凡例

一、日记所有整理文字原则上使用规范简体字，凡繁体字、异体字、古体字等皆予以简化规范；但凡人名、字号、专名中出现的异体字，仍从其旧。

二、日记正文原年、月、日后增加公元纪年，以圆括号“（ ）”括注其后。

三、日记原稿中原为双行小注的文字，改用小字单行排印。

四、日记原稿中明显的误字、脱字、衍字皆径改；凡需考辨、说明处，皆于当页出校记。

五、日记原稿中空缺、残缺或难辨处，以□表示。若空缺、残缺字数难以确定，以□□□表示。

六、日记原稿中表示敬称的抬头、空格皆予以取消，文字连排。

七、《使蜀日记》中的周志靖识语皆按原稿以小字保留，其所书跋文二则附录于日记之末。

八、《勉喜斋主人日记》中原用苏州码子计数处，皆改写为数字。

九、《浮海日记》中出现日本假名处，以方括号“［ ］”翻译其后，若系人名而汉字写法不可考者则不译。

使蜀日记

周家楣

使蜀日记

（1876 年 7 月 13 日—1877 年 1 月 22 日）

光绪二年闰五月二十二日（1876 年 7 月 13 日） 奉旨：四川正考官着周家楣[①]去，副考官着吴观礼去，钦此。是日同被简命者，湖南潘衍鋆编修、陆润庠修撰、甘肃黄毓恩讲官侍读、胡聘之编修。

二十三日谢恩。折抄后。

四川考官二品顶戴太仆寺少卿臣周家楣跪奏为恭谢天恩事。光绪二年闰五月二十二日，内阁抄出礼部题请四川省考官一本，奉旨：四川正考官着周家楣去等因，钦此。窃臣江介庸材，吴中下士，通籍幸登词馆，簪毫旋值礼曹，洊殿卿班，忝襄冏寺，仰荷生成之高厚，未能称报于涓埃。兹复渥承恩旨，典试四川，闻命之余，悚惶曷既。伏念巴蜀擅山川之秀，贤哲代生，文章与经济相资，鉴衡贵当。臣惟有偕副考官殚忱雠校，矢志公明。久疏蛾术于三余，要无负盟心之素，冀答鸿慈于万一，敢徒夸稽古之荣。所有微臣感激下忱，理合缮折恭谢天恩，伏乞皇太后、皇上圣鉴。谨奏。

二十二日（7 月 13 日） 接军机处交片，于次日寅刻到军机处敬领钦命翻绎题，准礼部文于起行前一日领，至二十三日谢恩。本届福建正考官王芝屏前辈、孙子受宫詹均未召见。亦未奉召见[②]，旋偕甘

---

① 此本为周家楣之侄周志靖所誊写，故“家楣”二字原讳去。下文类似情况皆补出，不一一注释。

② 此句次序疑有误。按闰五月二十五日日记，王綍（王芝屏）为福建副考官。法善《清秘述闻三种》亦记录孙诒经（孙子受）为正考官，王綍为副考官。

肃正考官黄泽臣侍读毓恩，有讲官差。同进大军机房领题，恭王捧授，各大臣肃立等捧授。出隆宗门，暂存朝房，旋诣神武门。因是日上诣大高殿谢降，偕黄于道旁碰头，口奏“臣周家楣等叩谢天恩”。

旋寓，饭后赴恭邸及各师各堂处。恭邸接见，属于试竣速行旋京，无使我等焦盼，并赞考试写作。详询同人子俊太史梗概，谓是浙江名宿，学行纯博，为词苑翘楚。复询：“曾在左营乎？”答：“以闻曾从军保至道员，中进士改令官。”“闻与何子贞有戚乎？”答：“是翁婿。”曰：“然则有名士气乎？”答曰：“是名士，而无名士气。其学问与张香涛同人，亦中正和平。”谒董韫翁，道及从前奉使秦陇，途中须防骤雨发山水，见有天上黑云起，须询土人若何趋避。

二十四日(7月15日) 礼部送《科场条例》来。

二十五日(7月16日) 常郡京僚公饯余及王星鉏农部，繂。农部副福建考官，并请薛黼平观察，福辰。济东泰武临道来京引见者，又请杨简侯前辈，已辞。简老曾任吴藩令，放四川成绵龙茂道。

二十□日 赓臣送兵部勘合来。原缺一字。

六月初一日(7月21日) 夜雨。

初二日(7月22日) 雨，下午雨止。是日为福建考官起行第一日。

初三日(7月23日) 大雨，晚霁。

初四日(7月24日) 晴。子俊兄来，商定初九日卯辰间起行，在长兴店会齐。

初五日(7月25日) 晴。祥和贞高理亭送银票三百两备开发零款。是日致吴慧吟书，以沈师母所荐王泰不同行，仍照同行分赏。又上书高篙渔师，以所荐杜升同上。各先给银二十两。定携同行九人：一老七，余则林喜、陈顺、张福、王玉、计升、刘升、王升，又轿头计二。

初六日(7月26日) 晴。

初七日(7月27日) 晴。

初八日(7月28日) 晴。连日致书诸友作复。前以张溥斋、鲁容生、沈幹仲帮写扇对,各送银十六两。与子俊兄均各备礼扇对一百八十副,以徐挹泉代杨滨石前辈令侄送赏对百分,光缉甫为同乡张送赏对百分,恽少薇为高守吾舍人送赏扇百分,各赠银八两,均喜甚,闻同者只四两云。又俞惕庵笏东送赏对百分,扇五十,送银十两。韩幼芸欲送扇对,托贾韫珊来,说将赏扇、对各十分,请其代写,送六两。凡此皆为旧人,酌稍润色,其实自己亦写不少也。又邵小村荐周新甫写礼扇三十柄,送八两。又玉世兄屡来,称欲送扇对百分,恐其无资,先购,告以已登笔记,作为送扇对百分,差旋尽情,本拟即送,因不知其住址,姑俟冬间也。又常熟言俊生画礼扇十柄,送画四幅,刻名章两方,增银十两。又傅子莼钟麟。是辛亥同年,送赏对约十副;曹镜涛送四扇,刘大亲家代写赏扇对百分,差旋均应酌送。惟有黄人文者,向无丝毫牵系,送对八分,字劣,语不通,闻是姓名常假积作拐骗者,惟既以文墨来,已告立可,渠如来问,给票二十千。函致文文忠世兄,送绋敬五十两,赏郭顺十两,因郭亦求带往也。尚有陈荣送画就纨扇,内有牙柄者一,旋时应尽情。又福年伯世兄甚苦作为,已送应尽情。十月十六日补记。

初九日(7月29日) 晴。一早装驼四,犹不敷,因复添一。轿一、马十二,内引一、包二,兵部官人,余九为从骑。遂迟至巳初。仍先行四十五里到长兴店,时已未初,自尖,俊兄已候多时矣。饭后,同行二十五里,宿良乡城外。县令王松潭差人禀安,系丙午举人、壬戌进士。晚肴,尚可吃,虽不丰,却不臭,惟饭不熟。向县要马十二,两套车,一并加夫,已允。携陶文毅《蜀辅日记》、王渔阳《精华录》、董韫卿《大司农度陇记》备途中考证。

初十日(7月30日) 晴。卯正行,二十五里窦店自尖。将至店,林木阴翳,午蝉齐鸣,郊原旷远,令人意适。过琉璃河,有牌坊曰"宝地津梁"。四十五里宿涿州署,州牧吴履福,行馆晚肴,均洁。专人商托须轿夫四班,初未允,至,再令差门回其主人,允三班半,如果足数，庶无误行程。两日来，自雇三班尚吃力也。作安禀，交轿夫带回。

十一日(7月31日) 晴。四十五里尖高碑店。自涿州至此凡见红莲四五处，近店尤佳，有三义庙。二十五里至定兴，换夫马，穿城过。又十里渡河，宿北河。店殊不堪访，是以三店轮流作馆者。先遣人至县，以本日俊兄轿夫两班，一人称患病逸，三人者即不成班，强令所随轿夫三班先允三班半，其实三班。匀一人凑合，始得达尖所，仍雇一人行。是以俊兄必须按向章实在三班，而自须四班方得行。仆人将此情告县阍，阍以告其主人，已允矣。县令朱公，奉天人，进士。至北河馆，其家人云："实则五班，一三班，一两班也。"缘是，恐误行程，复坚商之，始允如约，未知明日果足此数否。

初九日 欲成一律，未竟，兹补成之：

迢递秦关又蜀关，皇华同咏列仙班。与太史子俊兄同奉试差。宦途最重惟文柄，慈母临行有笑颜。得士总期能报国，出门便许饱看山。帝恩深处炎威淡，夹道鸣蝉绿树间。

北　河

威震三关说六郎，成句。椒山辣手著文章。将军员外同千古，惆怅行人问夕阳。

十二日(8月1日) 晴。热甚，四点钟上程。六十里安肃尖，崔芋翁已于初七日在此相候，一路见红莲甚多，轿夫两下足六班，至尖时仅巳正。安肃所办轿夫不足数，且多逸去者。至七点钟始到保定，宿皇华馆。省城、司道、府县、中军以帖来请安，答之。馆洁，餐精。清苑县邹公，□酉庶常也。原作"癸酉庶常"，或有误，谨空。作安字二号禀，十三日交信局发。

十三日(8月2日) 晴。天明始发清苑。四十五里满城泾阳驿尖。江西胡仁山大令寿嵩。已回任。十五里经方顺桥，又三十里宿望都东关。是日，以保定允给四班轿夫而止见三班，临发，计二不见，随后至，其为折受夫价无疑，拟令计二回京，并斥林喜，林喜力白无他，并责效于次日。县令吴君士铨，林喜旧主也。

十四日(8月3日) 晴。甫晓即发，轿夫确有四班。三十里定州西关尖。州牧李莪亭名璋，辛丑，丙辰。记曾任大兴。二十五里明月店茶尖，又二十五里新安县宿。县令张士吉。原注名误。

十五日(8月4日) 晴。晨起，途多沮洳，过沙河三十里，均多水，入藁城界，始乾平。下有缺。四十五里伏城驿尖，叔延差刘彬来接，持手版，辞之。四十里至正定城，馆于崇因寺，叔延令壮勇并伞及轿夫出城二十里来迎，复来寺相见，同至署中，宿登拜堂。岳母回忆贾夫人去年今日方示微疾，竟尔天上人间矣，到此益增伤感，书联屏。与叔延、何子祥、刁颂臣竟夕谈，并书联条数十纸。又为子祥题帖跋者三。盛肴精室，出城以来所未有也。写安字三号信致立可，代禀，交叔延发。

十六日(8月5日) 晴。叔延令备轿夫各四班，送获鹿，并致信前途，均每日七班。并就中共挑三班送。至出山途中，检点只有六班，林喜回署告知，据复，已责夫头并添备前来。晨行三十里，赵陵铺即赵陀墓。茶尖，因早间叔延已留饭也。三十里获鹿县东关宿，县令俞纬臣来见，并允备夫四班。是夜，见天色欲雨，不胜闷虑。

十七日(8月6日) 雨，巳刻晴。叔延遣人送至获鹿，即令回正，旋又遣人送两班轿夫来，以补昨之未足，仍遣之。雨甚强，行途中险峻陡隘为生平所未见，又值雨中，益不易行。幸至巳刻放晴。是日始用纤揽轿。由土门口过抱犊山麓，逾梁子岭东天门，晴，旋过下安村、上安村，时计四十里，至微水村尖。凡翻轿者十一次，幸未受伤。饭毕，方行，包马行马赶回，据云前已发水，不得渡，遂暂回店。两次遣人骑马往探水势，均云涨溜正甚，不得已，姑宿。候车未至，遣包马回探，回云："在东天门北。"东天门，古名白皮关，又名白石岭，与俊兄登楼纵眺，万山环拱，回视已经之路，犹觉心悸。俊兄云："第四天门更甚也。"关门有关圣庙四五座，又有白面将军祠，为淮阴下赵时，赵关将战死于此者，祀之亦宜矣。扁曰"赵之干城"，对曰"临大节君辱臣死，衔余恨山暝云愁”。老到，对虚尤得法。所住店题壁甚多，有《白香亭》一绝，曰：“真王终是假，赤帝亦虚名。至今微水畔，犹作破军声。”是夕，拟俟次日水下渡河，仍于后日赶至平定州，仍于原拟三日出山，无误也。董司农《度陇记》云此处有石，题曰“汉淮阴侯设背水阵处”。

十八日(8月7日) 阴重，小雨，旋晴。侵晨起，闻微水水退，亟行。初次河夫抬轿达彼岸，二次有渡船。水尚溜急，又抬过一次，凡三十里，井陉尖，县令常喜。三十里入山西平定州界，自皇华驿至此共行直隶境七百八十里，至是始入晋。五里出故关，即北天门，又二里甘桃驿，递到马松圃信，抄致各县奉少相面谕多备轿夫信。又三里固关，又十里槐树铺尖，后共行五十里，宿此。入夜，天阴甚。

十九日(8月8日) 晴，雨。晨起，天已霁，爽行三十里，柏井驿尖。又五十里，平定州城内宿。州牧萧山孔筱亭，名广培。馆丽肴佳。前以微水涨发留半日，至此仍赶半站，照常尖宿，喜无濡滞。适到行馆后，酉刻大雨，旋稍减，至黄昏未息，明日行止未可知也。是日，叔延送山行轿夫，拟遣之回，已四日矣。寄安字四号信。

二十日(8月9日) 阴，即晴。晨起，令计二探雨后涨水若何，因已放晴，一面先行。时已辰正，过凭虚阁，即第四天门，计二已回，称水势无害，放心前进，五十里测石驿尖。盂县令承办供给，易马不易夫，地仍平定属也。盂令赵辅堂。尖已未初，亟于未正行，二十里张净镇，入寿阳界，又十里芹泉驿，换夫，又二十里宿寿阳东关，共行五十里，到行馆已戌正矣。是日，自发平定十里过义井镇后，率皆滩行，或揭或厉，向有七十二渡之称，今计阅四十余处，又多乱石，极难行走，直至在寿城二十里之土岭铺，始较少水石而坡峻路窄，亦多戒心。想王星钼农部今日可到王营，巨舰明窗，直可卧游以达，其劳逸为何如耶！寿令为佛尔国春，辛亥同年，丙辰进士。

口　占

地分燕晋兀雄关，叱驭人行绝险间。四大天门千百岭，星轺稳度太行山。

二十一日(8月10日) 晴。天明发寿阳,五十里太安驿尖,三十五里榆次之什贴镇茶尖,又三十五里王胡镇宿署。榆次县令何才价,甲戌进士,皖人。

二十二日(8月11日) 晴,午后阴,夜雨寸余。四十里永康镇自尖,三十里徐沟县西关宿。近城有水滩,甚阔,滩在城东绕日村之西。以十余人肩之始达岸,殆矣。县令王希濂,闻系拔贡云。缮五次安禀,拟至平遥交祥和贞发,并函致高理庵。

二十三日(8月12日) 晴。卯初发徐沟,过石桥,桥之两旁大树高茂,恰罩桥心如伞,一路平坦,二十里尧城。董《记》曰:"北有坊为古帝尧都,相传尧自涿鹿徙此。"又十里罗村茶尖,地为徐沟及祁交界。又十里贾令镇,董《记》谓叔虞少子封此,曰贾伯,曲沃武公灭之,其后封舅犯之子狐射姑为食邑,谓之贾季,或曰贾辛,为祁大夫,民德之,故名。有召憩亭,甚壮丽。镇极修阔,市廛栉比,第宅崇宏,家有女墙,门图褒鄂。所见有中书第门,楼有三层,极壮伟坚峻之致。闻里绅张姓较著云。又五里为贾令河,已无水,又十五里,共行六十里,祁县城内尖。县令王萼楼,己酉拔贡,由望都教职保荐,历官豫省,今宦此已六年。来拜,谈次谓介休等处有书籍字画,旋时可物色之。董《记》谓邑有书院,院中有祁大夫祠,即祁奚也。尖后未正始行,二十里入平遥界,又三十里,共五十里,平遥城内宿。为古陶地,尧初封于此。县令汪子常守正。来晤,杭人也,精于医,为俊兄诊脉,处方云有痢意,须早治,并赠我自合藿香正气丸。作安字第五号禀,托祥和贞寄京。两邑皆以伞扇旗仗等件来迎。

二十四日(8月13日) 晴。卯初发,二十里桥次村茶尖,又十五里,共三十五里,介休县境介休以介之推退①休得名,又为文潞公故里。张兰镇尖。镇极阔丽,更胜于贾令。夏夫人表兄朱子磋太守时为汾州

---

① "退"字似衍。

府同知，分驻于此，来晤，久谈。午正行，五里下岭后村，有李陵墓及庙，又四十里，共四十五里，介休西门外公馆宿。尖宿皆介令陈怀璋承应。陈为陕人，辛亥同年。公馆有邹一桂花卉四条，赋色工妍，不易得也。馆间壁为唐明皇庙。回思去年今日，贾夫人疾不可为，至夜间两点钟逝，已廿五日。十年相庄，无丝毫违德，今当期丧既满，适以奉命驰驱，并不能向庙中亲营斋奠，尽情一哭，负卿多矣！子常赠肴赠药，轿足四班，皆善其技，并遣家人送至介休而去。

二十五日(8 月 14 日)　廿四日夜雨，至天明晴，本议兼程，因入山复雨，仍按站行。自介休行二十五里入灵石界，灵石界又二十五里两渡镇尖。自尖。尖时雨，将行即晴，三十里灵石北关小水镇宿。县令孙鸿恩已丁忧，典史张慎余代拆代行。出介城十余里即见汾水，驿路所经，左绵山，右汾水，重入山矣。灵石北关小水镇有李卫公庙，在西岳庙内，相传卫公遇虬髯于此。是日为贾夫人忌日，期丧即于是日释，想京中今日当在观音院讽经也。自癸酉至去年今日，妻、儿、儿媳、侄女及鼎弟之妻先后逝世，有不堪回首者矣。

二十六日(8 月 15 日)　晴，雨旋晴。卯刻发，五里坡底镇，路渐陡，登如猱升。至此不见汾水。五里竹竿坂，上有夫妻庙，忽增感触，念贾夫人孝慈婉顺之德及临诀依依凄恋之情，不禁涕洟呜咽。又五里为韩侯岭，上有韩侯墓及庙。十五里自下而上，极峻且窄，较四大天门过之无不及也。

过韩侯岭作

昨从故关来，太息淮阴将略真天才。今陟韩侯岭，当日函侯首至埋山顶。牝鸡一鸣功狗烹，坐令千秋读史心难平。恩怨生死十载间，倘逢地下隆准大度应羞颜。吁嗟乎！人臣功高毋自功，斤斤侯王岂英雄？不然同时三杰士，胡为游从赤松子？朝暾黯淡霏秋烟，行人惆怅重停鞭。挥鞭欲前复回首，指点介山东去犹存绵上田。

五里郭家郭家沟，自上而下亦极可虞，又十五里，共四十里，里数似不符，待考。尖仁义驿，仍灵石县支应。午初行，十里逍遥岭，坡峻路窄，五里老张湾，入霍州境，十五里师庄镇，将至镇之二三里，雨甚大，泥滑险峻，诚危地也。茶尖，停两刻，行，雨止，三十里至霍州城内宿。州牧杨晓潭名立旭来晤，广西马平人，己酉举人，军功保举，选大同县，历官保德、代、辽各州令，补此缺。

二十七日(8月16日) 晴。晨发，杨刺史送于郊。霍山在左，汾水在右，二十五里入赵城界，又二十五里，共五十里，赵城尖。县令黄廷赞，字子襄，皖人。尖后路渐平，城北有赵上卿蔺相如故里碑，十五里界碑，有国士桥，题曰“豫让遗迹”。入洪洞县界，县为晋羊舌氏采邑，三十里洪洞县宿。县令艾绍濂，号镜漪，齐人，其子庆澜，癸酉举人，本科进士。

二十八日(8月17日) 晴，下午阴，仍晴。寅正发，十里左壁村，过皋陶墓，隔五里许有庙，坊额曰“明刑弼教”。又二十里羊獬铺，相传尧时羊生獬豸，故名。又十里入临汾界韩村铺，又二十里，共行六十里，平阳府城尖。临汾县许荣绶，号桂冬。城内残破可怜，何晓枫太守全家殉难处也。尖后十五里尧庙，又十里入襄陵界，又三十里入太平界，又五里，共行六十里，太平之史村驿宿。太平令劳文庆，文毅之胞侄也。是日行一百二十里。

二十九日(8月18日) 晴。寅正发，十里阎店镇，由土峡行，即箕山也。过右义士桥，碑曰“豫让桥”，又十里蒙城驿，入曲沃界，又二十里高显尖，又三十里侯马驿茶尖。曲沃令为金匮张。又二十里入闻喜界，又二十里东镇宿，到行馆已近初更。闻喜令大兴人谢均，由诸生保举令职。自此出山，路皆平坦矣，是日行一百二十里。

七月初一日(8月19日) 晴，午后阴，大风，旋晴。寅正发，三十里闻喜县城茶尖，邑为晋郭璞、宋赵鼎、唐裴氏五房十七相梓里，董《记》谓城内有晋文公故里碑，子孙犹居焉。尖后出西门，见名臣伯益故里及晋郭璞读书处两碑，是日望见中条矣。二十五里入夏县界，又五里义门堡，又十里涑水镇尖。夏县令林本象，己酉拔贡一等，用知县，蜀人也。董《记》谓闻喜十里铺即见水，从东北来，波清溜急，即涑水，出闻喜邑西门，左顾涑流云云。至是有桥，桥下应即涑流矣，而自十里铺至此仅见一处，清流浅洁，桥下有水如小沟所积，今昔不同已如是，足见治水必须证今也。桥畔有宋太师司马温公碑。尖后十五里入安邑界，安，故禹都，又五里王范，见汉龙亭侯蔡伦墓碑，又二十里北相驿宿。是日行一百二十里。安邑令汪庆恩，楚北人，闻已被参云。

初二日(8月20日)　晴，大风。辰初发，五里入猗氏界，又二十五里牛杜镇尖。猗令易均鼎，江西人，辛未进士。二十五里入临晋界，又十五里樊桥驿宿。临晋令杨恩溥，号蔗民，直隶大名人。是日，腹不舒，吃藿香正气丸，不食官菜，其地有司空图故里碑。

初三日(8月21日)　晴，午间雨，旋止，阴。卯初发，二十五里入永济界，永即古蒲阪，又三十五里吕芝尖，十五里坡底镇宿。坡上有普救寺，各村镇均荒凉，非复平、介各邑之稠密矣。邑令洪贞谦之弟洪贞颐，皖人，军功起家，闻是名医。是日腹较泰，尚未照常，仍不食官菜。

初四日(8月22日)　雨，旋晴。卯正发，五十五里匼河尖，地即舜所渔雷泽，在首阳山下，山阴有桃花溪，为李义山故居。连日望中条，倚历山而行，皆坦途，至是稍有沟径。尖后十五里风陵渡，渡黄河。共行山西境一千四百二十里，至是始入秦境。进潼关，武营全队来迎，跪迓于关口，皆辞之。厅办渡船并仪仗全副迎，宿于五省行台。潼关即古桃林，《武成》所云放牛处。同知郎丞为怀来人。是日尖后，华山历历在目矣。

初五日(8月23日)　晴。卯初发，十里杨桥铺，有四知坊、汉太尉杨震墓碑，又二十五里华阴庙尖。华阴县郑庆庄，号镜轩，辛亥同年。七十五里华州宿署，州牧为镇江俞公，号昆崖。是日天无片云，莲花、玉女、落雁诸峰拱列驿左，舆中卷帘饱看，虽未获快登临，而此游亦已豪矣。行一百十里。

晓发途中口占

列雉潼关北，征骅华麓过。雄开秦郡县，俯瞰晋山河。丛树疑村近，奇峰傍驿多。峨嵋应盼我，使节敢蹉跎。本科解元罗钟玉适峨嵋县人，榜后谓先机云。

初二日(8月24日) 晴。寅正发，二十七里赤水镇，董《记》云镇有周孝侯讳[1]。故里坊，志言尝斩蛟以赤此水。今下车寻觅，已无存焉矣。地经兵燹，所见房舍皆新构者，自潼关发后至西安各村镇皆然。口占一绝：

斩蛟神武震戎羌，赤水讹传故里坊。应是征西留碧血，千秋遗恨渭流长。侯因西征致节于此，故及之。

又二十三里渭南县尖，县令张国钧，号子和。尖后六十里为新丰镇，即汉高为太公新筑者，兵燹后半多瓦砾，近经生聚，已成市廛，房宇皆新建。又二十里临潼县宿，县令卫锡恩，字晋蕃，豫省人。是日左倚山麓，右临渭水，山乃华山之巨灵足矣。

初七日(8月25日) 晴。辰初发，循绣岭三十里过灞桥，水已涸，诗曰：

淡荡秋风拂柳条，神京回首路迢遥。离情诗思都撩乱，从古销魂是此桥。

龙王庙稍憩，又十里过浐桥，十里到西安省城。廉访裕、观察沈先差人到灞桥迎接。将及城，谭中丞、蒋方伯、凝学。粮道赵前辈新、盐道周世叔及劳观察、辛亥荫生，论同年。李勤伯同年、两县遣人来接。到馆，方希原、方元仲[2]两同年差人来，贾恺臣叔岳来晤。发安字六号信。泽生廉访来送四肴四点。托俊兄转托沈观察同雇驮子五个。

长安县宋铣、咸宁县罗骧。旅馆甚宽敞而不修饰，所居屋漏透

---

① 所讳字为“处”。

② “李勤伯”“方元仲”，本作“李钦伯”“方缘仲”，据十一月初一日返程时日记及《续修陕西通志稿》改。

光，因移两扇槅于旁。自动身至此，轿夫或六班或五班左右，惟永济、华阴两处竟止四班，永济则令林喜往找两班，华阴途中，一人病不得行，雇一人始抵宿所，如由原路旋，两处皆留意。

初八日(8月26日)　晴。巳初发，各官来送，福同年及叶世兄来拜，未见。昨以轿夫屡累，函请泽生廉访传谕各县，须照章两处六班足夫，真轿夫至是，果有六班前来。旋至近渭滨，轿夫无换班者，不得行。咸阳家人来接，见，回县遣夫来迎，辞之。幸计大回寻夫头，四川人，鞭之，始雇一人，达渭滨，渡河。大令上元马篆斐名毓华来迓，晤于渡船官窗，到行馆，又来晤，情意周挚，馆洁且爽。是日行五十里，自西安行三十里为长安咸阳交界，离省二十里即未央宫故址也，名三桥镇。

初九日(8月27日)　晴。俊兄言刑部主事童健庵德中，壬戌进士。熟悉东三省、西北地势，记此待需用时夹袋。咸阳城北有毕郢，原文、武、成、康、周公、太公及汉高、惠、昭、元四陵皆在焉。是日寅正发，二十五里马跑泉，二十五里尖兴平县。县令王心如，权。甘肃人，甲辰举人，由教职保知县，补此缺。尖后三十里马嵬驿，道右有唐杨贵妃墓，有祠宇数间，墓碑曰“唐元宗贵妃杨氏墓”，有毕秋帆、林文忠题壁诸诗，或碑，或刻石壁间，同俊兄摩挲列碣，观未竟。土人以拓就诗帖全分见赠，酬以资。许学使有匾联，吴学使有匾，似不若题诗为宜也。许曰“莫问华清”，吴曰“月冷佩环”。题诗虽多，惟毕之“若教郭李从西幸，肯舍强藩杀贵妃”，林之“抛得蛾眉安将士，人间从此重生男”为最，余则各有短长矣。俊兄得诗四首，极为阿环开脱，而议论极允，气韵亦深，拟效颦焉。又十里，宿扶风镇，已入武功界。兴平有汉武帝茂陵，汉苏子卿、明康对山皆武功人，有姜嫄祠、后稷祠，即有邰也。是日行程百里而近。

初十日(8月28日)　晴。寅正发，二十里寒镇，二十五里武功县城尖。县令为四川人陈亦茀，肴腆馆洁，昨见其题壁杨妃墓诗，闻由军功保今职。尖后三十里杏林镇茶尖，镇为扶风境。又三十里扶风县宿，县令孙喆，号笠庄，辛亥同年，出城五里相迓，复来行台晤谈，乃自癸丑榜后捐纳分发者，直隶玉田人。城内有班马祠，马援、马融、班彪邑人。城北有苏蕙兰织锦巷。

咏杨妃墓

绣岭苍凉渺佩环，马嵬坡畔土痕斑。李唐陵寝无人问，一角祠堂供阿蛮。

控驭强藩倒太阿，虎狼更奈禄山何。将军底事仇妃子，急着原来失计多。

生殊飞燕啄王孙，死效当熊报至尊。毕竟祸胎何处是，千秋诗笔任评论。

华清东望水犹温，寂寂荒原叩墓门。一树棠梨已零落，斜阳古驿易黄昏。

十一日(8 月 29 日) 晴。寅正发，三十里衣店，三十里至岐山尖。邑令为正定胡晓沧庶常，来迎并晤于行馆，复送于郊。五十里凤翔府宿，定静山太守、祥。蔡和仲大令宗义。及三厅迎于郊，时已初更，复晤于馆。是日行一百十里。

自岐至宝鸡亦可不由凤翔，地五村即向腰店、底店，与岐山令商办可允，广夏奉使即如是。自岐山五里可至蚨儿沟，十五里横水，十里汤坊，十里泗头，十里府城，此地方官所开。又岐山二十里安家渠，二十里地五村，十五里牛旁村，二十里腰店，二十五里底店，三十里宝鸡较捷。底店在汧水旁，汧与渭合，有太公钓鱼处石刻，磻溪相近。

十二日(8 月 30 日) 晴。卯初发，郡、邑、厅送于城阙。六十里底店，涉汧水凡七八，滩已浅，不用渡，从前钟、张奉使曾阻于此。尖于客店，系宝邑所备。三十里中多高坡，至宝鸡县宿，共行九十里。邑令汤铭新，诸暨人，戊辰进士，到行馆久谈。此站车易而挑。

十三日(8 月 31 日) 晴。卯正始发，十五里鱼门铺。过渭河一涉一渡。陶《记》谓十五里益门镇，从此入北栈，十五里羊场铺，或谓即古和尚原，十里二里关，即古大散关，诸葛伐魏出散关围陈仓皆由此。秦中平原止此，从此渐达栈道矣。二十里至二里关，先经窄坡，阔仅二尺余，下临深涧，陡险危隘，真令猿鸟惊疑。望见时意无路可陟，到此身置度外，惟有上仗天子之命，获山神呵护，庶几安度。约里许，始稍宽，以为二里关已过矣，土人西指曰："此即关也。"由下而上较四天门尤壁立，将半，轿忽倾跌，幸未坠，舆人及随仆并力扶掖，方得度。而下坡无路，由乱石中彳亍而过，亦云危矣。又十五里观音堂尖，尖后十里半坡铺，五里煎茶坪，陶《记》谓据大散关之颈，古和尚原当在此。直跻山巅，视诸峰最峻者，咸与之齐。五里东河桥，三十里黄牛堡宿，时已戌正，赖所过村庄有童子持火把前导，然后得达。陶《记》谓尖后路高平第，据其多者言之，亦有下临深沟之处。至是皆宝鸡司驿事。是日轿倾跌者凡三次，幸无恙，行一百五里。

十四日(9月1日) 晴。寅正发，昨询本日所经路平，讵上下坡处极多，四十五里草凉驿尖，为凤县界。尖后五十里，中在高坡转弯处轿又蹶，幸舆夫计大扶掖，连日颇得力。宿凤县署中，县令山西芮城人郭豫轩，名建本，迎于郊，城门犹堵其半，想当日为防守计也。东城外见唐果老栖隐碑，陶《记》云："自此循栈道故道，水行岩栈间。"行九十五里。

十五日(9月2日) 晴。卯初发，郭公送于郊，即跻凤岭，相传为凤鸣岐山处。上岭极陡峻，而路尚宽，至巅有朝阳寺及吴涪王信王祠。吴璘驻兵和尚原，玠驻河池，于凤县西一百里之仙人关建杀金坪，故祀之。下岭极陡，皆乱石，较二里关数倍之。十五里心红峡，十五里三岔驿尖。尖后三十里路较宽坦，树木丛茂，清流潺湲，屡见水碓，皆当涧流总汇处，上置板屋，下安巨轮以水激轮用作碓具，即我中国向有机器也。间有上下坡，尚不甚险，宿柟字本□[①]，私讳，用柟字代。星驿，始入留坝厅界。署同知杨公，湖北人，借东升店作馆，壁间有留侯祠诗，笔极夭矫，曰："子房锥秦秦不死，怀书走谒赤帝子。大仇既

---

① 所讳字为"枏"。

复仕可止，可止不止亡臣耻。明哲保身犹后耳。君不见，千秋巨笔朱紫阳，大书特书韩张良。一去何曾事汉王，赤松黄石皆杳茫。”昨见壁间谒吴涪王信王祠诗曰：“百战勋名弟与兄，煎茶坪接杀金坪。顺昌共壮旌旗色，京口遥联桴鼓声。南渡一时多上将，西川半壁倚长城。千秋伯仲同禋祀，凭吊翻伤手足情。”自咸阳以上所过各村镇地名，因有董《记》已详，未赘录，咸阳而下约略循陶《记》书之。俊兄更备询土人，证以舆夫换班，五里一换。得其里数，兹照录之以备考证：

发咸阳十五里十五里铺，十里马跑泉，有村有堡，堡西入兴平界。二十五里兴平县，行馆在西关，自东关外墩台至馆约五里，尖，五里十里铺，五里关帝庙，十里板桥，十里马嵬坡，坡西即入武功界。十五里武功东扶风镇，五里镇西墩台，十里闻里窑，五里克成铺，五里小韩店西墩台五里大韩店，五里关帝庙，二里武功东坡头，下坡约七里涉漆水至武功县，十三里许十五里铺。武功扶风交界、陕省界石均相接，不似山右相去数里也。十五里杏林镇，镇有堡，五里郎店坡，五里郎店沟，逾沟，五里余扶风县，五里五里铺，十里十五里铺，五里二十里铺，五里扶风岐山交界。五里益店，十里马尾沟，十里砚瓦沟，十里岐山县，五里蚨儿沟，十五里横水镇，入凤翔界。十里汤坊，十里泗头，十里凤翔，五里五里铺，五里十里铺，二十里连村，入宝鸡界。三十里底店，三十里宝鸡县，渡渭，十五里益门镇，入北栈，十五里军杨镇，俗呼杨家湾，十里二里关，即大散关，十五里观音堂，上岭，十里半坡铺，五里煎茶坪，五里东河桥，即东河驵，五里堆子卡，五里周家庄，五里蛇浦桥，十五里黄牛堡，十里北新镇，五里长桥，十里红花铺，七里普乐寨，八里草凉驿，入汉中府凤县界。十五里五里台，十五里白家店，五里王家台子，五里石门关，险要。十里金沙湾，五里白石铺，十里涉故道水至凤县，出城上坡五里马连潭，五里十里牌，五里雁洞沟，五里凤岭顶，五里烂泥池，五里新红铺，五里新江峡，五里高坡子，十里三岔驿，十里废丘关，又名留凤关，十五里鹰扬铺，五里司马桥，五里到驵，行八十五里。

陶《记》云："栈道之出有四，从成和堦出者为沓中阴平道，邓艾伐蜀由之；从两当凤县出者为故道，汉高攻雍由之；从褒城留坝以达凤县者为连云栈，汉高之南郑由之；从城固洋县出者为斜骆道，武侯屯渭上由之。故道、连云栈至凤县合路，同出宝鸡，韩侯明修栈道暗度陈仓，所修者，凤县至和尚原之道，而暗率精兵由两当至此，缘山路直出益门耳。"夜间约四更，雷雨交作，至次日天明未息。

十六日(9月3日) 先雨，旋止，复晴。辰刻雨势较小，冒雨行。五里连云寺，道右有径，缘涧而止，鸟道一线，即古陈仓沟。幸巳雨止，五里石河铺，十里鱼鳞铺，十二里松林驲，八里高桥铺，上坡七里柴关岭，当紫柏山腰，下坡极陡险。八里庙台子，旧有庙祀黄石公、留侯，道光间有都门白云观道士至此，增建殿宇、廊舍，环莳竹木，山后造授书楼，极雅敞，石刻及联匾甚多。山之前后，触鼻闻药香，舆人民壮，到此人人有欲登仙之意。记阳湖吕曼叔一联云："状貌如一好女子，乃得鹿也；出处系两真神仙，其犹龙乎？"道人献茶献果，殊殷勤，余与俊兄各书一联酬之。俊联云："所愿授书多将相，好从辟谷学神仙"。寓意极大。余所书为"无数青山绕廊槛，来餐紫柏便神仙"。因已未正，亟欲赶宿程，未及游览。尖后八里枣木楠，七里桃园铺，十里乱石铺，十里小留坝，十里渡留河，至留坝。杨笔臣司马，鄂之郧人，名吉云，增贡。迓于城外，就丞署为行馆。自尖后，较多平坦处，到署尚未昏也，行九十五里。

十七日(9月4日) 前夜二更即雨，旋止旋雨，至天明未晴。卯正，冒雨行，行后初阴旋晴，过笔臣新建紫柏书院，厅未设学，生童分隶凤、褒两县。

出东门五里大滩，五里画眉关，俗讹"黄泥关"，五里青羊铺，五里新开岭麓，五里青龙寺，三里八里关，自青羊至此为八里也，又名红蛇庙。二里南河口，五里老驲，又名江窝子，五里今武关驲，五里，共四十五里，尖。武关有碑曰"古武休关"。尖后渡河，上崖即入褒城界，青羊水出紫关岭，在留为留河，在褒为褒河。五里铁佛殿，五里焦崖，五里飞仙沟，半坡十里武曲驿，五里滴水崖，五里凉水泉，五里韭菜坝，五里樊河桥，相传桥为樊哙所造，萧何追韩信至此，道旁有碑。过桥，花马道宿，就旅店作行馆。方新购樊河桥，以四大练横亘两岸，铺以木板，行过半，桥忽摇曳，令舆人安步达岸。是日有四川贡院剃头人来接，请随行，不纳。日历马鞍岭，凡二十四登，下殊劳险，尤峻者，尖以前画眉关，次新开岭、八里关，尖后飞仙沟、滴水崖，次焦崖，较之太行山，已过二十四天门矣，幸雨水未成，否则危矣。行九十里。

十八日(9月5日) 早起见浓云密布，卯初登程，略露晴霭。循河行，五里凉水泉，二里七里店，三里八十三阆，一里关帝庙，四里仙人沟，五里二十里铺。方辰初，细雨廉纤，日光亦时露，正踌躇间，雨已止，五里十里铺，五里青桥铺，三里过铁炼桥，尖青桥河。尖后二里始为青桥驲，五里木龙沟，五里观音扁，本名阎王扁，贾中丞开道改今名，新修有卧龙桥碑，俗名"八个碑"。五里土桥子，二里半褒姒铺，想即褒姒生里，俗称"包子铺"。二里半骆驼巷，五里过沙河，五里土关铺，即七盘岭麓，二里半将军铺，二里半天心桥，八里上鸡头关。先由天心桥层层峻岭盘曲而上，至巅有关帝庙、白石神祠，俗称"土地祠"，颂德之碑不下数百。对岸有白石小庙，见一线坡路横亘盘旋，由平地直达庙前。白石神君碑为汉碑中佳品之一，当即在此，未及寻觅。七里下岭，坡经修筑，极宽坦，忘其峻险矣，仿佛见钱唐濮贻孙八分书碑，当是叙述修道之由。在岭巅见汉中府城，约略望及蜀中山岩城郭。自入栈道，二里关前之窄坡为险隘最，此关为险峻最，诚壮游亦危境也。是日行九十里，褒令张得五，甘肃人，己未乡科，迎于城外，到馆来晤。至白石祠，有一老学究具衣冠禀词叩诉，系四川人，在此教读，东人欠学脩不还，乞为清理。告以奉命典试，他事丝毫不得与闻，生是蜀人，尤应回避，未便接晤，劝令之去。

十九日(9月6日) 早起浓云密布，旋雨，至辰初未止，冒雨行。是日所过为平原坦道，陶谓"数历栈道崎岖，到此疑是桃源"，惟雨中泥滑，轿蹶一次。出城西行五里洪毛寨，又呼红苗寨，二里半柴寨，五里金寨，二里半慈姑岭，时雨霁。五里老道寺，五里老池，五里鸡寨，五里牛寨，五里新街，街东为褒城、南郑县交界。五里过李子围，至南郑西界，有桥入沔县界，五里黄沙黄河，二里黄沙驿尖。尖后约一里出街，折而北，又西北行，循沔西上十二里柳树营，七里沙河厂，三里旧州铺，五里三官堂，五里菜园子，七里过诸葛武侯祠墓。陶《记》云马超墓亦在此，定军山去此十里，因邑令孙鼎臣名铭钟来迓，未及谒祠，遂至东关宿。沔水在城外，孙令来见，孔莱翁来晤，并送菜。行九十五里。

《蜀志》"建兴十年，丞相亮休士于黄沙，作木牛流马"，即此。刘先主初立为汉中王，即位在沙河。

二十日(9月7日)　阴，未刻雨，旋晴。早间夫未集，至卯正始发。入东门，出西门循河行五里七里边，五里五里湾，西南行五里土关铺，五里黄岭峡，十里渡沮水，五里过街路，五里游风湾东柳树下，五里青铺湾，过土坡即蔡坝，尖。尖后涉洞水，循漾水西上二里许，入山凹，计五里至冷淘坊，五里龙王庙，五里青羊驿，三里甘家桥，二里板庙子。雨即霁，五里金头铺，过溪河，入宁羌州界。五里石窝居，复循漾浒而西，十里桑树湾，五里太安驿，所历虽有上上坡及临河可惴之处，尚非险境，明日又入栈道矣。陶《记》谓广元始再入栈。宁羌州牧何星桥刺史，福奎。辛亥同年，遣人备宿站。行九十二里。

俊兄见和登程之作录此

军帷犹记驻潼关，使节新陪同班。敢诩筹边原合志，先期得士尽欢颜。梦魂常绕觚棱月，眼界须收栈道山。私庆倚闾慈母健，回头同望白云间。

俊兄马嵬坡诗

翠匐匆匆到马嵬，梨花落尽佛堂开。如何龙武随西幸，却似韩擒铁骑来。

华清歌舞悦宸颜，国是何劳罪玉环。但视前星耀灵武，未应女祸例骊山。

南内伤心镇泪垂，荒坡一窾死生离。泰陵割爱虚妃寝，凄绝当年荐荔枝。

古驿斜阳静掩扃，海山何用访仙灵。天生香土矜幽魄，差比明妃冢独青。

二十一日(9月8日) 晴。卯初发，是日发安字第七号禀，于傍晚托何星桥[①]同年寄京，属寿萱兄送交。由大安驿出堡门，过桥，五里锁堡沟，水入漾，涉水，五里烈金坝。陶《记》谓西望可见嶓冢，土人谓之汉源山，漾水所出，即金牛峡之水也。又涉水，循漾而上，西去为阳平关，大路西北通甘肃成县，东南通四川顺庆，为陇蜀通津。五里斩龙义，稍西涉漾而南，约四里许，又涉而西南，半里许又涉而南，里许又涉而西，计十里至土地庙。里许涉南岸，又涉而西，二里许又涉而西南，水如沟，计五里至宽川铺。过板桥，又过桥，过石崖而南，桥下漾如带，多大石，最后过栈桥而西，计五里至线坝。五里至二道梁，陶《记》谓宽川铺五里入五丁峡，即金牛峡，土人谓线坝非五丁峡，过二道梁后，奇石耸起，俗呼"空欢喜"，似五丁峡在此。五里至五丁关，舆中见石上刻"泛珠泉"及"洞云溪月"，一路水从石际流出，滴沥不断。下坡五里猪市街，五里滴水铺尖，五里菩提沟，五里五里坡，五里冷塘坊，五里白莲驿，十里宁羌州，宿北关，星桥来晤。广元县关中刘金溪，名铣，己未举人，庚申进士，遣丁来接。行八十五里。

先在凤县，察出自长安至凤各地方官应付驮价，凤县以后，如留坝、如沔皆面告丞令各驮皆自雇，毋庸应付，令家人等将所收各件缴上，俟抵蜀后寄陕中沈观察交还。何刺史专差门送到银两，当即明告之故，退还去。因明日入蜀，首站申戒家人切勿需索。

---

① 本作"何星楼"。七月二十日日记作"何星桥刺史，福奎"，从"福奎"一名看，当以"星桥"为信。按《[民国]宝鸡县志》亦作"何福奎，字星桥"，二十一、二十二两日日记皆据改"星桥"。

二十二日(9月9日)　阴。午微雨，即止。卯正发，星桥送于郊，循城西而南，未入城。陶《记》："宁羌本沔地，明置卫，后升为州，古白马氐羌所居，城据白马山羊鹿坪。洄水自固牢关来，绕城，东入沔。"半里许涉洄水，计五里至高家坪，七里七里坝，三里碾盘石，五里逾界牌沟，凿石如峡，非州界，或旧名也。五里黄泥岭，里许过观音堂，计五里至洄水铺尖。五里水仙铺，五里牢固关，即百牢关，关以东，水东流入沔，为东汉水，关以西，皆西流入嘉陵江，一名西汉水。两日中无十里不涉水者，若遇雨，未易行也。五里大坝口，五里黄坝驿，陟闵家坡，非坡，乃大岭，上下盖十五里，峻险且有窄坡，行有戒心，其凿石成径处虽不易登，下尚不甚险。五里至大石坡，复上坡，二里许始下坡，计五里至二台子，三里石门峡，路高而隘，关门旁嵌石曰"西秦第一关"。二里至闵家坡，山沟为陕西宁羌、四川广元交界，中有涧，隔涧即蜀山矣。广元遣夫役来，迎署，川督文式岩中丞委州同衔张县丞寿仁。持监临封条来加关防，晤于界首。入蜀界，上七盘岭，上岭皆石径，转折甚促，杨中丞泐石四字，曰"小心移步"。五里逾武侯岭，宿教场坝，制府、将军、提督、司道、府县各以帖交委员迎候，司道先具衔帖，辞之，用各人称谓。是日行七十里，计陕境约六十五里，蜀境五里。凡历陕西驿道一千六百五十七里。询程少颖，已署太平县，地近湖北。

俊兄见示谒留侯祠二律

帷幄仙坛事不侔，要凭真性济刚柔。奋椎具泄神人愤，进履宁为弟子羞。肯惜微躯牵利害，端无灵术了恩仇。还丹一点心留赤，圯上先知道力优。

驿路寻秋到翠微，仙簪堕地玉蕤肥。道人索句先安砚，过客停骖便叩扉。思欲弃官从野服，可能拔宅舞斑衣。报韩佐汉先生事，总为君亲晚息机。

拟和前律

击秦侠迹聂荆侔，状貌偏似女子柔。救世有功成道易，报韩未竟入官羞。素书天授因开汉，赤帝师名为复仇。勘破兴亡终辟谷，行藏岂独保身优。

使驿星辉伴少微，征鞭香拂药苗肥。青山绕座催题句，奇石当窗碍启扉。出处从来珍晚节，驰驱未敢薄朝衣。封侯事业神仙愿，一任闲云活泼机。

二十三日(9月10日) 晴。俊兄用玉溪生韵咏筹笔驿：

三国方修陈寿书，运移典午亦沦胥。谯周无奈工降表，邓艾旋闻就槛车。渭上军储诚未易，沓中远志竟何如。武侯筹算无遗策，神笔空悬千载余。

拟和前律

千秋兵法祖心书，筹笔遗踪问驿胥。沔水祠边曾堕泪，武侯坡下昨停车。惊疑猿鸟飞难越，睥睨萧曹命不如。今古艰难谋国意，拈毫辗转夜灯余。

卯正发，涉水登坡，五里木寨，五里转斗铺，十里钟子堡，十里扶嘉坟，五里纸坊铺，五里神宣驿尖，即诸葛武侯筹笔驿。尖后循溪西行，十里至龙洞背，过岭，有关扁曰“龙门关”，陶《记》：“洞内产石燕，风雨则飞，煅水饮之，可疗心胃疾。”俊兄令其仆购得七枚，见赠二，王玉得四，亦归我，似四妹之恙可用此。王玉述土人言先将此用火炙之，热置水中，凡数次，服其水，可治胃痛云。洞背两山忽合，峻立天表，溪水磅硠，声震山谷，伏流数里始出，即《禹贡》“潜水”也。过此，层坡直上，达山脊，几觉高与天齐，名朝天岭，计二十里，下山涉潜水，宿朝天镇，共行七十里。自龙洞背过平冈计五里傅家湾，五里轧角铺，渐下二里许陡下，计五里至山腰，俗呼“乱石子”，五里下山，至宿处，时方未正一刻。

二十四日(9月11日) 阴，大风。卯正发，上坡十里朝天关，与鸡头关同峻。下岭五里朝天峡，五里楼房沟，逾沟，三里望云驿尖。张县丞已先至，系由朝天镇乘舟到此，谓自镇到广元县顺水行嘉陵江不半日即到，惜按例由陆，不能通融也。十里韩家河，十里涉沙河至沙河驿，七里飞仙阁，二里许稍下，石崖矗起，突压江边，人行其下，幸屡经修治，道路较宽，且有土石作栏处。又一里彭家湾，十里石鼓铺，频陟，磴道尚不甚高，有石桥，俗呼“大塘子”。三里半至敬信桥，一里半小塘子，三里胥家河，夹河均有村市，西岸多煤山，近至保宁、顺庆，远越重庆而东，皆由此行。里许，抄江岸沙路石径，计自小塘子，八里至磁窑铺，大路计十里过此，又抄小河滩，约四里至千里崖，崖临岸矗立，凿大小佛像无数，各作龛形，石刻甚多，不及循览。缪小山太史云：“现存许国公苏颋造象，金石家均未著录，癸酉初冬过崖下搜得自唐至元石刻卅余种，是刻去地廿余丈，椎拓非钩梯不能。”时省垣遣两巡捕来迎，正考处系县丞许敬甫，副考处系府经徐鹤年，乃绍圃同年胞侄。过此有庙，刘金溪大令及何游戎候于旁，又行，则昭化令杨曙洲出境来迓，同两备弁在道旁，均下舆数语。十里，到东关行台宿，两巡捕及刘、杨二令来见。是日实行九十里，驿作九十三里，皆循嘉陵江行，见风帆夷犹，芦花瑟瑟，秋思乡情，不禁感触。保宁府庆景臣专函遣人来迎，作答付之。

广元，古葭萌国，賨夷所居，魏以后为利州，舟航四达，西蜀要冲。唐武士彟为利州都督，生武后于此，皇泽寺其故居，中有像，作比丘尼，又有梳妆楼。刘金溪送程仪四十金，璧还，闻从前有送四十不受加至八十而受者，因告以我们并无别意，惟于义不当收，请无多心。

二十五日(9月12日)　夜间雨甚，晓未止，至午刻止，犹阴云密布。未初始发，出西关街，行沙滩，五里劝农亭，俗呼“接官亭”，二里半姚家坑，五里五里岈，二里半火把房，十里皂角铺，十里两座店，五里张家湾，五里榆钱铺，又谓榆钱树，入昭化界。五里桔柏潭，渡嘉陵江，是日江水陡涨一丈二尺，渡时溜甚亟。陶《记》：“白水即桓水，发源西倾西北，自阶文来，至是入嘉陵江，合流趋阆中，又南径合州，东会渠水，西会涪水，南至重庆入渝，所谓内水也。”舟抵西岸，杨曙洲大令及李典史景沅迎候，入东门，宿试院，邑令建为县试者。行五十里。

五里岈、张家湾一带多行山凹，余皆回旋傍江岸行，途中时由乱石上过，此五十里号平坦犹如是，曙洲述昭化苦累，为之怵然。钱粮每两收钱千二百文，按市价须赔七百余文，夫马费他处有万千、八千千者，此独千二百千借贷无门，差使络绎，外官之苦也。而待客极周，每遇瘠缺地主转厚于酬接，若居阔席视过客有漠然者，不可解也。杨送程仪十金，璧还。似此若再收程仪，非人情，不但不知自爱矣。

二十六日(9月13日) 雨。辰初发，过费敬侯屯兵处坊，陟牛头山，八里凉亭子，七里天雄关，有碑。崇朴山将军有联曰："如此山川天下少，从来冠盖几人间。"关帝庙茶尖，书捐二两，告以旋时再缴，前在华阴庙书四两亦然，皆有缘簿，记此勿忘。凭槛望，白水如束带，绕而西。五里，俗名"牛滚荡"，关极峻险，上山转折陡而仄，下山则一线山径，下临不测，遇风雨，人多馁却，此次冒雨行，幸到关时雨已止。自关稍下，复上山，十里竹垭子，即白卫岭，五里下山，过石桥，复陟云头山，俗讹"人头岭"，五里上，下山亦计五里，始至大木树，一名达摩树，与"大木"声相似。即小剑戍。曙洲送至此始归，因雨中山行难，将其肩舆为余坐，至此始还之。尖于此，行里许为昭化、剑州交界，计五里至雷打树，五里七里坡，五里棕子湾，五里志公寺，寺已重建矣。里许过石洞桥，陟剑山，即梁山，五里凉水沟，过长石平桥，三里入剑门关，已昏黑，复过长石桥者，计二里至剑门驲宿。地居剑阁之北，望石山，如城如笋，拔出云表者即是。行八十五里。

二十七日(9月14日) 阴微雨。卯初发，五里五里坡，十里青树子，过天然桥，有坊，曰"天然图画"，山脊如桥，夹道皆古柏，两行匀列，苍翠参天，夏暑行此，为功多矣。十里汉源铺，五里大柏树湾，一名"银窝子"，五里石硐沟，五里二宝岭，五里抄手铺，五里黄杨垭，五里五里碑，过石桥，入剑州北门署。州牧高秋伯通判，闽人，名铭堃，出关迎，至馆来谒。尖后出城西，上普翠山，五里土桥子，二里周垭子，三里青岭桥，五里五郎庙，五里梁山泛，五里五里碑，五里寇家崖，五里柳沟驲宿。行一百里皆在硍泷间，石洞沟稍上为大塘垭，与黄柏垭、周垭子、五郎庙皆山顶也。自剑门关外凉水沟一带已见古柏，剑门至柳沟道旁尤郁葱奇崛，大者可四人合抱。陶《记》："柏皆明正德时州牧李璧所植。”自剑阁西行至梓潼一面，至阆川三百余里。

二十八日(9月15日)　阴。卯刻发，五里大坟上，五里毛毛嘴，五里刀茅阆，三里垂泉铺，二里柏树垭，五里大湾口，五里马鞍口，五里茶盘山，有武侯祠，五里武连驵尖，唐魏文贞生此，或云颜鲁公亦生此。尖后过小潼水石桥，陶《记》犹用渡，五里夹塘湾，五里瓦子垭，八里剑州界牌，入梓潼界。五里演武铺，五里炉峰垭，五里酒店垭，五里上亭驿茶尖。本尖站十里墙院子，五里土门垭，五里大庙，谒文昌宫、关帝庙，均九叩虔祷，期此次奉命衡文为国家得有用之才，祝慈亲康健，求两妹病痊。张福田云尚有风洞供梓潼帝君肉身，未及叩谒。有坊曰“七曲山九曲水”。文昌圣境周围松柏葱茂高大，下坡处有石佛像，略似千佛崖。五里大耳崖，五里望水亭，俗名“水观音亭”，与祠相距里许，中隔剑泉。过送险亭，坊题“陂去平来”，过石桥，桥下即小潼水。又行，道旁有古瓦子关，横石题志，十里抵梓潼县，入北门，宿行馆。徐次笙大令为辛亥同年，遵化州人，名金镛，迎于郊，并至馆晤谈。询由兵部主事改捐外职，选此缺，甚周至，且劳费。是日所行皆在山间，过武连渡，陟盘龙山，七曲山之脊也。行站半，计一百十八里，驿程作百二十里。备灯笼、火把为明日早行计。次早极多且送于郊，送程仪廿金，璧。

二十九日(9月16日)　晴，阴。寅正发，过汉义士李义祠。过九洞石桥，桥下即潼水，陶《记》亦用渡，过长卿山司马相如读书处，计出城五里火烧桥，五里石河子，十里板桥，水自七曲山土门垭来，入潼，五里石牛垭，讹“石榴”，五里石牛铺，五里罗汉桥，入绵州界。一里半黄连垭，六里半萱花铺，七里七里坝，过萱花铺后十余里为坦途。五里五里桥，五里魏城驿尖，询驿丞，丞李方园来迎，并送。家人简福知同乡丁绍棠死后，其妻及女现居绵州城内，拟到省询同乡或周之，渠到京借余廿金未及还也。尖后五里花庙子，五里桐花铺，六里炼矿湾，七里沉香铺，即杜工部重送严公之奉济驿，七里蔡家桥，过桥西行复陟砠陇，五里胡家碑，五里炕里铺，下山，五里烂泥沟，七里半仙人桥，又过芙蓉溪桥，计五里渡涪水。源出松潘卫凤洞顶兴龙泉，径平武、江油、彰明而来，至城北芙蓉豁口，安昌河水来注，又曰绵水。二里半绵州北门，入城，宿行馆。署牧王小香太守，黔籍，祖籍安徽，迎于郊至馆晤谈，其子与靖侄同年，以年通家愚弟帖答之。丁濂甫前辈谓应尔。行一百二十里。

三十日(9月17日) 雨。辰初发，出大西门，渡安昌河，俗名“草石河”，源出茂州千佛山，径石泉、安县至此。有翥鹤堰，乾隆中，州牧费元龙、罗克昌先后修筑，灌田百余顷，民以为利。七里半水磨，七里半石桥铺，七里半边碓，道左为果儿山，七里半皂角铺，俗讹“赵家铺”，五里石庙子，十里鸡鸣铺。雨霁过桥，即罗江界，十五里尖金山驿，七里半女儿坟，有碑碣，题诗有“一死赞勤王”之句，问民壮，云女姓尚待考。旋时见碑题曰“明季义烈贞女王氏之墓”。七里半上井铺，七里牌坊岭，八里过太平桥，至罗江县，入东门，宿行馆。谢鹤舫大令，松江籍，名绍安，迎于十里外，并来馆晤谈。行九十里。

八月初一日(9月18日) 阴雨。谢送程仪廿金，璧，送于交界始别。卯正发罗江，出西门，五里五里墩，又名“七里桥”，五里陟白马山，亦名“落凤坡”。出城时见君平卜肆木坊，至是见汉靖侯庞凤雏先生尽忠处，坡与鹿头山对峙相连，一山二名，旧为鹿头关，今通称白马关，有龙凤二公祠，祀武侯与士元，祠后即庞墓。五里林坎镇，俗名“清刚嘴”，自此地始真平，亦无关隘，至此真出栈矣。自宝鸡入栈，陶《记》谓至是千六百里而地始平，杜子美《鹿头山》诗所以云“及兹险阻尽，始喜原野阔”也。三里广治桥，入德阳界，雨稍大，六里平政桥，三里黄许镇，俗讹“黄石镇”，即绵竹故治，三里孟家店，雨止，五里仙人桥，桥计三洞，七里牛耳铺，四里梓潼宫，四里德阳县，入东门，尖行馆。馆极宽敞且精洁，有“岳峙渊渟”额，所贴对联皆撰句工楷。县令何冕芝，名远庆，辛酉拔贡，湖北汉川人，迎于郊，晤于馆，送程仪约四十金，璧还。尖后出西门，五里瓦连铺，五里珠林铺，八里火烧桥，二里大汉镇，涉水二次，计五里至德阳、汉州界口，俗名“河坝子”。又涉水，旋过渡，渡后上岸，轿左倾及地，自出京后未之有也，幸无恙。计五里至小汉镇，十里白鱼桥，六里炳灵宫，四里沉犀桥，两旁有栏板，桥甚长，东坊曰“石犀”，西坊曰“金雁”，即金雁桥，过此即汉州城，入北门，宿行馆。仲文及汤自培来晤，程辅堂同其常州本家通判名亨吉及其表兄汪鉴均来见，约仲文、辅堂同饭。留仲文作竟夕谈，至三鼓，渠辞去，五鼓复来，送回，溯别后景状不堪，仲文悲贾夫人亦陨涕。发安字八号禀，由汉州递总署。是日行一百里。

初二日(9月19日) 阴。卯正发，出西门，五里石梯桥，一里西成桥，五里通道桥，八里张华镇，二里至向阳场之先德桥，入新都界。五里唐家寺茶尖，二里孝子碑，五里独桥河，河即弥牟水，弥牟镇有孔明八阵图遗址，在茂草中，疑在唐家寺左右。五里公子桥，五里永清桥，至新都县尖。华健庵大令国英，贵州贵筑人，丁卯举人。及典史徐绍圃，同年，本家。来迎，并见于馆，送程敬廿金，璧之。尖后出城，陶《记》:“渡锦水河，即《禹贡》沱水。”今不过渡矣。八里天源桥，二里毗河桥，俗讹“皮条河”，五里三河场，五里天回镇，陶《记》及仲文所开谓于此入成都界，未知孰是。五里绿竹林，五里欢喜庵，五里驷马桥，又四里许易肩舆，五里至迎恩桥，入四川省城北门，申刻进皇华馆。闻向者司道均迓于接官亭，此次文署督虑余有密奉朝旨查办事件，预戒司道不得迎接，到馆后始各来拜谒，则例不接见矣。是日行九十里，共行蜀境九百二十三里。

文式岩制军、张香涛学使合送满汉席，夜大雨。自都中皇华驿至此实行四千七百八十三里，系俊兄核计，自入咸阳至此，凡小地名皆俊兄详询得之，余作抄胥录蓝本耳。方进城时，舆中得江西信，知芑生大哥于六月二十二日去世，我同祖兄弟五人止留余孑然一身。大哥去岁来京，余百计罗掘，捐就一官，并携家眷到江西省，不数月而得此耗，伤哉！且唤奈何矣。

初三日(9月20日) 雨甚大，辰巳间始止，夜复雨，三更后止。接监临文两总封。今科中额九十二名，又驻防三名，按人数十取一，过半亦取一，临时看到齐否。三场默写，二场起讲，余皆旧例申明者。提调、监试送《科场条例》、题名录，杜鹤田前辈、傅哲生同年合送满汉席。草题名录前序。

初四日(9月21日) 晴。谢均卿年伯、蔡砚农兄、彭淑芳兄合送满汉席。文式岩制军遣家人倪升来请开，年、世、乡、戚、谊各位清单约略开写，属许敬甫于明晨送去。

初五日(9月22日) 晴。准监临文中批向用四字外添经策四字，共八字。李伯缉太守、何湘雪刺史两首县合送满汉席。肃安字九号禀交巡捕，明日送和泰发，又致陈步香、汤宝楚复信。

初六日(9月23日) 雨。晨起先令家人押行李箱只全进贡院，轿及马鞍九副夹板交办差家人。巳刻督院初请帖至，旋再请，午初三请，即行赴院，晤文署督、张学使、杜署藩、傅署臬、蔡盐道、谢升道、彭漱芳提调道、李首府、何监试，拜阙，同赴贡院，与香涛拱手小别。到贡院见司道诸公及内监试何，茶叙片刻，进严肃堂。闻录送应试者有万五千人，向有千人临点不到，可万四千人。途中观者人密无隙，有登楼脊立雨等看者，皆称"年轻"，或曰"红顶子"，或谓"好相貌"，或谓"好体态"，及"年少登科者，令人惶愧"。到贡院，极深且广，自清白堂至严肃堂，犹须乘轿，盖王孟旧宫基址也。住衡文堂东院内，监试何湘雪刺史名亮清来拜，谈许久。各房持手版来候。大风，屋中四面皆风，不得已披斗篷坐帐中，子俊兄旋来，亦苦于风，相商无策。亥正，幸风稍止，而雨又大，阶庭滴沥，与秋虫相和，令人客怀秋思俱深矣。

初七日(9月24日) 晴。晨起祀文昌，各帘官来晤，饭后分定各房。向者第一房须资深且有才，而所处较裕，先行请定。次则抽签，随意分请。此次湘雪兄云："以屈养轩及吴铭斋两位为宜。"监临意如此，商之我二人，遂请屈为第一房，而留第二房请吴铭斋，第三房请袁潮生，余则随意指请。既定，各散，旋至俊兄处商定头场题，密存以备诘早封门刊刻。各房附后：

一屈秋泰，乙丑庶常，陕。二吴鼎立，庚戌甲，豫。三袁绩震，甲辰举，苏。四袁韵春，甲戌甲，黔。五谢廷钧，辛未甲，粤东。六钱保塘，己未举，浙。七陈明伦，甲戌甲，陕。八张涛，庚午举，滇。九孙清士，辛未甲，滇。十章继隆，己未、辛酉、壬戌补科举，黔。十一尹莘，甲辰举，粤东。十二张继曾。庚午举，黔。

闻本届考帘不准携书手，皆凭文取派，当得人也。

初八日(9 月 25 日) 晴。内监试何湘雪来，俊兄先到，分写三题，用板五块。俊兄先写三分，余写两分，请钱铁江、张省吾两分校写选韵。于辰初刊刻，午正刻竣，未初刷印，印一万五千八百张。候一时许，式岩制军来请题，时已丑初，开门交题。监试、提调来坐，谈数语。封门毕，已丑正矣。首题“子曰君子贞而不谅”两节。次“回之为人也，择乎中庸”。三“得其心有道，所欲与之聚之，所恶勿施，尔也”。诗“吟经栈阁雨声秋”，得“秋”字。初刻时首题多刻“子曰有教无类”六字，次题多刻“得一善”三字，至付刷时削去。是日各门俱加封，在余院备便饭两顿、点心一顿，关防极密，或免泄露矣。诗题唐黄滔字文江诗《因侯舍人蜀中新命而作》。此行自七月十五日夜间大雨，嗣后，雨多晴少，似为切景。

初九日(9 月 26 日) 晴。初更雨，刻许即止，监试、房考诸君已谓难得天缘矣，盖向者遇雨时多也。早间补刻十余张题纸，送各房及内监试收掌。书闱中同人托书联、扇、条屏。

初十日(9 月 27 日) 晴。换戴暖帽，监试及各房收掌来道喜，晤谈刻许，旋诣俊兄处，同往各处道喜，或见或辞焉。下午及灯下书各件，晚饭前俊兄来，书就经题，备十一日刊刻。吴铭斋大令送所刻各种。

十一日(9 月 28 日) 晴，下午微雨，旋晴。监试何湘雪感冒，属屈养轩代，午刻养轩往看湘雪病状，仍请铁江、省吾同视。经题傍晚刷竣。《易》：“刳木为舟，剡木为楫。舟楫之利，以济不通，致远以利天下。”《书》：“同律度量衡。”《诗》：“于以盛之，维筐及筥。于以湘之，维锜及釜。”《春秋》：“晋侯使韩起来聘。昭公二年。”《礼》：“雁宜麦，鱼宜苽。”

十二日(9月29日) 晴，雨旋霁。刻策题，首经，次史，三蜀循吏，四蜀水道，五《文选注》。晚间成一板，刻两板，先刷其一。

十三日(9月30日) 雨。策题将先成一板印刷。是日至晚，文成其三，续付刷。两日皆湘雪及收掌李亦仙兄同监视。午后出堂看卷。

十四日(10月1日) 雨。早间五板全竣，印至亥刻，竣事。前日因雨，纸又不堪，多破，亲补之。是日雨甚，监临请题时雨止。就寐，闻外间呼"短二千张"，湘雪问明是短是添，始据称因雨着手纸破，是以多请二千张耳，遂续刷予之。每场题纸印一万五千八百张。请各房晚酒。

十五日(10月2日) 阴。自十三日至此日晚只阅九十九卷。祀文昌，道节喜，送各房满汉席。

十六日(10月3日) 阴晴。阅四十卷。

十七日(10月4日) 晴。阅四十卷。监临请翻绎题。下午监试同第四房及收掌来，以科场房将分八房卷送四房，有弊，请扣其卷。查是成十一、学廿，已先批落矣[①]。

十九日(10月6日) 晴。数日未登日记，晨间始补自十一日至此日。阅四十卷，腹稍患泻。

二十日(10月7日) 雨。阅四十二卷。

二十一日(10月8日) 晴，午后雨。阅四十卷。

二十二日(10月9日) 晴。早起腹泻两次。阅二十九卷。监临是日出闱。

二十三日(10月10日) 晴。阅四十卷。腹泻止。付文两篇交刻。

二十四日(10月11日) 晴。阅四十卷。自后每日收拾各艺付刻。

二十五日(10月12日) 晴。阅四十卷。腹泻两次。

---

① 无八月十八日日记。

二十六日(10月13日) 晴,晚间雨,即止。腹泻四次。阅二十五卷。

二十七日(10月14日) 晴阴。阅四十卷。腹泻止。是日早拈香行礼至圣先师位前,因圣诞也。

二十八日(10月15日) 阴晴。阅三十一卷。文式岩制军及提调、监试、藩、臬、各房均有诗,俊兄作四首,余拟作二首。

二十九日(10月16日) 晴。阅四十卷。

九月初一日(10月17日) 晴,小雨。阅四十二卷。民卷毕,阅旗卷。

初二日(10月18日) 晴,小雨。阅旗卷毕。阅补写卷。拟诗二首。

初三日(10月19日) 早雨旋晴。阅补写卷同二三场卷。

初四日(10月20日) 晴阴。阅二三场卷,定初十日揭晓。

初五日(10月21日) 晴。阅二三场,先定三十七名。

初六日(10月22日) 晴。阅二三场,续经分房定取去。

初七日(10月23日) 晴。同上。将文板发印。

初八日(10月24日) 雨。晚间定草榜。

初九日(10月25日) 晴。傍晚写榜,中式九十二人,旗卷三,副榜十二。廪生中式者五十八人,拔岁贡五人,增生十四人,余附生,旗卷有监生一。张香涛学使择尤调在尊经书院肄业者中十三人,毛席丰与焉,上科荐而遗,咸为叹息者也。岁科一等一名中式者二十人,一等前列中者不计。新生之秀者中式十余人,元其一也。

初十日(10月26日) 晴,下午雨。子刻发榜,发中卷,收拾落卷。接江西信。

十一日(10月27日) 阴。得京安信,七月发。

十二日(10月28日) 阴晴。出闱拜客,迁居皇华馆。

十三日(10月29日) 阴。赴院率新举人谢恩。

十四日(10月30日) 阴。

十五日(10月31日) 阴。

十六日(11月1日) 晴,小雨。

十七日(11月2日) 晴。将军、护督、学政、提督、副都统、藩臬两首道、彭提调道、首府县公请于山西馆。

十八日(11月3日) 晴。两江馆公请。

十九日(11月4日) 晴。各房公请于山西馆。

二十日(11月5日) 晴。司道公请于草堂祠。

二十一日(11月6日) 阴。浙江馆请子俊,并及焉。晚缮第十号安禀。

二十二日(11月7日) 晴。十号安禀送和泰托寄,旋接八月初二日京寓安信,又作十一号安信,交和泰寄京内。监试何湘雪太守请晚饭,其寓馆曲折轩爽,临水筑榭,系以小舟,有天然丘壑。是日既得安报,心中较舒,畅谈颇惬。

二十三日(11月8日) 晴。张香涛学使邀饮,以周器巨缶约盛斤许,分两家揭花行令,饮几醉。缶无字,云自巴子墓中掘出者,好古而癖,未必果是古器也。复约再聚,今科以门下名士多捷,极喜耳。

二十四日(11月9日) 晴。李伯起太守邀饮于二仙庵。

二十五日(11月10日) 晴。蔡砚农观察邀饮于署中。是日闻将军得廷寄,有会商调任湖广总督,李调任山东巡抚文等语。

二十六日(11月11日) 晴。拜驻藏桂君丰。为式老道喜。谒杨简翁,是日甫到也。

二十七日(11月12日) 晴。晚间各扇对书款大致甫竟。

二十八日(11月13日) 晴。连日咳,甚痰多。晚间写求书,各件团扇、楹联大致将就。

二十九日(11月14日) 晴。写各联条。补录二十六日灯下题劳文毅《补经图照》:

昌明经训重琳琅,一代师承学海堂。文达功由文毅竟,漫夸束皙采兰章。

范韩孔郑一身俱，经术匡时古不如。济世谟猷补天手，十年前见万言书。

筹黔筹粤复筹滇，不朽勋名万口传。谁识经纶原本在，一编风雨是真诠。

传家事业一经遗，更见英姿挺白眉。万里蜀游堪自慰，幸从图画拜人诗。

三十日(11月15日) 晴。张香涛、缪仲英、张诒山、彭漱芳、黄鲁卿同邀饮于西来庵。

十月初一日(11月16日) 晴。辞行。

初二日(11月17日) 阴。辞行。

初三日(11月18日) 晴。未初与子俊别，起马，式岩、时若、星垣、诘亭、香涛及司道送于丞相祠堂，晤别，谒温公祠。里许，何湘雪及各房官设茶送别，周观察募湘勇到，排队送，十营排队送，旗营排队送，欢喜庵各房及同乡、新贵送。戌刻到新都，华大令及郑伯瑜来见。邹秋帆及程辅堂同行。

初四日(11月19日) 晴。早间吴鹤生少伯、罗东屏、钱度如送别。未刻到汉州，到仲文署中晚饭。州学正覃公，辛卯年伯。袁潮生、庄伯亨、瞿槐庭送别。

初五日(11月20日) 晴。未刻到德阳，程立斋方伯来拜，即答之。汤子培、梁小楼、屈养轩来送。仲文、幼莼送至德阳，何令如旧。

初六日(11月21日) 晴。立斋方伯来送行，复答之，皆步行，以行馆贴迩也。所寓为邑令试士处，大堂扁额曰“云程发轫”，意妙双关矣。仲文因迎方伯先行，洒涕而别，旋与幼莼分手。至城外，屈养轩、梁小楼及何令送别。过龙凤寺拈香，正厅为武侯及士元并像，厅为士元像，又后则其墓，形圆，围砌以石墓，前有碣曰“汉靖侯庞士元墓”，两旁塑从人及马，其地离落凤坡止数里。是日行五十里，宿罗江行台，邑令曹和瀚，江西省城人，号星涛，同训导王槐辛亥同年。来迎，并晤于馆。灯下作书谢式岩，交其家人倪福旋呈。

拟温公祠联，祠在丞相祠堂后：

壮节殉边筹，一代忠贞青史笔；鞠躬追往哲，千秋俎豆锦江城。

初七日(11月22日) 晴。行九十里，宿绵州。李子政、刘子幹两军门、文小农州牧来见。

初八日(11月23日) 晴。行一百二十里，宿梓潼。途间见石牛，甚肖甚古，来时匆匆未之见也。徐次箎同年以是日县试未见，次早来晤谈，并送于野。

初九日(11月24日) 前夜雨，早阴旋晴。谒文昌武帝庙，九叩敬谢神佑。行七十八里，宿武连驿。时剑州署牧为余端伯，名履恒，武阳同乡也。途间遇马牌自京来禀，称九月十五日自京起行，家中均好，所谓"马上相逢无纸笔，凭君传语报平安"，似此情事。

初十日(11月25日) 晴。行四十里，尖柳池驿，自武连至此驿，道旁古柏四百五十三株。再行四十里，宿剑州，计古柏一千三百七十三株，内有马尾大松树一株，辅堂所数计也。端伯及学政、吏目来迎，并晤于馆。闻辅堂云，端伯是天阉，其夫人新娶亦如俗所云石女者，端伯自谓天生一对好因缘，可谓奇遇矣。

十一日(11月26日) 微雨。宿剑门驿，端伯来送，谈竟夕。得大鱼佐酒。辅堂数剑州至石洞沟凡柏五百三十一，自石洞至汉阳铺凡七百二十八，自汉阳至天生桥一千一百六十三。

十二日(11月27日) 雨。未行。

十三日(11月28日) 晴。尖达摩树，宿昭化，知县杨如旧。闻均卿年伯是日住剑州。

十四日(11月29日) 微雨。宿广元，知县刘如旧，告以毛生席丰果中，刘喜颂法眼，盖其上科所荐士，力争未获中者也。

十五日(11月30日) 阴旋晴。宿朝天镇。

十六日(12月1日) 晴旋阴。宿教场坝。

十七日(12月2日) 晴。出蜀界，进石峡关，宿宁羌州，州牧何星桥未见。阅顺天题名，吾两邑竟无获俊者。

十八日（12月3日）　阴。尖后遇雨，并有雪，正度五丁关时也。轿跌一次，幸在峡底。幸未申之际雨雪已止，到大安驿宿，时尚未晚。

十九日（12月4日）　阴。宿沔县城外，孙令及孔莱翁来晤。

二十日（12月5日）　晴。宿褒城县，张得五大令来迎。

二十一日（12月6日）　晴。辰刻发，过鸡头关，行五十五里清河驿尖。尖后已未正，行四十里，马道宿。前记里数未符，当时想有脱误也。是日始循河畔行，水声潺湲，直至出栈，大略如是。

二十二日（12月7日）　晴。宿留坝。至第二马鞍桥后轿跌一次，幸未倾侧。杨笔臣司马仍延住署中。

沔县行馆和壁间俞雪岑谒武侯祠韵

嵚奇栈阁苦登攀，汉晋沙场土尚殷。八阵只存残壁垒，三分犹仗险河山。纷纭棋局更今古，历碌星轺倏往还。流马木牛空想像，锦城松柏暮云间。

二十三日（12月8日）　晴。三十里尖枣木栏，离留侯祠五里，尖后因有六十里程，未及往谒。秋帆、辅堂先行至庙，道人以石待题，今见未来，殊怅怅云，赠鹿衔草数撮，素书一本，酬以香资。晚宿柟星驿。尖后道殊坦，到店未晚。

枣木栏旅店壁间苕上傅鹏秋题谒留侯庙诗，笔致清老，录于后：

少年苦不忍，乃奋沧浪椎。及其拜圯上，遂与黄石期。黄石隐君子，亦能为帝师。出彼所授书，借箸筹帷幄。既馁伯翳鬼，复摧下相儿，更护黄台瓜，为招商山芝。紫芝岂不慕，紫柏殊葳蕤。君听涧底泉，中有招隐词。长揖辟谷去，黄石相追随。当时号三杰，钟室醢者谁？惜哉韩王孙，此意曾未知。

尖后约二十七里，地名老营盘，巨石矗立，上题“雾霭赤松”四字，旁有“紫柏神峰”四字。

二十四日（12月9日）　阴有微雪，数片即止。时见山巅背阳处积雪不化。宿凤县署，天气阴阴，云容漠漠，颇似酿雪。明后日正行栈道极险隘处，殊以为虑，但愿天公稍迟玉戏数日耳。

二十五日（12月10日） 阴旋晴，宿黄牛铺。

二十六日（12月11日） 晴。观音堂尖，四川学政谭太史宗浚。来谒，即报之。宿宝鸡县，县令汤霞轩来晤。

二十七日（12月12日） 晴。宿凤翔府城。蔡和仲赆。

二十八日（12月13日） 晴。宿扶风县城。孙笠庄同年赆。晨行略迟，灯行十五里始达宿所，幸轿夫力健，尚未起更，然曾轿蹶一次。

二十九日（12月14日） 晴。尖武功县，晤四川金堂陈小荛大令。道及城外有姜嫄墓，已修，并请吴学使书额，余曰："此贤有司事。"我系出姬宗，尤称感佩。承赠康对山《文集》《乐府》、《武功县志》、张尧峰[1]古文，晚宿扶风镇，又专马送到《中山狼》传奇抄本，亦康作。武功重修县署碑记，陈所作也。

三十日（12月15日） 晴。尖兴平，晤王心如。宿咸阳，晤马箓斐，承赠大安寺唐碑《契苾将军碑》，则我所有也，复赠宋元及近时刻数种。

十一月初一日（12月16日） 晴。晨行过渭，河已有桥，杂木板旧船为之，重载各件仍由船渡。午正到省，各官仍专人持简来迓。到皇华馆，长安令罗诚之、西安府李勤伯同年、候补道方元仲、希缘两同年、贾恺臣叔岳来谈。接京中九月十一日安信。

初二日（12月17日） 晴。拜省垣文武，晚饭恺臣叔岳寓。

初三日（12月18日） 晴。辛亥同年公请于首府署。

初四日（12月19日） 晴。各官公请于湘子庙街全浙馆。晚间大雪。

---

① 疑应作"汪尧峰"，即汪琬。汪琬（1624—1690），字苕文，号尧峰，以工诗及古文知名，有《尧峰文钞》等传世。张尧峰，多指张宾鹤，雍乾间人，工诗，擅书画。

初五日(12 月 20 日) 早雪。裕泽生廉访邀晚饭。午后露晴色。

初六日(12 月 21 日) 霁,阴。由西安启行。初四雪甚大,各地主请小住,因雪非雨比,须数日后方能无泞滑之苦,遂于午初启行。城箱道殊滑,洎至郊原,四望寥阔,上下一片相接,皓白无际,如行银海、玉世界中。二十里至灞桥、茶尖于龙王庙傍,岸有茶亭,围栏缭绕,颇有幽致,此间恰遇雪后,得情得景,真奇观也。惟行路甚难,轿行尤难,幸宋友笙大令此次料理颇周实,备轿夫三班,自以来时受轿夫之累,时费唇舌,雇长夫一班以补不足,始得前行。然至灞[1]桥已申初,又三十里到临潼,已亥正矣,轿倾跌者七次,幸无损。临潼令卫晋蕃于离城五里之旷野道旁相候,到馆复来晤谈,知是豫省商州人,其父丙午举人,同治五年部选来秦,本年调繁,赴此任,气宇轩昂,犹操中土音,谓明日尖站在菱口,借地设餐云。是日冬至。早间谭文卿前辈来送,备述西塞军糈月需一百万,左帅前进意甚坚且锐,然恐难继,现在乌垣,已复玛纳斯,新得,只可待明春进规土鲁番。如能得手,再与俄人索回伊犁,作一结束,否则事无了期,饷无可措,非计之长。目下白彦和已窜土城,自有不得歇手之势。并谓须仗公等内里主持云。晚大风。

初七日(12 月 22 日) 晴。道尚泞滑,早间犹冻,较易行走。四十里尖菱口,尖毕已两点钟,行不三里,连跌二次,遂同辅堂乘车行至渭邑,尚未昏黑,计四十里,仍乘肩舆入行台。晚餐肴颇新洁。是日行程虽苦,而雪后山原霁景殊佳,得"秦原却自棉铺遍,华岳由来玉琢成"之句,因落迹象,未成篇也。昨有"人行银海里,路出玉山中"之句。张子和大令称感冒,未来见。

初八日(12 月 23 日) 晴。因途间犹不易行,行二十三里,赤水

---

① 灞,底本作"坝",他处均作"灞桥",据改。

茶尖。来时未见孝侯故里坊，今秋帆见之，在坊之西横刻四字曰“周讳[①]。故里”。二十七里华州，宿署，牧俞昆崖郊迓，并晤于馆。馆甚宏敞，乃李少荃相国西征时州牧沈家桢所建，中厅额曰“穆棣”，窗书华州驿馆庆成颂，书得汉隶意，其词曰：

岩岩咸林，襟河带岳。粤维广都，渐劘礼乐。繇唐逮今，戎旷杂驳。苞蘖实繁，犬嗥豕豞。毒我黎烝，残我城郭。廨宇宾馆，鞠为丛薄。九载阻戈，凭险肆虐。汧渭河浲，靡室不掠。天子震怒，制诏相臣。陈师整旅，以讨弗宾。栖栖六月，出师孔殷。有介四牡，有渖朱幩。启行荆楚，乃底南郑。车徒啴啴，以拯民命。古郑既残，野芜室罄。糇粮扉屦，留曷以应。伯氏牧郑，惄焉心忧。兵以卫民，云胡勿筹。乃集父老，是询是谋。民闻德教，从令如流。曰我华民，昔歼于贼。今公既来，仇其诛殛。奔走供亿，欢乐无极。刺史率止，是诫是饬。遂命候人，表道列树。申命庶司，致饔庀具。馆宇未构，六师曷处。庶民子来，经营暇豫。榱桷丹垩，量工有程。民不病劳，不日而成。猗嗟元辅，爰作股肱。载旆秉钺，持节专征。桓桓虎贲，几几赤舄。元辅谦冲，集思广益。爰求奇才，爰定良策。蠢尔氐羌，灭在朝夕。赦宥协从，枭磔渠魁。用人行政，靡嫌靡□[②]。肇固陕疆，截截龙堆。屯田储粮，以辟草莱。我饱寇饥，西寇乃戚。鹘部既殄，郡黎悦服。振旅而旋，幸受多福。勒铭燕然，垂勋史牍。惟兹馆舍，元辅来敬避。九域鳟鲂，我公是思。德音不瑕，无以公归。亿万斯年，恺泽在兹，跋云。同治九年庚午。

予自京师，薄游西土，出乎少华之麓，暑风扇肤，岳云菲岫，眄清景以遄征，望□□而憩息。筠庭四兄方刺是州，税驾之次淹留旬日，乃登眺流连，寻希夷之高躅，问汾阳之故居，见新馆翼然

---

① 所讳字为“处”。

② 纸张破损。此后每叶相应位置皆破损难辨，皆标□，不一一注释。

霞绚而云构，遂不揣谫陋，抽毫作颂。学殖荒落，惟有道正焉。姚江梅史沈文燮。

寄刘克庵书托俞牧寄，俞有贶。

初九日(12月24日) 晴。四十里敷水尖，华州城外有汾阳祠坊。尖后三十里游玉泉宫，寺门额曰“太华初登”，回廊傍山麓有致，有陈希夷卧像，石为之。清泉自巅曲折而下，潺湲有声，时积雪未晞，满山如披素縠，山足平原迤逦，绿穗如缀，殊消尘虑。道人甚俗，以香资三金赠之，方拟付给而缘簿适至，遂令其自收自书。见赠万年松三撮，松子数小包。对面有古云台观及右云台。由山麓至华阴庙止十五里，而近途间见小座额曰“多公祠”，内有多都护牌位，前在西安□其祠宇甚壮观丽，今复见此，足征其功德在兹土者大矣。华阴令郑静轩同年来迓，并晤于行台，有贶。前称镜轩，误。傍麓村庄多作女墙为护，已近晋人风土，当是用兵捍回时所筑。

初十日(12月25日) 晴。积雪濒销，行途始畅。三十五里到潼关，已午初，郎丞及巡检迓于途，恒协戎遣兵队迎，谢蔚青观察来晤。质卿，江西人，丙午举人。尖后亟渡河，有曹都司排队亲接。七十里，宿蒲□□永济县之寺坡底镇。次晨，秋帆、辅堂到，普救寺有一僧，地基甚阔大，已荒芜，仅存大殿，有元明至元、至正、嘉靖时碑。公馆前木牌坊曰“有虞故都”，邑令仍洪姓也。

十一日(12月26日) 晴。二十里吕芝尖，五十里临晋之樊桥驿宿，驿馆轩敞曲折，有亭可眺远，额曰“纵目”。邑令为桐城方戊昌，询其字，曰“继芳”。前□已调太原云。

十二日(12月27日) 晴。四十里猗氏县，牛杜镇自尖。闻前二日为新旧任交替，旧任者当是杨恩溥，新任者传系卫姓，谅因新受任事忙，遂未及办理耶。或谓来时办，还时否置不理，未必然耶。诸仆愠憾林仆，林仆愠请函告中丞，问以“函告将何为”？一笑置之。我辈奉使衡文，有谓为“冷钦”者，即不然，一令事繁，此等细故岂遽疵瑕，人行客宜如是观也。既为地□□，朝廷之使到此必任自起炉灶，于情谊亦觉未惬，所费又无多，既仆等有此请安，必无听所请而为之，何必以是为一官累？东道主宜如是观也。尖后三十五里安邑之北相驿宿，询知汪令已被参，且有参候补县因家人折车价一千数百文者，汪令则以控之者三十余件，故参第未知所控为何事，皆鲍老前辈阅□时事，足见其严以察吏。然以千余文之折价出自该令，遽罢其官，亦未免太刻，传闻或未尽然耳。现任者为赵辅堂，光州固始人。

十三日(12 月 28 日) 晴。五十里夏县涑水镇尖，邑令林君，四川乐山人，供应肴馔均佳，传语索题名录、闱墨，即赠之。四十里闻喜县宿，令仍谢也。

十四日(12 月 29 日) 晴。三十里东镇尖，四十里曲沃之侯马驿宿，辅堂言去驿十五里地名兰德镇，有裴晋公祠墓，乘轿则不经此，是以未见也。自永济至灵石一代俗好立石颂美，道旁丰碑如林，除节孝德政碑外，有德教、德泽、德行、德寿等碑，或径称路碑。且有神道碑而并非墓所者，亦方隅陋俗也。惟节孝贞烈于立碑为宜，德政则他处亦有之耳。邑令张君鸿奎，本锡金同乡。馆洁肴佳，亦见美意。晚间微雨。

十五日(12 月 30 日) 晴。三十里高县镇尖，仍曲沃，张大令□之一品锅并八暖碗，甚佳，馆中陈设亦精洁。询其家人，知张历官秦、豫，由幕而官，任此已三年。其父为奏折刑钱，张承其学，是以吏事甚娴，署中不请刑钱席云。四十里史村驿宿，太平令劳所辖。

十六日(12 月 31 日) 晴。卯刻行，六十里平阳府城内尖。临汾仍许令。六十里洪洞县宿，仍艾令。晚肴太难食之，次日患泄泻。

十七日(1877 年 1 月 1 日) 晴。三十里赵城县尖，五十里霍州宿。杨晓潭刺史来迎，并晤于馆，道及此间曾□雪二寸，恍云系十三所得，日前闻曲沃得不及寸。

十八日(1 月 2 日) 晴。六十里灵石之仁义镇尖，自备，四十里灵石县宿。知县长洲叶焕昌，询是军功得官者。

十九日(1 月 3 日) 晴。三十里两度镇尖，自备，仍灵石境，闻其地岁收甚歉。以四百文购山水一轴，□□稚子候檐，际盛其昌，又□景一幅。五十里介休宿，邑令已非陈同年，系河间卢氏，闻八月到任。以三十金购蔡忠惠自书诗，已钩刻入《经训堂帖》者，恐未必真，姑购之，携回与帖对核，若真，则希世之宝矣。杭州陈震声白描百阿罗汉、李思训界画楼台、唐子畏赤壁图、八大山人荷花、王中堂杰字幅、仇十洲斗方二十幅手卷，陈画王书自真，其余则或有一二真者便得，然未可知也。

二十日（1月4日） 晴。五十里张兰镇，访朱子磋太守，来时有约，即尖于此。久谈，至酉初始登程。三十五里平遥县宿，时闻汪子常晋省而相待极周，足见地主情深云。子磋见赠《宝贤堂帖》、□□谷画、党参汾酒。

二十一日（1月5日） 晴。六十里祁县尖，王萼楼上省。六十里徐沟宿，县令银沆，广西马平人，实缺。偶有得句，未及成篇，姑录出以俟补咏。“一片公心天也见，九重恩眷世咸知”，以方到蜀时皆疑因查办事件前往。“怕看匣外明珠在，凄甚平生下第时。”以四川佳卷极多，凡完璧额溢，见遗者四五十卷，取去寸心如割，不自已也。“不是龙门评品定，教人何处购珊瑚。”以张香涛太史所收一时名俊尽入网罗也。惟杨锐以首二作有疵，先拟副车，后又溢额，开封后搜其卷，始知之。拟有句云：“子云入座仍飞去，洛下怜才泪数行。”或云知音，毕竟孤杨意。“才喜人才收夹袋，又看锦色上征轺。”登轺时句。

二十二日（1月6日） 晴。三十里榆次之永康尖，尖自备。四十里王湖镇宿，地近榆城，仅三四里。县令仍何才价。平阳、临汾、洪洞、灵石、介休、平遥均未得雪，祁县、徐沟、榆次道旁皆有积雪矣。来时平、介一带未得雨，寿阳以上近山之区均已得雨，山川出云作霖雨，此可见也。

二十三日（1月7日） 晴。卯初行，三十五里榆境什贴镇，逾三里许遇林方伯，寿图。彼此未通问，又三十二里，共七十里寿阳之太安驿尖。五十里寿阳县城外宿，县令仍佛尔国春。

二十四日（1月8日） 晴。五十里侧石镇尖，盂县金，天津人。

五十里平定州宿，到时已三更。次日又是山路，若赶井陉，须一百三十里，势不能行，定计明日住杨井驿，以次递宿井陉、获鹿、正定。州牧戈一切周挚，询是河间人，以军功由僧邸保直州，补忻州，今调至此。

二十五日(1月9日) 晴。五十里宿杨井驿，巳初行，到时已申正矣。

二十六日(1月10日) 晴。早起出驿，二里许过西天门，计行三十里槐里铺尖，五十里直隶井陉县西关公馆宿。来时以水大，须过河两次方到，故在旅店尖。

二十七日(1月11日) 晴。井、获、正各处积雪更大，辰行三十里，微水尖。已有土桥可行，来时阻水处也。四十里获鹿县宿，俞纬臣来见，时已调无极，谓潘韫山以催各属交代，至正定客店忽病逝，幸叔延为之经理身后云。韫山此次到省，余曾助之，嗣为交条，坐粮厅，办运务，保知县，人尚有持守，今若此，良可惋惜。

是日途中凑成补吟试事一首：

珍重衡才玉尺持，此邦夙擅子云词。九重恩眷人争说，一片公心天也知。地号才多难去取，文求理胜略瑕疵。怕看匣外明珠在，凄甚平生下第时。

二十八日(1月12日) 晴。三十里赵陵铺茶尖，叔延已遣探马差人来，据称请住署中。三十里到正定，入署，见叔延，得立可安信，恭甄甫太守来见，即饭。饭后谒岳母，出报恭太守，旋与叔延、何子祥、刁颂臣畅谈。晚饭后再见岳母，以急于进京，不克留程。彻夜作书，约楹联、直条、横幅、纨扇共百余件，腕几脱。天明后早面，叔延赠《正定灵寿县志》《秋碧堂贴》。晚间郭少槎司马来见。

二十九日(1月13日) 晴。报郭公即出城，四十里伏城驿尖，五十里新乐城外宿。傍晚大风，幸是日轿夫精壮，到宿馆甫近黄昏云。县令仍张恒吉。

十二月初一日(1月14日) 晴。五十里尖定州，六十里宿望都。邑令张浩庭，锦州人，由拔贡就州判，保升知县，出迎于郊，晤谈于馆，次晨复送于郊人。

初二日(1月15日) 晴。三十里方胜桥尖，地属满城，仍胡令。六十里保定，于公祠宿，到馆时在酉初。正欲往拜各官，而少相遣人来告已乘轩出城，来馆久谈。李静山前辈继至，邹岱东大令来，同乡则崔芋翁在馆相待，任群北、徐子勤、朱右甫、黄六皆、崔召弟俱来，蒋勤甫晚间来。接立可十月二十六日安信，伯弨信由刘润之大令送到。少相送酒席。

初三日(1月16日) 晴。拟拜客后行，宿安肃，而县中以学使本日起节，车马夫均不及备，坚请次日行，只得催令速办。遂访何地山前辈、少荃相国，均晤谈。嗣及藩台孙省斋前辈晤，臬台范楣，孙未晤，道叶公亦未晤，首府、县同旋馆，已未正。知少相又来拜会，并令家人如定于何时动身，务往告知，以便亲送，可感可愧。少相、藩、臬、道、府送礼，范襟兄维良。送礼，刘润之来谒，送菜，言大令应千。来谒，各同乡复来。送潘韫山绋资二十金，子勤乞助，亦予十金，并戒之勿轻向人借贷，以全声名。致信夏范卿，托韫山事，并面托方伯少相托带仲韬信。

初四日(1月17日) 晴。五十里安肃尖，时署令蜀人叶祖笏。早起霜重如雪，雾久乃渐开，寒甚。尖后登程已未正，六十里宿北河，到店已戌正。定兴令仍朱乃恭。安肃饭生，定兴菜冷，幸向店主借到暖锅，将不堪之肴尽置其内，加以火炭始得就。冷饭浇汤，聊以充饥，旅况诚难堪矣，较之昨日邹岱东太史，待客不啻霄壤。来时到此正酷热，窗前即粪屋，蝇营成阵，更不能堪。我辈奉差，应历劳苦，原无介介，然待人之道太觉不情，如遇相好官斯土者，劝其略为加意，俾后来使人得以居处饮食，亦厚德之一也。厥后尹顺天，于良乡同邑令杨子英捐建皇华馆，出京首驿得以稍安，安肃、定兴非所属也。

初五日(1月18日) 晴。三十五里新城县之高碑店自尖，四十五里涿州宿，仍吴牧。江西考官亦至，因我先至住行馆，江西主试文秋蘅、刘博泉住店，博泉轿中物件被窃一空。

初六日(1 月 19 日) 晴。一路皆有积雪，至此一二日略稀。四十五里窦店自尖，二十五里良乡宿。

初七日(1 月 20 日) 晴。二十五里长新店自尖，四十五里到京寓。铺盖卸总理衙门，即在署，于次日备折，初九日请安。此行幸慈亲康健，两妹无恙，阖寓平安为喜。

初八日(1 月 21 日) 晴。备折件，交太仆寺笔政代递。

初九日(1 月 22 日) 晴。入内请安，蒙皇太后、皇上召见，询四川及沿路情形，并曾否得雪。又问总理衙门、同文馆事。当经具陈，并山西霍州、汾州、平阳一带未得雨雪荒旱情形。

张安圃侍御、黄仲韬太史先后典试益州，均借此备星轺采证。光绪十二年仲春八日，仲韬携以见还。盖两次往来，此本又行万里路者再矣。自注。

跋　一

右先伯父《蜀輶日记》一卷。志靖于光绪戊申初秋始录于广信榷舍，嗣后奔驰道路，鞅掌簿书，忽忽三年有余，至今甫经缮竣，非敢慢也。先伯父著述宏富，已刊《期不负斋全集》风行海内，惟时文及此册未经付梓。除时文已恭录一过珍藏外，此册于道途之记载，跋涉之艰辛，衡校之详明，去取之精当，凡索观者咸谓宜付刊印，用示将来。会襄印刷局事，谨先用活版排印数百本，藉广流传，徐再付梓，用垂久远。追念畴昔，先伯父自四川回京，先祖母命志靖迎于彰义门外，仰窥颜色，绝少风尘，私衷窃慰。假使至今尚在，亦只七十七岁耳，而乃音容久渺，光景全非，属笔至此，枨触百端矣。宣统庚戌长至日侄男志靖谨跋。

跋　二

前跋出于积悃，以为必可实行，会迫岁除，既苦经费之不充，复以议案之迫印，遂致停顿。嗣请郭小麓学使序首，甫经发下，会有办米之役，跋涉江皖，不遑宁处。甫竣，复奉檄至金华，遽遭变更，有志未逮。然自此以往，一息尚存，苟力所能及，终图毕此愿耳。又跋。

勉喜斋主人日记

(题)希　曾

光绪戊子日记[①]

（1888 年 9 月 6 日—1889 年 1 月 30 日）

光绪戊子秋八月希曾吴门记。

八月初一庚辰（1888 年 9 月 6 日） 上藩司衙门，不见。访问陶斋世丈，甫自清江归来，尚未起。至汪颂鄂、姻丈张杏田处少坐。过升阳楼，见申翰香、寿颂湑、汪季友、徐颂涛，茶叙。归。临帖半张。日西，珊丈又约往玉楼春小集。

初二辛巳（9 月 7 日） 阴。访姚公蓼表弟，未晤，冒雨而回，旋大雨，惜不久即霁。临帖半纸。寄杭州贻孙信，晚又接贻廿九日书。

初三壬午（9 月 8 日） 晴。临帖一张，写白折半页。

初四癸未（9 月 9 日） 晴。剃头。临帖。习白折一页。饭后访公寥，适九舅在座，谈良久。至修仙巷送马小圃表弟入都行，渠今晨来辞行，明晚下船，拟托待京信。晤钟海平，又访陶丈，晤颂鄂叔，同叙，日夕始散。

初五甲申（9 月 10 日） 写都中介伯五姑丈书。午后至公寥处，伊要送小圃行，即将京信托交之。至东来义买八都纸。王思庄来。接山东梅生兄信，山东久雨，山水大发，丈四五尺，齐东惠民决口数处，梅兄之工夜雨堤出一溜，幸即抢获，无事。贻孙又寄初三日书，渠闱差系内收掌巡捕，须四十余日竣事，姨母六十寿不及言旋，意欲属余送姨母至杭，商之又不肯行。汪品之来晚饭，并代买松茂室画绢三

---

① 日记原稿不分卷，今为方便阅读、使用，按年厘为五卷。日记原稿中多有日期、干支错误，皆予以改正，并于始改之日出校记说明起讫。

尺,每匹百廿文,又绿格书抄本一本,八十文。晚复梅兄书。

初六乙酉(9月11日) 晨临《家庙碑》,觉手腕少能转运。又公蓼属书白痧散方二百四十字,当即交去,公蓼已出门,归,书白折半页。寄贻孙信。杏田来大太太看。珊丈连日又发旧病,精神委顿,面貌黑瘦,六旬外人不可寻常视也。

初七丙戌(9月12日) 临帖。买洋布尺五,缝米袋。午后写慈亲六号禀、内子书。出阊门买冬舂米八升。名四抄,每升三十三。又贻孙寄来茶叶、枣子,并交全昌仁[①]寄扬号,资百三十文。归寓,月色上矣。

初八丁亥(9月13日) 晨阴,旋晴。祖妣七十六岁生忌。五姑母周忌,去秋在都生产时,七月廿二逾时腹痛,绵奄床褥十余日不起,殁年四十有三。中年犹遭产故,予两姑一妹均以此变思之痛心,仲远内兄为拟挽联云:"卅年回首,两姓同居,自从送邗江,共与重慈成永诀;千里传书,举家堕泪,此后引瞻京国,况为犹子更兴悲。"[②]季友、王竹青、张杏田来。

初九戊子(9月14日) 临帖。接贻孙场中初七日信。访公蓼,托令威事。

初十己丑(9月15日) 阴雨。陶叔交两番欲得黄华道人墨梅,遂冒雨齐门,至黍香表妹处易取而归。画为舅祖渴道人故物,并有长跋云:"前在淮阴黄华道人日夕过从,诗画得百余幅,兵火后散弃已尽。此忆琴斋补窗故纸,于箧中检得之,亟为装背,留传五百年后必有知己争而重之。翰墨因缘,甚可慨也。黄华道人朱龄,号鞠坨,上元人,客死清江旅次,金陵克复后,其后人不可知,书画亦不数。觐渴侍者题。同治丁卯四月。"

十一庚寅(9月16日) 晴。至严衙前拜申姨母寿,晤公蓼、九

---

① 原作"乾昌仁",后文皆作"全昌仁",据改。

② 此联上下失对,有误,疑"送"后缺一字。

舅，嘱写信。留晚酌，同席厚甫、起云、海平、伟卿、蒋馨如诸君，又招歌妓两人在上房弹唱。散席与馨翁同行，子正后矣。

十二辛卯(9月17日) 临帖。昨奉慈谕，欣知福躬全愈，甚慰。闻方保斋太世叔月之初二日作古，邵竹君姻丈丧偶。午后寄邗上八号信。又初十日寄七号信，并附贻寄仙方，另洋两元，百合粉二匣，前忘记也。复何贻孙书。至恽姨母处，见有客碰和，与九舅谈数语。往井南丈处，并以鞠垞墨梅交之，井丈示阮文达对，用干笔随意而书，自具经济之光，有金石气，斯言信然。又见井丈自写长联："雅志可闲时，石床自听流水；无人知此意，落花静拥春眠。"措词闲淡，含情无限。

十三壬辰(9月18日) 两日倦甚，刻刻思睡。午后与幹臣看估衣，姨母留天青单女披风、小孩绸夹衫，价十千，付之。今日只字未书。祥子周岁，扬寓不知如何光景，予欲归，无钱奈何。

十四癸巳(9月19日) 阴。起甚晏，周胪云表妹倩来，品之来。剃头。公蓼属书白痧散方，因系油纸写，不能刻，重书一纸。临帖，书扇。小雨淅沥，晚晴。

十五甲午(9月20日) 阴。临帖。小雨数点，至公蓼处匆匆一见，又往严衙前，途遇九舅氏偕起云、伟卿诸人而来，遂同至玉楼春石琴楼茶叙。坐人俱满，见壁悬挂屏八幅，有刘文清石庵、汤文正金钊、阮文达芸台、曾文正涤生书便面，毕蕉麓涵。山水、黄秋士花卉、包世臣、张叔未行书，各极精妙必传之作，蕉麓先生山水尤佳。

十六乙未(9月21日) 晴。连姨生母三老太太庆九，明年六十岁，往拜生日，见起云、海平，九舅将来，坐无多客。吃面后至井南丈斋中看书寿屏，笔下飞舞，精彩照人。晤张小祝大令、杨子渔，又俞敬生、赵澡如自金陵来吊屺宪丧。晚仍在修仙巷与舅氏饮，小碗中已有冬笋炒安豆苗，菜颇佳，惟鱼翅不烂。回寓时已三鼓，步月独行，昨中秋，月色不甚好。

十七丙申(9月22日) 临帖。寄江阴邵竹君姻丈信。生源衣庄看小马褂，以前购绸夹衫易之，尚余钱八百文，因德侄嫌长不能穿也。

十八丁酉(9月23日)　卯刻上藩司衙门晤臬监印许端叔，方吕。湖南人，同见廿七人，立班见，均不问话。又至屺宪处行礼，今日三七，公送祭幛。见首府魁公及首台王、程、夏三大令，又晤按经厅于圣楷，坐良久，出至官厅，易衣冠。途晤瑞庭，至斌升栈寿颂潸兄处午饭。访颂鄂不遇，见七表姑母，少谈，又看井丈书寿屏两幅，暮归，甚倦。

十九戊戌(9月24日)　临帖。申姨、连姨来谢寿。至协大为德宝买夹衫，一洋四角。访公蓼不遇，寄贻孙信。

二十己亥(9月25日)　晨至舅氏家，午回寓临帖。连日两目蒙蒙流泪，不能作楷。

廿一庚子(9月26日)　临帖，书扇。糊大厅窗，陈贵、长升三人动手，顷刻而就。又至察院前买铜烛台、手照、花漆布等。

廿二辛丑(9月27日)　阴，毛雨旋霁。至松茂室访品之不遇，又往中市有兰堂始获晤面，托取八言红笺对、红呢幛料等事。过云蓝阁，取八行书一札，价未付。回，看周胪云兄寓，护龙街蒲麦巷口姚宅内课读，见其子二毛，十三岁，读《礼记》，貌甚清秀。胪兄留便饭，并取信稿回。邵艺卿自杭州来，已解馆矣。晚雨。

廿三壬寅(9月28日)　阴。晨往沧浪亭谒署臬司田公炽庭名国俊，闻莅任候补，概不见。昨日号房来，云前次考月课传示本月廿五六日另试，前次不算，盖与张屺宪不惬而波及之，谬绝可哂。又往钱君砚观察处，适已出门。至九舅氏晤艺卿。归寓。临帖。奉慈亲月之十八日谕，二弟拟赴沭阳，甚好。元儿腹泄，闻小刘早走。又得贻孙闱中廿一日信。品之来，并为代购幛料八尺，每尺二角八分，又一对付六角半，均未付。项姨丈履甫先生茔丘须重修，靳敬甫陬吉月之廿六日，辰时兴工，请品之赴白马涧一行。何恂如兄来，宿斋中。晚复贻孙书。

廿四癸卯(9月29日) 临帖。杏田来看病,同午饭。访陶叔不遇,将对留案头。又至颂鄂叔处,见其遍体四肢因湿热转成疮患,请吴次竹大令看,云南人,前选金匮,现在丁艰。路过古香室裱画铺,见汤贞愍公贻汾。山水小帧、陈玉方希祖。七言对,爱不能去。

廿五甲辰(9月30日) 阴。晨往臬署月课,封门稽查甚严,题为"'天下之平'说","'日计不足,月计有余'论",做论,申初交卷。访费氏昆季,屺云今日赴杭。又至陶老斋晤杨子渔丈,闻与先祖先君皆昔年旧游耳。灯时许,沐生表叔亦来少谈,予先行矣。

廿六乙巳(10月1日) 写田鼐臣表叔信,又扬州九号信,田信托沐生叔带去,由井南丈转交。访寿颂潸兄,知昨日考后吐红,今日服药觉少减,坐许久。至公蓼处取影钞宋本《管子》四本,嘱为影书一部。舅氏新宠生日,未及往贺。四舅母三十岁,以制中不能贺也。

廿七丙午(10月2日) 舅氏嘱去示蔡仲然大令回字,拟明日再诣君翁。

廿八丁未(10月3日) 晨谒君翁,适有客,衣冠在门房,候许久,仍未见,卑官之苦不堪言矣。至舅氏,吃点心,同往恽姨母处略坐,观前老聚春购呢冠,连缨两洋二角,请舅氏代欠。午后,姨母又嘱看绸缎。大太太病势加重,不能不预,为之至新开华章绸缎店买杭宁绸褂料,月白湖绉三丈,元青缎七尺,洋十六元七角。鲍竹孙先生来诊,云年老非病也,乃衰也,勉拟一方。晚寄贻孙书,详告之。

廿九戊申(10月4日) 品之、艺卿来,姨母意须艺卿赴杭,诸事方有把握。昨品之为说,如果前行,伊今冬生意无着,非送其四月脩金不可。用人之际,无可奈何,此贻侄自误也。偕品之古市巷耆年长看婺源圆心板一付九块,板书黄渭水字号,此最上者,料坚阔厚,索价九十番。店伙王金生同至万阳楼茶叙,品之再三说价,洋七十七番,当即令店中写定票,板发大乘庵。又与品之至吴趋坊口广元钱铺兑银五十两八钱九分,合洋七十四元三角零。晚归,艺卿今晚下船,交贻孙信。

九月朔己酉(10 月 5 日) 换季，戴暖帽。君翁晨来谢，步早。临帖一纸，又五日不书矣，不识何忙，可笑也。寄刘河分州邓署杨纪信。与幹臣仁和祥剪红绿洋绉、月白绸二匹。至舅氏处，不值，复至熙春台小息。四点钟四十五分，至阊门电报局发贻孙廿六字电音，四点钟四十五分。每字一角，又费二角二分，晤局友蒋云生。过有兰堂，约品之晚来。

初二庚戌(10 月 6 日) 早至东白塔巷大乘庵看制寿，木料坚硬异常，品之旋来，同敬星官，吴人好礼者如此。晤崇高大和尚，如皋人，寺院重修，规模不大。午吃素斋，又往舅氏处，不值，复回庵中。自晨及暮，工匠竭竟日力始完样，大小合度，名文弓式，即晚漆棺里。晚阴。

初三辛亥(10 月 7 日) 阴。谒君翁，为阍人所拒，只可不见。过舅氏，晤海平，同吃汤包。访井南丈，出示鞠坨梅幅，装成，物归所好，词客有灵当慰地下。井南丈为拟寿联并书，又为两子取名承焜、承耀。天雨，匆匆而行，途过仁和祥，取红薄院一匹，绉纱六尺，又定寿幛款字。奔半日，倦甚，品之来，即将绸料交之。赵九晚至，闻廿九动身，故廿八之信、初一申刻电报未及知也。贻孙寄《假玉烟堂文赋》一本，此帖予自京师归，失于海上，今见之，恍然重见故人，爱而不释。接仲弟八月廿一信，衣包、帽合托部选金坛县典史金季龙兄名履乾，山东济南人。带来。

初四壬子(10 月 8 日) 寒露。庭前桂花盛放，香扑几案，神志怡然，惜终日鹿鹿，不能静坐读书，领悟间中滋味，虚负良辰，可太息也。寄贻孙。

初五癸丑(10 月 9 日) 姨母令至恽姨母处辞谢，明日拜寿，虽应允，尚在含糊。托恽绶臣定文乐园菜，俗忙竟日。

初六甲寅(10 月 10 日) 晴。贻孙携眷自杭旋，顿为一释，系盼叩姨母寿。少顷，舅氏、姚公蓼、绶臣、季友、润荪、竹青等来，面两席，恽姨母来，立令收寿幛等礼，赶紧悬挂，一时写帖子开销，忙得杂乱。

又备晚席两桌，三舅母等俱来，外客晚用圆桌，菜一席皆现凑，坏极，凡事匆忙未有好也。梅生兄来信，甚巧，不日可归。

初七乙卯（10月11日） 学古斋送裱画来，价未付。

初八丙辰（10月12日） 九舅氏命书扇。临《文赋》与季香，字相列，不免续貂之愧。日晡，送舅氏行，见少山、厚甫、伟卿、海平诸人。舅氏约洗盆堂，并留晚酌。今日盛表妹小小生日，竟未知也。舅氏为予作仲然信，又贻汪近圣墨一丸。

重九丁巳（10月13日） 燥热非常。寄慈亲十号信，又百合粉、干点心两匣。日晡，访公蓼不值，途遇藕如，同行。

初十戊午（10月14日） 临帖，不作书忽八日，手腕大逊。天热晚雨。

十一己未（10月15日） 临帖。访恽七，见蔡仲然，交舅氏书，决无只字言及，可谓老牛极矣。书嘏卿便面。

十二庚申（10月16日） 临帖。思庄来访，公不遇。为藕如定件。

十三辛酉（10月17日） 阴。习楷一页。临帖。夜大雨。

十四壬戌（10月18日） 阴。早晚访公蓼不值。义昌买竹布料，洋七角，又儿辈花布等，共用洋两元一角。写慈亲十一号禀、寄内书。

十五癸亥（10月19日） 晴。午前寻公蓼，晤。又托慈福带扬州信，衣包一个，又冬春米二斗。姨母寄四元、食物等，火腿爪三个，另交挑力二百文，渠嫌碎琐，犹弗愿也。饭后偕幹臣至仁和祥剪本色湖绉手巾一方，交藕君制之。习书。

十六甲子（10月20日） 晴，西风大作。

十七乙丑（10月21日） 黎明兴，至藩署月课，题"'理财正辞，禁民为非，曰义'论"，"劝富户借当以济贫民"。示谕同考七十五人皆衣冠，方伯一早上院，回署亦未面试，惟扃门而已。拟论一篇，申初交卷。晤魏卓儒、翰香。天气甚冷。

十八丙寅(10 月 22 日) 临帖。习楷百余字。义昌买蓝洋布八尺,麻米布三尺二。

十九丁卯(10 月 23 日) 霜降。观音诞,持素。接梅生兄信,并带来食物等件。又寄予耕吟丈书扇、屏条,缎鞋一双,渠须十月杪方归也,因俟验工委员报销等事。午后访陶叔,为写小屏,极佳,又示书程子四箴大屏,用笔沉着超妙,虽令思翁复生亦当称许而佩之。浙闱亲友中者无一人,汪慕护表姑丈自京乡试归谒见,颇牢骚,其实少年正可籍此刻苦用功,岂可因一闱而自弃耶?归寓,护龙街摊上购洋料洋灯一盏,尚系从前旧式,有洋人码号,价三百文,甚廉。

二十戊辰(10 月 24 日) 阴。习书,寄梅生兄信。晚大雨,约数寸。午后至彩凤取定制押发、炼条、包金珐琅圈。

廿一己巳(10 月 25 日) 生曾祖妣焦恭人忌辰。佳晴。临帖,习白折半页。观前买船合等,又至义昌买花布丈一尺六寸,每尺三角六分,并所制贻藕君。

廿二庚午(10 月 26 日) 晨兴,贻孙侍姨母来,乘船至麓山,相距三十余里,巳初开船,申初甫到,又乘山舆行里许,至山,谒姨丈履甫先生墓。忆癸未冬初闻公之耗,今逾六稔,能无山丘之感?墓地势高,后面两山环抱,前面又极开阔,惟坟工经营甚大,日后不易修理。贻侄先上老茔,姨母率贻夫人小保待之良久始来,匆匆回船。小保与余肩舆归,已日晡,到家时十点钟过矣。

廿三辛未(10 月 27 日) 临帖。至公蓼处午餐。

廿四壬申(10 月 28 日) 习书。至公蓼处,未起,看《申报》。顺天题名录有翼臣四哥,名“辅源”二字,惟“源”字有三点水,未识是否,如果中,必有信也。江苏粮储已放,满洲景公名星。

廿五癸酉(10 月 29 日) 习楷半页。携何一山太姻伯书册请陶丈署签,并与言声弟午餐,又同往汪慕萱表姑丈处,谈许久。又见仲珍,知冬差尚未揭晓。过宝绘斋,取裱小屏,内有溥斋叔画一幅,为工人将墨色少污,可恨之至。此屏本四条,因费屺怀所书一条竟未交来，另钱鸿士一条字俗不佳，故仅留两幅，悬之斋中，心赏不释。

廿六甲戌(10月30日) 天气燥热。先君忌辰，晨拈香遥拜。又出门访仲珍不遇，归习楷。

廿七乙亥(10月31日) 阴。习大小字。接琴西表弟月之十七日京信，五姑丈八月委署文安县，节前莅任，眷属亦去，距京陆道仅三站。闻翼臣、仲维两兄今秋同试北闱，未审前见之名系四兄否，果尔，妙矣。仲兄断弦，刻又至文安署襄理帐房，文安有水路，鱼米之属颇多，大有江村风景，北地恰不易得，然较之吴中风月，直又不可以道里计，琴弟真善言也。夜梦三姑母，余执手道祖慈生前苦况，不禁涕泗，姑母亦视余，黯然无一语。继而雷电风雨，惊而寤，大雨瀑注，斋中漏甚，和衣偃卧。

廿八丙子(11月1日) 阴。习楷。臬号房送冬防差单来，此事不得亦免奔走，闻娄齐水关十一月初期满。访公蓼，留午餐，又示仿北宋小字本《说文解字》，缺首页，嘱捕抄之。至仁和祥买绵绸小腰带一条。

廿九丁丑(11月2日) 西北风，晴。习楷半页，钞书，并原本交黼卿手。在姚处吃饭，公蓼出门，又为作函与姚韵和大令，转恳太尊，不知若何。八月月课臬司发案，取三等，得奖三竿。灯右临帖。

三十戊寅(11月3日) 晴，冷。接慈亲廿五日谕，颂梅于重九日又得一子，平安。

十月朔己卯(11月4日) 习书。寄邗上十三号信，并前书十二号信又二弟及颂梅信交亿大信局寄。

初二庚辰(11月5日) 习字。晚访公蓼。

初三辛巳(11月6日) 习字。至理问厅领九月课卷，得奖四千，取三等第五名。过寿仲珍寓，小坐，又至陶叔处，适午饭，候许久不出而去，留贻孙信笺一匣，并携何一老字册归。至尊古堂购《读史论略》、贝松泉紫毫、胡开文墨。

初四壬午(11月7日) 立冬，暖甚，余犹着夹衫。贻孙、幹臣约三万昌茶，候及余去，遍寻绝无其人，迟至灯后回来，伊等早回矣。

初五癸未(11月8日) 习书。与贻孙、幹臣观内登熙春台小楼啜茗，又至酒馆吃螃蟹，每斤一百零四文，余作东，共用六百五十文。

初六甲申(11月9日) 阴。习楷，临《臧公碑》。四舅生母四老太太五十岁，送礼未收，阴雨不能往祝。

初七乙酉(11月10日) 风雨竟日。临《臧公碑》，习楷三百六十字。

初八丙戌(11月11日) 黎明雨止，辰晴。习楷。访公蓼，又嘱函询韵和事，吃午饭。公蓼赠胡学文墨四定、《苏字荔子碑》一纸，字大小类《醉翁亭记》而雄阔过之。碑在粤东，此拓尚旧，可宝藏也。

初九丁亥(11月12日) 韵翁回字，云已交紫阳转托，不知能响应否。陶斋叔为写便面两个，书之神韵逼人肺腑，近时不多见也。杏田来。

初十戊子(11月13日)

十一己丑(11月14日)

十二庚寅(11月15日) 访公蓼，见其堂弟丰绅，名贵慈，年廿四岁，自都中来，以县丞指分江苏，尚未禀到，少谈即归。姨丈履甫先生五周忌，行礼。午后至义昌购麻米布一匹。公蓼来，适出。晚又去晤翁巳兰老伯，名庆龙，六十外，甚清健，晚同饮，酒量极好。巳翁曩与二先叔同役沪上，候补同知。公蓼明日赴湖州。

十三辛卯(11月16日) 公蓼嘱影钞宋本《管子》四册，用东洋竹连纸写，纸色光润而亮。

十四壬辰(11月17日) 钞书。至叔来处，留午餐，又访姚公不遇。住抚前蜜蜂洞。

十五癸巳(11月18日) 临帖。至沧浪亭臬署递履历报考，谒姚韵和大令，名诗声，谈许久。又至院府挂号，至学士街访陶叔，晤言声弟，云赴江阴矣。又访仲珍，适瑞庭亦来，谈至日夕，归。

十六甲午(11月19日) 阴，小雨。钞书。午后张鲁卿偕丰绅来，约玉楼春啜茗，茶罢，在萧家巷晚饭，回寓。夜雨。接慈亲初十日谕，二弟去后无信回来。

十七乙未(11月20日) 阴。黎明兴，至臬署，见魏卓儒、申翰香、沈小亭，仲珍、瑞庭先后至矣。少顷题出："'礼顺人情'论"，"赈恤策。"拟策一篇，午后交卷，天雨，在官厅略俟雨小即行，途又大雨，而路远怕天晚雨不止，故冒雨而归，浑身湿透，虽有伞不足蔽也。

十八丙申(11月21日) 阴。过枫生处午饭。

十九丁酉(11月22日) 西北风，冷。钞书。寄扬州十四五两号禀，另慈亲帽子、年糕、冬菜、莲心。

二十戊戌(11月23日) 晴。贻孙祖慈大太太生日，送烛、面。梅生兄嫂夫人亦同日四十岁，又送礼未收，登堂祝寿，品之来，同吃面。新用庖人，菜尚佳。

廿一己亥(11月24日) 晴，晨小雨数点。钞书，写履历三个。枫生来，云安徽巡抚陈六舟上谕以三品京堂来京另候简用，广西巡抚沈仲复调安徽，苏抚崧帅调浙，浙抚卫调山西，山抚刚公毅号子良调江苏，广西以广东藩司高崇基补授。大局又为之一更，人生梦幻，贵为人臣，其苦乐无异也。姨母出门，午后至观前。

廿二庚子(11月25日) 钞书。访恽叔来昆季，吃饭，知马小圃归来。

廿三辛丑(11月26日) 晨阴，至枫生处，同上藩司衙门，又往沧浪亭臬宪衙门，迟至三点钟始见，妙在无一语水关差均委，两次白忙，可叹。自辰至申，枵腹从公，与枫生吃面，回寓日晡矣。

廿四壬寅(11月27日) 影《臧公碑》，书履历三个，钞书。晚过枫生处。

廿五癸卯(11月28日) 阴。黎明兴，写履历一个。偕枫生上院，途雨，跑到抚前方知止院，匆匆即回，幸雨不大。在枫处吃点心，归来钞书。

廿六甲辰(11月29日) 阴。竟日钞书。

廿七乙巳(11月30日) 北风,晴,冷。影《臧公碑》,钞书。至彩凤取珐琅圈,访恽。三、五。

廿八丙午(12月1日) 晴,冷。钞书。至古市苍耆年长定贻孙等孝服。

廿九丁未(12月2日) 晴。贻孙令祖慈于丑时去世,昨夜和衣少睡,今日巳刻小殓,明日大殓。品之在此照料。贻孙嘱寄山东乃叔信,书竟阁笔。

冬月初一戊申(12月3日) 阴。今日候殓之客同饭不过一桌,所报本有限也。汪慕护表姑丈偕梁鹤俦来,知由扬州到此,询悉家中均好。鹤丈因回邗无资,以玉翠嘱押值此。局促岂易为之?昨日慈福亦由扬而回,慈亲寄姨母杂拌烟、炒米,知慈亲小毛皮袄尚无。二弟赴沭日久无信,闻之殊焦急耳。晚雨,至玉楼春践鹤丈之约,未晤。

初二己酉(12月4日) 晴。剃头。鹤俦、慕萱两丈来,所事尚无成说,告以明日有约,谈片刻,去钞书。

初三庚戌(12月5日) 晨兴,日光红色。为鹤丈设法质得十元,二分利,两月为期,顾元经手。午后怀饼至庙堂巷见颂鄂、慕护两丈,而梁丈未来,即将番饼交慕手转致。颂鄂示所画中堂,又余代王羽轩乞画折扇,均极佳。薄暮至梁丈同福祥寓中,仍未回,即将家书留交其仆,另托买米二斗、带鱼、雪里红、芹。交一洋而归。至幽兰巷遇梁丈及于圣楷,匆匆立谈数语分路。

初四辛亥(12月6日) 访梁丈不值,至庙堂巷颂鄂处久坐,又示杨岘太守对,笔笔古秀雄视,近人汉隶不多见也。

初五壬子(12月7日) 阴。至臬辕,闻炽宪今日在外公请,不能一见。至恽叔来兄吃饭。携季文为艺卿书屏、对子,季文又为余致紫阳书切托,恐徒劳笔墨耳。

初六癸丑(12月8日) 阴。何大令之首七礼,大悲忏,晚焰口。至二林堂为贻孙购紫颖,老王双诚买白铜笔帽,每个六十三文。途遇叔来。

初七甲寅(12月9日) 钞书，影帖。

初八乙卯(12月10日) 阴。钞书。

初九丙辰(12月11日) 姨母昨与十元，嘱取皮衣。余请以八番寄慈大人，一洋给内，一洋自用，余之冻饿不足恤也。

初十丁巳(12月12日) 阴。署臬司田炽庭廉访五十寿，未去。寄邗上十七号信，并洋九元，交协兴昌局寄。

十一戊午(12月13日) 阴。钞书，临《臧公碑》。

十二己未(12月14日) 钞书。贻孙令祖太夫人接眚，建道场。至义昌买拷白布，仁和祥结帐，途晤叔来。昨日严衙前遣人来告，四舅母生遗腹子，继三舅母为嗣。是日三朝。四舅有五子，三舅作古十年后始议及此，何迟至今日念之耶？姨母未去，余亦未往。

十三庚申(12月15日) 晴。钞书，临帖。季友来。颂鄂送裱绢屏来，转献姨母，甚喜之。裱工五百文，即付。梁丈竟将衣包忘带。

十四辛酉(12月16日) 阴。至朱家园公泰寓访金季笼兄，知已昨晚下船，扬信又不及寄，可谓一误再误。过慕萱丈处，适午餐，因食之，有獐肉，味似羊等。由观前回，买黄杨小梳二把。

十五壬戌(12月17日) 阴晴无定。上臬司衙门，未见。候枫生回来，闻珊枝姻伯病势增重，动辄气喘，自知垂老久病不佳，遗嘱身后从俭，寿木用九块，只需四十余番，其志可悲，然视死生亦达矣。鲍竹孙来诊，云右脉息滞，恐长至后半月也。夜视月当头，月色清皎，不能睡。

十六癸亥(12月18日) 阴。接田鼐臣军门复书。又慈谕二弟已有信来，少慰。

十七甲子(12月19日) 阴。为贻孙写讣三分。

十八乙丑(12月20日) 阴。贻嘱写四川信。午后偕藕出观中一游。

十九丙寅(12月21日) 长至节，晴。

二十丁卯(12月22日) 晴。至藩号房递履历，廿四日考试。

请汪表姑丈拟信稿，吃饭，回寓。

廿一戊辰（12 月 23 日）

廿二己巳（12 月 24 日） 晴。

廿三庚午（12 月 25 日） 至姚处晤培之、鲁卿。

廿四辛未（12 月 26 日） 晴。晨入藩署月课，题目“官师相规”（出《夏书》），“拟陈恪勤公求通民情愿，闻已过示，拟告示”。未初交卷，至慕丈处午餐，携信稿归，接二弟回扬信。

廿五壬申（12 月 27 日） 晴。珊枝姻伯病势垂危，而贻孙已择廿九日为其祖母开吊，讣早散出，一波未平一波又起，奈何。

廿六癸酉（12 月 28 日） 晴。昨在姚处见公蓼，由湖州回，百番面交，昨转达矣。午后观前购呢幛料八尺，一元四角，买拷白竹布二尺七寸，又青花饭碗一只，贻藕如。今晨质库两元。

廿七甲戌（12 月 29 日） 晴。昨夜因珊丈病剧，四更即起。晨至生源衣庄买湖色夹衫，又买洋布，到宫巷大有铺内与何润生、王潜卿看寿木，九块者价百番，其余更昂。此润生、潜卿专主，已讲定八十元，做工在外，予只可应之。茶叙片刻，回来复偕幹臣至鹤年祥问衾料尺寸，老诚亿立漆折，仁和祥剪红薄院二丈八尺，二角一分。又红绿洋绉料。途值舆夫，闻珊枝姻伯竟作古人，匆匆奔回，不禁为之失声痛哭。今年姨母家期功之丧三人，又黄蓉生自蜀来者亦复去世，门庭变故何若此坎坷之甚耶！晚书祭轴，擘窠字。计十日不临帖，楷书亦复荒懈，日在坐驰，恐寸技终身不能进益矣。

廿八乙亥（12 月 30 日） 晴。珊老小殓，面色如生，自今已往永作古人，老成凋谢矣。珊老负不羁之才，性倜傥，好交游，轻施与，历官山左，任黄县、蓬莱县知县，旋得旋去，亦不复出山之想。年老无嗣而旷达为怀，人有急事相告，必委曲辩论而后已。平居读书，好饮，遇宴会行酒令各种，座客皆醉而兴犹雄豪。殁年六十二岁，生于道光七年丁亥六月初七日寅时。

廿九丙子（12 月 31 日） 阴。贻孙祖慈开吊，恽五、公蓼、马小阛来，外客寥寥。申刻举殡，公蓼同送至二门口，灵舆上船，将寄乡下回吉，时已不早，由临顿一直转至平江，回来行五六里。

三十丁丑(1889年1月1日) 阴。珊丈大殓。晏如、恂如、松年廿八自光福来。

嘉平朔戊寅(1月2日) 阴雨。晏如携松年行。

初二己卯(1月3日) 晴，冷。祝姚研士表姨丈寿，吃面。晤沈少荪、新科举人费屺怀，人品书画无一不佳。

初三庚辰(1月4日) 大风，冷甚。剃头。至按经历领十月试卷，犹未发下。访汪七姑丈。

初四辛巳(1月5日) 入冬第一冷天，有滴水成冻之势。

初五壬午(1月6日) 晴，冷。

初六癸未(1月7日) 天稍和。

初七甲申(1月8日) 晴。赠藕如四枚。

初八乙酉(1月9日) 浴佛诞。先贞青叔生忌。

初九丙戌(1月10日) 先贞青叔忌辰。为藕如作信。

初十丁亥(1月11日) 连日为贻孙写各处谢信。珊丈二七[①]。

十一戊子(1月12日) 阴，小雨。首府魁公元传见，因领年终帮项，稽查人数也。

十二己丑(1月13日) 接亮臣姑丈冬月初十书，云有吴季卿同年见赠侍女为妾，张姓，年二十岁，朴实相安。书中言，大弦绝而幺弦张，此中年大不幸事，意可慨矣。

十三庚寅(1月14日) 阴。至按经厅问月课案，犹未发。访慕护丈。

十四辛卯(1月15日) 阴。至萧家巷见姚姨母，送慈亲四番而十分言穷，我不告贷，何必如此。恽姨母前于十一日见面赠四元，同一施与，豪爽过之。

---

① 原作“珊七二丈”，据文意改。

十五壬辰(1月16日) 晴。十三午后偕藕至严衙前,途滑,归已灯上。前日之记系十四日,因多日未记,误书也。

十六癸巳(1月17日) 姨母与慈亲十五番。晨至严衙前,三舅母嗣子写议单,各亲族贺喜画押,余与盛旭人太姻伯、季文、公蓼同席。

十七甲午(1月18日) 写家信第二十号,又至稻香村买玫瑰年糕二斤,芝麻茯苓糕、胡桃糕共两包,俟信局人,不至。

十八乙未(1月19日) 晴。俟信局,日夕不来,自携信件出阊门交全昌仁信局。寄去慈亲廿三元,又三元寄内,另年糕等一包。

十九丙申(1月20日) 阴,雨雪。昨晨藩司传考向例,腊正并试。不做论告,仅书一履历,两月考费按数均分。

二十丁酉(1月21日) 领十月分臬司课卷,得奖五千文。

廿一戊戌(1月22日) 阴。

廿二己亥(1月23日)

廿三庚子(1月24日)

廿四辛丑(1月25日) 连日天气阴冷,仍欲雪。观前买青花石盆、茶壶、茶缸,又贻藕青花碗一个。贻孙约逍遥楼小坐。

廿五壬寅(1月26日) 雪。

廿六癸卯(1月27日) 阴。领腊正考课七千文。

廿七甲辰(1月28日) 阴。

廿八乙巳(1月29日) 买朱漆器小果合二个,又穿押岁钱各四百文一挂与娃、阿瑞。又为姨母买福寿锡烛台一副,摊上觅之,甚巧①。

除夕丙午(1月30日) 至郭子云别驾领年终津贴,子翁不见,

---

① 底本廿八日记与除夕日记间又记"廿九丙午,晴"一行,然光绪十四年十二月二十九日丙午即系除夕,该日应系衍记。从除夕至光绪十五年正月初九日底本干支皆误,今予改正。

遣家人传告须书押领。即就其斋中写之，领十六番，忙至日夕甫回，饭均未食。在护龙街物一花瓶、一小端砚，一元三角。到寓细审瓶，竟新瓷，大受其愚，无可如何。姨母给四元岁资，早已先寄邗上，余项还各欠犹不敷用。来苏八月，一无所事，不过销磨日月，又增一岁，可叹可耻。与贻孙、品之吃年夜饭，姨母前辞岁，并拜姨丈喜神。家中今年光景不言可知，我亦无可奈何，自觉何必苟延人世，有何益处。

光绪己丑日记

（1889 年 1 月 31 日—6 月 27 日，
1889 年 12 月 5 日—1890 年 1 月 20 日）

己丑年正月吴门记。

元旦丁未（1889 年 1 月 31 日） 晴。遥拜吾母，愿福寿康强。合家安吉，人生幸事。姚公蓼表弟来，午后叩姨母年禧。

初二戊申（2 月 1 日） 阴。往沈少荪处贺，不值，拜喜神，见张月亭，回寓。午后拟出门，而家人相打，天又雪，只可终止。

初三己酉（2 月 2 日） 雪花回舞。姨母出门拜年。新岁，舆人均双班双饭，须番洋元，如此居奇，吾等惟有本班自效矣。

初四庚戌（2 月 3 日） 立春，天阴。恽叔来表兄、马小圃来贺。

初五辛亥（2 月 4 日） 晴。九舅父来，途中犹泥泞，余旋至外家拜祖先、喜神。适九舅先归，小坐即去。又贺姚、恽姨母年，均见。

初六壬子（2 月 5 日） 晴旋阴。晨至大井巷恽处谒署江宁盐巡道蔡滋斋观察名世保，未见。晤季文，又至庙堂巷汪慕护、汪季友两丈及陶叔处、申翰香、寿颂潳、兄丁经生观察贺年。姚、恽两处亦系今日去，昨日误书矣。姨母今日亦出门，至晚始归。

初七癸丑（2 月 6 日） 人日，晴。三舅母、申姨来。

初八甲寅（2 月 7 日） 小圃昨送喜蛋来，夫人生子，姨母往贺。余近发风疹，不能出门。穆子美来，公蓼嘱影抄扬子云《反离骚》。

初九乙卯（2 月 8 日） 以上干支误写。汪颂鄂姻丈来，久谈。夜腹痛。

初十丙辰（2 月 9 日）

十一丁巳(2 月 10 日) 连日风疹,遍身痒不可耐。张杏田来拜年,请诊之。

十二戊午(2 月 11 日) 晴。初八接二弟信,因肝疾吸烟。今日寄慈大人安字一号禀,并笋尖、喜蛋等物。

十三己未(2 月 12 日) 张灯节,天气近晴,晚月色尤佳。疹恙少好,剃头。

十四庚申(2 月 13 日) 晴。珊老十六设奠,今日延羽士做法事。

十五辛酉(2 月 14 日) 元宵节,晴。疹恙渐愈,惟咳呛不减。沈少苏请明日早饭,辞。

十六壬戌(2 月 15 日) 晴。先君生忌。珊丈举殡,所到之客有数十人。余昨送祭轴、香烛、宝缎。申刻起灵,送至昌善局,回寓日夕。恂如、松年昨来此。

十七癸亥(2 月 16 日)

十八甲子(2 月 17 日)

十九乙丑(2 月 18 日) 晴。贻孙约与恂一阳楼小饮。

二十丙寅(2 月 19 日) 晴。先祖忌辰。

廿一丁卯(2 月 20 日) 晴。贻孙约元勉臣、浙江巡检。恂如、幹臣一阳楼饮,余醺然先归。晚有震泽名医王姓来,姨母诊视。

廿二戊辰(2 月 21 日) 阴。何恂如兄约与贻孙至光福看邓尉山梅花,乘一小舫,过木渎,贻孙同上岸,访松生,约松年同行,日夕始到,即下榻。恂兄斋中晤晏如兄。

廿三己巳(2 月 22 日) 狂风,不果游。与贻孙掷骰,负洋一枚。晏兄晚约张闾之、杨楞香、徐辅堂、钟献之诸君饮,颇觉醺。贻孙又作牌九之戏,复负两洋,均为楞香独胜。

廿四庚午(2 月 23 日) 阴。与恂如、楞香、松年、贻孙九子肩山舆游元慕,过邓尉庄,一路梅花犹尚含苞未放。行十里许,至元慕山,昔年圣祖高宗临幸之地,名胜一时,至今犹得瞻仰宸翰,题有“松风水月”“梵天香海”等匾。晤诺癯方丈，留食素面。登还元阁，面临太湖，眼界一放，见商丘宋牧仲诗，康熙癸酉年作；后有沈归愚先生和韵，时乾隆甲戌也；又有番禺庄滋园中丞名有恭次韵。诗字俱超绝，犹记归愚先生末句云“后时魂梦里，依约恋崭颜”。其流连忘返可见矣。下即万峰精舍，有张溥斋世叔故笔。诺癯云：“万峰即元时开山祖师也。”又见漠月禅师石塔，此为寺之中兴也。当盛时，梵宇琳琅，计有二千三百卅间，今所存十中之一，半多颓废。内有古松一株，瘿瘤槎枒，状似龙鳞。归途雷电风雨，幸即早到也。晚间恂如招饮，贻孙大醉。夜雨。

廿五辛未(2月24日) 阴。贻孙偕松年及余乘船游潘伟如中丞铧园。园在西崦，地虽不大，颇具丘壑，后门梅花盛放，香风山色近杜目，前有楼可眺远，惜扃门不能上，题“天然图画”四字，其余亭榭池馆，曲折移人。回波榭刻中丞公垂钓小像，有赞语“匪唐志和，匪宋东坡。丝纶在手，风定回波”。又中丞梦中得句云“天际舟归笼，拂烟霞生袖底。尊前花事间，消日月醉壶中”。为李廉访所书，并有跋。时公自江右挂冠，栖遁山水，虽有荣观，晏处超然，园即赵凡夫“小壶天‘胜迹高踪’，余书焉”称然，其书实令人低徊不释。又守梅亭为彭雪琴宫保画壁，有七古一篇，旁写一鹤，有鹤唳天空之响，即中丞之弟镜如观察作也。拟游司徒庙，阴雨不果。归已日暮，夜大雨。

廿六壬申(2月25日) 阴。放舟回苏，过木渎，恂兄约吃酒馆。饭罢，松年分手上岸。途中风雨，至亥刻始到。途次看灵隐，穹隆上方七子矶诸山、光福一镇环入群峦之中。

廿七癸酉(2月26日) 晴。皇上大婚典礼，普天臣民同深庆幸。

廿八甲戌(2月27日) 晴。昨晚藕如告余渠为阿姊招还故垒，出月将赴白门，令人黯然，无可奈何。访少荪不值。

廿九乙亥(2月28日) 晴。晨见少荪，至观前彩凤取珐琅首饰，又至城隍庙街，归来午餐。晚洗澡。藕如步文君之荐，作长夜之淡，藕君视余之情缠绵无尽，谓士为知己者死，两心惟有吞声饮泣，泪瀼瀼也。

三十丙子(3月1日) 晴。余三十八岁生日。连日肌肤消瘦，咳虽略好，左胁气痛，寸心郁郁不能释。午后风。

二月初一丁丑(3月2日) 晴阴各半。左胁仍痛，偕幹臣、季友送贻孙行至葑门外，余先回，季友等留宿舟中。邵艺卿同恂兄均同至杭。

初二戊寅(3月3日) 晴。昨日自葑门归寓，气觉松动，不甚痛。幹臣、季友来，与友叔同饭。至彩凤定件，观中看兰花，价甚贵。归，与藕如小叙，晚。

初三己卯(3月4日) 晴。至昌善局看漆珊丈棺。回寓午餐，写直隶文安县五姑丈复书，由元知县马递，又家信第二号，又清江八姑母信。至观前一转。藕如为余梳头，复作长夜之谈，此情此意，中心藏之，何日忘之！南峪有句云："即如今日谈何易，再想从前事恐难。"深言哉！余诵之，不禁有感。藕如之行虽无期，然余之心日亦迫矣。

初四庚辰(3月5日) 天气晴，朗风和，日暖。皇上亲政，天下承平，物阜年丰，景星卿云，将见唐虞雍熙之治，普天臣民同深歌颂。午后至其昌酒店询租折事，取彩凤收拾炼条，并押发式与藕看。晚早睡。交永和信，寄扬州二号信，另洋九元，呈八元公用，一元寄内。

初五辛巳(3月6日) 晴朗。藕如告余初八日即须解维白门，明日先肩行李前往。余闻之慨然，泪涔涔下，人生若梦，聚散无常，此别后会不识在何时日也，即再见亦如风行水上，顷刻而去。藕如与余一片深心，自今以往，两地相思，惟有作梦想耳。午后剃头，偕藕之齐门八旗会馆街，又同观前买粉镜及拷白衫料赠之，至彩凤催前定之件。回寓，戌刻勉餐，为藕作家信。藕如来，涕泣不已，情致缠绵，令人魂销泪下，从此桃源路绝，再往难寻，伤心此别，无日能忘。

初六壬午(3月7日) 晴，风。晨起对镜，消瘦日深，至观前两次，取珐琅、押发、茉莉针、粉镜、配小炼条。买蓝洋布七尺，又买藤镯一支、香水、洋胰，均贻藕如。又姨母买寄邗上茶叶二斤。免金镶藤镯重四钱七分二，合洋十四元九角。回寓，接二弟正月杪书，炒米粉一布包，呈上邵伯。三叔祖母忽内中恐不安，令人愁绪中增烦耳。连日骤暖，夜雷雨，旋止。藕如为余梳头，十分解慰，余不禁泪下不已。明日登舟，从此远别，能不伤心？

初七癸未(3月8日) 阴雨，旋晴，燥暖。寄扬州冬桑米二斗，茶叶二斤，并信交藕如带至京口寄去。藕如午后登舟，来斋中话别，此时此情，相对涕泗纵横。申刻后，先发行囊，余与藕如同行，过正兴馆小坐复行，途中语刺刺不休，进退不能。送至严衙前东首，渠往旧主处，余则过东小桥至盛家带。隔渡杳见藕如偕人肩行囊姗姗而来，视余，挥手去。余行至中兴桥上，藕如示色与余，不令舟行，余惟有杳望，犹见藕回顾，余拱手至目极天涯而返。嗟乎！情之感人深矣。空斋灯暗，惟独自涕泣，无可言诉，想藕如深夜舟中，又不如何情况也。

初八甲申(3月9日) 阴。晨往严衙前祝周老太太寿，舅氏尚未起，留一字而去。余与藕君来此两次，旧游重步，慨然今昔，回寓，泪涔涔下。姨母出门。今日东北风，想舟中人今晚泊锡山矣。亥刻风雨交加，至十二点钟后姨母回来，

初九乙酉(3月10日) 阴，毛雨。两日来魂梦不安，寝食欲废，天甚阴冷，余静中思之，何以当时不苦留耶？使今日颠倒梦想，悔亦晚矣。夜雨。

初十丙戌(3月11日) 阴雨而冷。往品之处假四元，又至松茂室晤黄谊卿，询南京装船，前日开去一只，刻下竟无。晚接家信，知三叔祖母于前月三十日卯时患中风仙游。三叔祖在清江，尚未归，母亲遣二弟前往照料。余自藕行，万事俱废。

十一丁亥(3月12日) 东北风，阴冷。藕如行四日，无一晴霁。今日计舟次丹徒矣。薄暮雨雪，旋晴。

十二戊子(3月13日) 花朝,佳晴。外祖姑母张太夫人九十冥寿,姚、恽姨母在宝积寺礼忏,往行礼,见舅氏、孙少山、小圃、季谱笙、赵曾三诸人,吃饭,又看叔来三哥病,人甚瘦。寄扬州四号信,又熏鱼一斤、邵伯三叔祖禀一函。出阊门看船,竟无相巧,只可搭烟船,由沪上乘轮船至白门,此行无可奈何。

十三己丑(3月14日) 晴。晨至臬署月课,拟"'立身谨重'论",草草完卷。访公蓼不遇,回寓饭。取质库五元,收拾行囊,日暮辞姨母行,昨与四番,又给两番,余受之惭然。此行何以告人?为情所迫,盖有不能自主矣。别幹臣,出阊门,搭纪姓烟船,价一元一角,至申包饭。同舟九人,识曹君小芸,江西人,年与余相若,在苏就教读书启馆,寓侍其巷朱宅。

十四庚寅(3月15日) 晴。东南风。七十二里过昆山,夜距黄渡廿里,泊船,付舟资乙元。

十五辛卯(3月16日) 晴。午后泊舟,候潮平行,晚抵沪上,泊老闸。与曹小翁上渡船,肩行李,乘怡和洋行福和轮船,船小,人皆挤满于船后地铺。江平月朗,看夷场电气灯璀璨雪白,真与月色交辉。一点钟开轮。

十六壬辰(3月17日) 晴。轮驶如云,自沪至金陵一元六角,写票。戌刻至京口停轮一时许,又行,至夜半达金陵。过渡船,搭划子,深夜人多,照料颇苦。由江口入水西门十余里,夜复行。

十七癸巳(3月18日) 阴,小雨片刻。舟中识唐君字偃仲,杭州人,官知县,人极俭,亦未带仆。巳刻进城,寓状元进庆余楼客栈,遣人招藕如,待至申刻,甫到内,有一同来者,颇不便。同来者亦解人,先出,余与藕如叙别离之苦,藕不料余来此,故有此人同行。匆匆数语而去。余思之再四,不得已,复往侯府招藕如,立叙于僻巷。藕如听余苦况,似有转念,云明日午来寓。

十八甲午(3月19日) 阴。至赐福巷访唐福皆兄,现任道库厅缺,住而衙署,亦好。与之久谈,留饭,未扰,赠四金。回寓梳头,吃饭。藕如来,告余昨日其详,一时竟不能行,惟相对涕泗,并持制肚兜两个,又留一洋与祥官,余亦昨赠四枚。谈一时许,约秋以为期,余告之缘尽矣,故有昨日之人。此行空负,不禁感叹,旋送藕如归。分手时惟道临歧珍重,泪涔涔不止。回寓检点行囊,只洋乙元。午后晴暖。

十九乙未春分(3月20日) 晴。晨乘划子至下关,俟太古轮船至,申刻后不到,复有返城之意,又搭船于定更后,住庆余楼。风日,饥饿一天。此等苦味自取之而心无怨。茶壶为挑夫碰毁。

二十丙申(3月21日) 晴暖。访汪应庚先生,占六壬两课,谋事四月可望。藕如之别刻似椟中之珠,藏而不现,课为"干支乘墓各昏迷",年内绝无聚时,非明岁不可,劝余速行,勿恋恋不已,迟则自取口舌也。余闻之,泫然流涕,遣王二招藕如,竟无人为通信,又适两途。余复亲往,婉恳始得见其阿姊,告以故,藕如方出来,立叙数语,约明午来寓。晚雨。藕如告余渠亦由沪上乘轮船,十六日到此,在沪匆匆三日,余送饭碗竟毁。

廿一丁酉(3月22日) 晨阴旋晴。未刻藕如来,为余梳头,久谈。五六月之期竟不能,两人不禁涕泗。藕如涕哭中复慰余八九月为期。丰年之遥,究未识有,此后缘否,人事不可测也。余心已作槁木之灰,再会杳杳,寸心肠断。申刻后送藕如归。并在寓之间壁庆昌店剪缎条一尺,此留家用,藕如买蓝布三尺二寸,共六百七十文。途次缓缓行,已不觉顷刻而至。藕如又再三劝慰,直送至门口,忍泪而别。回寓,知其姊偕汪姓来,汪姓因不见人,悻悻而去,余往返未遇,亦免唇舌也。

廿二戊戌(3月23日) 晴。晨至评事街永益典访沈少荪,知已上院,闻廿四回(午后少荪来寓)。午后少荪来寓。吴仲老有四月启节之信。途遇鸿士叔舆,询之,住夫子庙石坝街,即走谒,又不遇。回来占文王课,云九月可见藕君,姑识之。昨夜梦魂颠倒,拟午后再寻鸿丈,明日准行矣。

廿三己亥(3月24日) 晴。早出水西门,搭一划船,包饭七百五十文,至扬州,云午后开。并至评事街永益典晤少苏,留饭。晤毛少逸。

廿四庚子(3月25日) 晴。船仍不开,因正客有事也。早进城访少苏,知已动身。至四象桥丁兰生观察处禀安。过庆余楼,知藕如阿姊昨来询余行期,竟不获见,意欲再去,又恐贻辱阇人,无可奈何而归。

廿五辛丑(3月26日) 风大,另易一船,云今日开,乃过船,后仍不行。又谒兰翁,来见。欲访藕如,徘徊歧路,久之不能去。回船后河东忽起火,顷刻西亦火起,延烧数十草房,幸洋龙来救,始熄。肆中又占两课,不佳。晚在船吃粥,闷闷而睡。日来非人境!

廿六壬寅(3月27日) 候早潮,巳刻开船,同舟李君人极可谈,其余搭客不少。薄暮泊划子口,行百廿里,唤渡船登岸散步。

廿七癸卯(3月28日) 晓行风利,远山相对,高下若画,行百四十里,进瓜洲口。又五十里抵扬寓,叩慈大人年喜,合家均安,少慰。晤颂梅妹倩。

廿八甲辰(3月29日) 晴。寄秣陵藕如信。

廿九乙巳(3月30日) 晴,风。乘小车至西乡莲花址祭扫祖茔,午后归。

三月朔丙午(3月31日) 阴雨。陈君亮表弟来。

初二丁未(4月1日) 阴。至梁鹤俦表姑丈处,以洋票十元八角嘱带苏,取所质玉翠等件。梁丈得京饷,明日即行。寄京中介伯书,交梁丈带。

上巳戊申(4月2日) 晴。过二妹家午饭。至陈三姑母处,慈大人亦至,并约颂梅叶戏。颂梅近日聚徒自课,宏弟亦随其念书,日无间暇,良苦矣。又访仲远兄,同至静乐茶叙。任贵回苏,托带信件。

初四己酉(4月3日) 晴。慈大人寿辰,早衣冠,敬香叩贺。颂梅、二叔率甥辈来,君、亮、王三表弟、五妹均来。面后手谈二庄,为慈亲得彩乙元。

初五庚戌(4月4日) 清明节。祀祖先，循例仍两桌。

初六辛亥(4月5日) 阴。午后访仲远，晤谈。子讷太老伯久坐，谈，丈补安丰场大使缺，精医学。安丰为先祖曾署事年余，衙署极宽大，有船厅，题曰“寄舫”二字，闻尚存，此系先君书也。仲远留晚饭。

初七壬子(4月6日) 风。乘小车至上方寺祭扫各茔，均尚整齐，未坍塌。乡下沟塘无水，春耕望雨甚切。回寓已未刻，又至仲兄处，以五洋取质八件，又内子借押小金表亦赎，还尚欠仲兄两元，缓缓再清。仲兄留饭，小饮。晚雨，下冰雹。仲兄托带黄寿帅信，又借钞考试杂记，扇未画，取归，乘舆回。今午在公太昌店为慈亲换金押发，重五钱一分六，二十二元三角换，合洋十五元一千八百四十文。

初八癸丑(4月7日) 阴。

初九甲寅(4月8日)

初十乙卯(4月9日) 阴。出城搭船，无相巧者。又至辕门桥买小粉扑、粉点心等，已用乙元零。余升晚来，云为搭一划子，价一元，十二日开行。

十一丙辰(4月10日) 阴。慈大人出门，余归旬日，课元官百余字，匆匆又行，有子不能教，奈何！剃头。昨夜梦藕君，仿似吴中同游景况，人生本若梦中，日与梦游亦妙。午后谒田溶园丈，知赴清江。至颂梅妹丈、陈三姑母、施表姑母处。晚饭后，施曼仙二叔来谈。

十二丁巳(4月11日) 阴雨。昨定之船不成，又易一舟，价仍一元。午饭，叩慈亲行。白头老母，儿女殷勤，依依难释。余升送我上船，登桅蓬上住，舟人将小房窗另搭于人，不意此客不来，仍为我有。是日行二十里，泊三汊河，天尚未晚，舟人不行，可恨。

十三戊午(4月12日) 阴。行抵京口，东北风大作，乃泊舟七濠口，晚住连鱼套。月上，外一风圈，明日恐必有风。

十四己未(4月13日) 阴，东北风。前日如住瓜洲，不至耽延，此舟人误事，可恨之至，三月月课竟误矣。就舵后写家信，六濠口无便信局，俱在镇江，未寄。

十五庚申(4月14日) 小雨，风顺。舟行三十里进丹徒口，晚泊菱口，过丹阳二十里。

十六辛酉(4月15日) 阴。过常州，买卜恒顺梳篦。日夕住洛社，计行百二十里。

十七壬戌(4月16日) 晴。早过锡山，忆去夏四月今日与仲远兄游此山，次日到苏，忽忽经年，余所处之境益苦。晚抵阊门，肩行李混堂巷寓晤贻孙、幹臣。

十八癸亥(4月17日) 阴雨。怀笔砚投考，过姚枫生处，知已十五、六两日竣试。枫生贻其太夫人左畹香伯母画山水绢幅四方。回寓，剃头，贻孙约茶叙。

十九甲子(4月18日) 阴霾，沉闷之至。贻孙约陪客，晚与潘仲溪丈名遵荣、张杏翁、黄轶千姻丈、品之、幹臣共七人在纸店瀛仙阁内饮。贻孙收拾一书房，甚佳，畅饮醺醺，即就宿于此，和衣而睡。藕如今天生日，一江远隔，两地相思如何。

二十乙丑(4月19日) 阴。晨兴回寓，晚见姨母，长谈，并呈扬州五云斋点心一匣。晚雨。

廿一丙寅(4月20日) 晴。访少荪，托谋丝差。归来写家信三号，又亮臣姑丈信、施曼仙二叔信，共封一函，送铁瓶巷西首王韫斋姻丈处，托其寄扬州施公馆，曼丈与韫内亲也。晚饮于瀛仙阁。

廿二丁卯(4月21日) 风大，午阴，天气仍于二月同。至恽姨母处，见善卿，知叔来三哥病甚缠绵。途遇恽五，又至飞霞阁取扇面，彩凤店慈大人定簪环，又定夹帽。午后微雨。

廿三戊辰(4月22日) 晴。影《鲁公碑》。少荪来字，回复丝绢差不成，奈何。饭后至盘门新桥河沿谒姨祖母，闻已赴金坛。又过亡妹处，知汪葵生尚在天津未回。学古斋催裱画件。访老陶不遇，见申菡香，略谈。在护龙街欣赏斋裱对一副。

廿四己巳(4月23日) 晴暖。影《鲁公碑》,钞书。昨在欣赏斋见张青帅山水二幅,秀韵天然,笔墨如不食人间烟火,此老将未必传之人也。午后访周陶斋世叔,不遇。至观内买青花茶碗一个,小缸一个。贻孙与姨母今日上坟,晚归。贻约祥乐园洗澡。

廿五庚午(4月24日) 晨阴旋晴。钞书。剃头。访陶叔,谈至日夕,归。

廿六辛未(4月25日) 晴。济泰取质,转典于和春巷,利仅多洋六角。至估衣铺觅罗夹衫一件,一元八角。观中买小红木碗、饭碗,瀛仙阁小坐。

廿七壬申(4月26日) 晴凉。钞书。恂如、松年自光福来。昨购夹衫太旧,退之,苦窘时得省且省。连日心绪闷极,此身似木石一般。接五姑丈二月廿八日信。

廿八癸酉(4月27日) 晴。昨夜发热,今早人倦,头晕。亮丈来书,已题补鸡泽县,到任尚无定期,予所恳一时竟不能也。为两子取号,一字朗夫,一字光宇。姨母嘱写眉生、子樵信。又钞书。恂如约其昌小饮,同饮幹臣、松年。

廿九甲戌(4月28日) 昨夜和衣睡至天明,雷声隆隆,晨起甚凉。钞书。与幹臣大丰店买花洋布等,乙元八角。老锦泰取母亲夹帽,又至察院巷口买厨刀,回。至如意阁晤张鲁卿、徐培之。

三十乙亥(4月29日) 晴,北风,凉甚。《反离骚》书竣。送仲远上黄寿帅书,交号房呈。恂如、贻孙约游留园,未去。访陶叔,并将昔年挽先大父七言诗四律与之,闻未留稿也。陶丈为颂梅[①]妹倩及五妹扇均已书画,携归。晤汪心言、周春山,言声世弟自湖州考试回。

四月初一丙子(4月30日) 阴雨。昨梦与藕如会,相思至梦亦苦矣。

初二丁丑(5月1日) 阴凉。恂如、贻孙约阊门张姓歌姬家饮,

---

① 原作"颂美",前后文皆作"颂梅",据改。后类此情况,经改。

辞未去。许浩源刻字店刻木戳三个，绿润堂购《四书》一部，眉兄阿郎读也。

初三戊寅(5月2日) 阴。同阿四至司前街学古斋取画件，均未裱，因携回。尚有隶书堂幅，云明日送来。访胪云兄寓，金狮河沿同陈姓住，地甚僻远，门口又未贴公馆条，极为难，见黍香表妹，少坐即行。

初四己卯(5月3日) 晨大雨。

初五庚辰(5月4日) 阴。访公蓼，晤翁巳兰司马。回寓，得藕如三月三十日信，倩人作书，毫无话说，惟另一行密圈，其情致缠绵可以想见，然亦无可奈何，江天云树，顿触离怀。

初六辛巳(5月5日) 立夏。剃头。贻孙约乘舟至汪佩青眉史处饮，是晚侑酒者有三席，贻孙欲去，而为歌者殷勤，不能行。同坐黄轶千、恂如、幹臣。听佩青、俪青抱琵琶声声低唱，使有心人闻生感也。酒阑席散，船至温家岸，上岸，冒雨而归。

初七壬午(5月6日) 阴。马姨母遣人来报张三老太太于初六日寅时仙逝，明日巳刻大殓。午后与贻孙雅聚，晤少伯，又至长生处一转。

初八癸未(5月7日) 阴。至修仙巷三老太太丧事，由后门出进，马姨母此事不免欠通，既已迎养老亲，又何必避忌？况有服制，岂能亦忌乎？刻以四舅次子为嗣承重，此四老太太明理，一举两全。候殓完，吃饭，晤赵曾三、周厚甫、孙少三、恽季文、公蓼、钟海平、谱笙诸人。早间姨母亦去。又至汪慕萱姑丈，取对回。公蓼言《顾亭林先生集》中论承继以嫡庶为轻重，今四老太太此举已在不经矣。

初九甲申(5月8日) 晴。习书，并写藕信。访公乐两次，不遇。以言语见罪于幹臣。

初十乙酉(5月9日) 晨阴小雨，午后晴。习书。访言声，托书扇，又取陶丈为五先叔书墓碑，尚有祖考一纸未写也。过欣赏斋，见有清湘子、郑板桥、包安吴、戴文节、张叔未、德研香、何子贞诸先辈书画，爱之不释，记联语五副。

十一丙戌(5月10日)　阴。出阊门交全昌仁信局寄藕如书，并黄杨梳篦等。在乐万兴吃粽子两只，用玫瑰糖，甚佳。天气之凉，须着重绵，晚雨。

十二丁亥(5月11日)　阴。夜来时忽见藕如梦寐中，其所思良苦矣，旧恨新愁，何时了却？

十三戊子(5月12日)　阴。闻恽叔来表兄病重，即至大井巷，见孙少山、公蓼诸人料理后事。恽姨母不禁失声大哭，令人难受。叔来兄为人孝友诚笃，何竟生此痼疾，中年顿折，亦人事不可解矣。与枫生、谱笙、厚甫至宝积寺看所定婺源板料，坚结而大，价七十四元，不贵。又回大井巷少坐，天雨遂归。臬司十七日传考。

十四己丑(5月13日)　阴霾清和，天气如此，气象可畏之至。恽叔来兄于今日巳刻作古，令人痛惜不置。在大井巷午饭。至颂鄂处，同周恂卿、慕丈访俞湘涛，偕游怡园。芍药尚有数朵可看，余花均开谢矣。游人纷纷，园中饲四鹤，内有洋鹤三只，颇与内地无异。啜茗良久，余先行，至大井巷候叔来兄大殓。与培之行，在玉楼春小叙。晚雨。

十五庚寅(5月14日)　阴。昨记叔兄大殓及逛园俱今日事，三日不记，已忘之矣，何精神不振若此耶？

十六辛卯(5月15日)　阴。日夕与阿四至学古斋，为贻孙托裱之画渠将原绫线截去上下，因尔唇舌，然亦不肯认，可恶已极。至慕丈处一转，上林馆晚饭。又购濠叟杨沂孙篆书石刻对，交养育巷翰墨林鲍君装池，言定百八十文。回寓亥子矣。

十七壬辰(5月16日)　晴，日光或隐或见。臬署月课题"'假公田，贷种食'论"，不知出何处，询胪云兄，亦不能答，只可敷衍交卷。出来又偕慕丈风云小集，晤王问梅、李听泉。

十八癸巳(5月17日)　阴。余拟江北之行，谋升斗计。至飞霞阁买漆柄纨扇两把。每把三百九十。乞颂鄂画，送可亭太姻伯、翰坡九姑丈。又在凤云茶叙，胪兄亦在坐。晚小雨。

十九甲午(5 月 18 日) 阴凉甚，雨旋晴。访公蓼，将钞《反离骚》并原本交之，留饭吃，时鱼尚新鲜。又至慕萱处，颂鄂扇犹未画，在外碰和，与慕丈访之，并候言声，见，考平江书院，又取老陶为祖考写墓碑。过观前，买元色空心鬼子带二丈，价每尺三分五厘，慈大人命购也，又买送人花十二，合五百廿文。接二弟四月十五日书。

二十乙未(5 月 19 日) 畅晴，顿觉一爽。午后影帖，写祭幛大字，拟抄书未果。访慕丈，胪云已先至。颂鄂在外碰和，扇仍未画，又至王姓处，果见其兴致勃勃，允明日必画。晤季友，知五月课提前，途遇同僚，云廿一二日藩司课。回寓书履历，遣舆夫报考，定廿二日。

廿一丙申(5 月 20 日) 晴。影帖，连日奔走，倦极。至阊门看船，竟无相巧。

廿二丁酉(5 月 21 日) 晨大雨，待雨少小至沧浪亭藩署月课，"'砥砺廉隅'论"，"《书》'思对命'解"，拟论一篇。日晡归，颂鄂遣人送画扇来，适尚未回也。署藩司田公已升贵州臬司。

廿三戊戌(5 月 22 日) 晴。何三姻伯母周年礼忏，送香烛，行礼。又往恽叔来表兄行吊，送幛烛。晤季文，示所作叔来兄行述，洋洋千言，文势极畅，如此美才，不愧选拔。至阊门看船，竟无相巧，只有王姓划子，舱中有五人，包饭，到扬九百文，将就言定，付钱二百文。昨夜仿似梦寐见藕如。

廿四己亥(5 月 23 日) 晴。影帖，本拟今晚下船，因贻孙约晚饭，并请公乐、枫声，只可明晨下船。公乐昆玉竟未来。同席王潜卿、黄轶千两丈、棫士等，余醺然不及终席。

廿五庚子(5 月 24 日) 晴。出阊门，船竟未开，昨言舱中五人，今则倍之，因尔决烈定钱，竟不肯。船行刘万兴复放肆，因此送总巡吴芸阁大令请辨。

廿六辛丑(5 月 25 日) 晴。早往吴大令处，适已出门。昨请樊君测二字，云此行无所获，又问藕如消息，云八月杪不来，须明春矣，奈何奈何！为域士书扇。

廿七壬寅(5月26日) 阴。出阊门搭船，竟无。至总巡局，途遇叶松生，告以船行放肆，松生拉至茶叙，再三解说，必为转面，乃知松生在城外一段是其所管也。午后大风，凉。

廿八癸卯(5月27日) 阴旋晴，天甚凉，连日着绵。《申报》殿试题名录：状元张建勋，广西临桂；榜眼李盛铎，江西德化；探花刘世安，广东驻防；传胪杜本崇，湖南善化。费屺怀点翰林，翼臣四哥竟不能连捷也。贻孙约雅叙，同游枇杷门巷。

廿九甲辰(5月28日) 阴。卯刻兴，收拾行李，至阊门搭船，只有划子房舱，言明一元一角。午后别姨母行，又与慈大人十番，乘小船出城。余思川资不敷，又回城设法。及至城外，见舟人俟于船行，船已先开，复与行十里许至枫桥，始得上船。今日早晚约走廿余里。

三十乙巳(5月29日) 晨过无锡，顺风，午后已至毗陵。买卜恒顺梳篦，是晚宿奔牛。

五月初一丙午(5月30日) 顺风，行百七十里，泊镇江大闸口。

初二丁未(5月31日) 热。此行甚苦。日与舟人辈为侣，臭恶不堪，幸即日至扬，见慈大人已望不可待矣。谢公夏季帮项此次先寄，可感。

初三戊申(6月1日) 颂梅来，晚雨。

初四己酉(6月2日) 益之甥来，五妹托带首饰各件与益之转交。课元儿字。

初五庚戌(6月3日) 晴。端午节，晨起敬香，叩慈大人节禧。

初六辛亥(6月4日) 婉来，率子女归宁，至晚始回。

初七壬子(6月5日) 访张伯凤于曾文正公祠中，伯凤在此教读。晤其令亲曹芷泉，名联璋，江西新建县人。午后至积古斋小坐。

初八癸丑(6月6日)

初九甲寅(6月7日)

初十乙卯(6月8日) 归来无事，日课元儿字。

十一丙辰(6月9日) 写苏州姨母、恽表姨母信,又江西陶妹倩信,即日发。

十二丁巳(6月10日) 晴。

十三戊午(6月11日) 阴。敬香圣帝①。晚间风暴大雨,惜不久即止。

十四己未(6月12日) 晴。舅祖澖道人二十周忌,在天宁寺礼忏。早往行礼,见吴姨太太、两位表姑、陈君亮表弟,梁鸥侣来,同吃素面。晤颍川长老海宇方丈。日晡,出东关看船,黄跨子包饭,赴清江七百五十文,明午行。

十五庚申(6月13日) 晴。饭后舟人来,李二肩行李。叩慈大人行,上船候良久,日夕始开。行十里,泊湾头,舟中无饭,因而登岸,而无饭店,于卖饼者买水饭两碗,食之。月色极好,夜又行。

十六辛酉(6月14日) 顺风。同舟六人,人色颇杂。行百八十里,夜雨船漏,大受其苦。

十七壬戌(6月15日) 阴,风利。过淮阴,有客进城,耽延许久。途中船柁又毁,因又耽延,至晚泊清江浮桥,换小车,载行李至善后局,住三叔祖处。三叔祖人甚瘦,目疾尚未愈。

十八癸亥(6月16日) 晴。早至八姑处午饭,谈半日。寄扬州信并济生丸十二副。至松石斋晤陆小山、方云卿,回善后定小车,闻陶斋世叔来,访之未遇。谒汪岷甫太表叔,亦未遇。晚侍三叔祖,久谈。

十九甲子(6月17日) 晴。晨行过黄河、盐河至徐家溜,南北陆塘河均涸,辙行八十里,住钱家集洪寓。夜为臭虫所苦,假睡于小车,朦胧时许。

二十乙丑(6月18日) 阴。晓行,胡家集尖,未初抵沭,下榻大东厅。翰丈晚归,晤数语,原车即回。天雨。

---

① 底本原作"敬香晚间圣帝",疑误。

廿一丙寅(6月19日) 晴。

廿二丁卯(6月20日)

廿三戊辰(6月21日) 夏至。

廿四己巳(6月22日) 翰丈近日狭斜游,不能深谈,余亦亟亟欲行。午与程绍恺至公和典看估衣。廿二日王子扬太老伯名诩来,得获见,曩与先大父及周瓠翁名贻朴在海州诗文交也,年已六十五,系同治癸酉孝廉,著有《建陵山房诗集》,已梓。

廿五庚午(6月23日) 阴。午后大雨,至夜不止,新河一带必发大水。

廿六辛未(6月24日) 雨。先祖妣黄太淑人四周忌,不孝两年在外矣。

廿七壬申(6月25日) 晴。早起,先曾祖忌辰,晚与翰丈过郝佐臣处,天雨即回。

廿八癸酉(6月26日) 晴。为可亭太姻伯作田勿斋表叔书,唐俊臣姻长来。翰丈晚为盛设饯行,与郝佐臣、程绍恺、唐戎之、刘宜之饮,夜雨。

廿九甲戌(6月27日) 阴雨竟日,不果行。杨姑娘给儿辈布四小匹。

己丑年冬月客于吴门,希曾之纪①。

十三乙卯②(1889年12月5日) 晴。司道处禀销武闱执事差,藩司处递履历,廿一日月课。写扬州信,又江宁唐福皆信。

十四丙辰(12月6日) 晴。作藕如书,至阊门交全泰洽寄,又家信一函,又送粮储信号房,与之百四十文始肯收。

十五丁巳(12月7日) 晴。上院禀知销差,中丞公出勘水荒,

---

① 光绪十六年六月初一至十一月十二日记皆缺。

② 从此日至光绪十六年正月初一前干支皆误,今予改正。

又往司道首府挂号。归见姨母，给余七饼，令取皮袍，慈爱至于此极，能不涕零感激耶？晚视月当头，月色可爱，转念旧时情味，耿耿于怀。

十六戊午(12月8日) 晴。写慈亲禀，并贺长至节，丹柬呈五元家用，一洋寄内，又寄清江八姑母四十岁祝敬一元，信一函。此即姨母所与者，先济其急，余皮袍有无皆可也。日晡，得藕君所寄信件，见手制各物，恍对故人，怅然久之。

十七己未(12月9日) 晴。出阊门，交全昌仁寄家信，并洋七元。

十八庚申(12月10日) 晴。

十九辛酉(12月11日) 晴暖。何晏如阿郎松年世兄喜期，与棫士往贺，看新人拜堂，晤恂如、润荪、汪季友。是日姨母亦去。

二十壬戌(12月12日) 夜半西北风顿作。晨谒粮储景公星号月汀，见余云："如此冷天，何尚穿夹袍褂？"又问与吴兴系何亲戚，催槽之差，允当委之。

廿一癸亥(12月13日) 晴。冷风稍小。辰初至藩署月课，题为"'不贪为宝'论"。拟禁查荒收受差费示做论一篇。同考寿仲珍、胡瑞庭、周胪云、徐颂翁。

廿二甲子(12月14日) 晴。晨出暮归，奉储宪札委赴嘉定、宝山、金山三县守提漕项差。即日禀知，本年道库漕项奉部政拨一半，仓项均关栈支，新漕、海运、河运南北各项经费要需。

廿三乙丑(12月15日) 晴。粮储止辕，衙、参两司均见，晤朱震甫、申翰香，又至首府院上禀知，至同乡郭公廷沛递领年终津贴、籍贯衔名条。

廿四丙寅(12月16日) 阴。谒储宪，去迟，适已出门。见沈显翁。渠派锡、金两县差。

廿五丁卯(12月17日) 晴。谒储宪，同见有于圣楷姻丈，渠派海运沪局，均即禀辞。至仪凤与季友茶叙，上院挂禀，辞号。过司前街亡妹家，见瑞臣。令罗玉随同出差，余本欲余升同去，不意渠方荐至贻孙即昧心不认主人，可谓忘恩之甚，小人之尤过也。又至庙堂巷，汪颂鄂姻丈丧偶，廿一病故，当此极苦，何以为情？见钟海平、费企堂。

廿六戊辰（12 月 18 日） 晴。昨接二弟十九日信，慈亲康健，少慰。二婶至今犹未回来，残冬岁暮携宏弟仆人远游沭阳，告助于九姑丈。既不为俯仰，又非婚官，如此长途走险，可惧之至。访公蓼，见姚姨丈。昨晤谢梅石、查蕉槎。

廿七己巳（12 月 19 日） 晴。寄扬州三号信。访姚枫生、张鲁卿，假三元，又以棉夹衣等抵质皮袍。令罗玉雇船，晚发行李上船。何珊枝姻丈今日周忌，送香楮，行礼。日月如驶，忽已期年，能无黄垆之恸？

廿八庚午（12 月 20 日） 晴。解维，罗玉所看一破船，四面透风，言定十日，每日船价需四百三十文，可谓贵而不好。晚泊昆山，行七十里。

廿九辛未长至节（12 月 21 日） 晴。四十里过太仓州，由崦壁河一路村景多竹，园大则数里，幽曲引人。灯时抵嘉定县，计五十里，泊西门香花桥下。遣家人持札至县，龙大令景曾，广东人，已先接储宪牌单，已解过漕仓项，正耗银三千一百余两，故将回文备齐，派人同来，送程仪十八番，川资四千，随两元。即书谢帖，告以明日行不往谒矣，彼此省事也。

嘉平朔壬申（12 月 22 日） 阴。晓起进城购玉润山房竹刻等件，用六百六十文。适县令行香回署，见龙君，年未五十也。至面馆吃面。回舟，解缆。城内街道甚平正。申刻后泊罗店镇，属宝山县，计行三十里，登岸闲逛，市面亦颇热闹。嘉、宝省之东北，距沪不远，以土人语言辨之，极是也。夜小雨，连日东风太甚，故耳。

初二癸酉（12 月 23 日） 小雨。放舟，午后至宝山，行三十六里，泊丁家桥，水窗兀坐，影《弥陀经》百余字，读《陈文恭公集》。夜风。县署送回文来。

初三甲戌(12月24日) 晴。早起影经,借县舆谒葛岳乔大令,名庆同。先请帐房徐子珍陪,并留饭。少顷岳翁出见,湖南善化人,同治甲子举人,癸未进士,改即用,补此已五年。谈片刻,回船,旋送程仪十八番,又川资千六百文。解维,乘午潮行十二里,泊。又回文一件,本年漕项除减征收正银六千六百余两,耗银三百卅二两,共已解过五千余两,又仓项三千八百有奇。

初四乙亥(12月25日) 晴。风逆,仍过嘉定,至南翔已更后矣。此地出布,因买十匹,每料长丈六尺,三百十四文一匹,用洋两元。又乙千百六十文。

初五丙子(12月26日) 晴。船往东南,故尔风顺,舟人无帆,仍是摇橹,闷人之至。过周太仆庙,沈庚虞厘局在此,因系舟一访,谈良久,晤潘小舟,庚虞留饭。谨按:周太仆讳中,绍兴人,当雍正时任淞江知府,斯时公创开吴淞江口,费国帑甚巨,工险不能合龙,公急而身殉,民人感其德,乃建庙奉香火。至陶文毅公澍又疏浚此河,于是知公之德泽及生民,奏请建立专祠,春秋崇祀,并追赠太仆寺卿衔,至今百有余年,民人颂之。呜呼!若公之德可谓不朽矣。晚泊新闸,行五十四里。

初六丁丑(12月27日) 晴。昨写慈亲禀。乘东洋车至四马路购大和丰小土两包,又零切四两八钱,交全昌仁在二马路。寄扬州信,并洋十四元。又买东洋手巾、香水胰一匣,回船。开至老闸,上怡和码头,看来往马车小车,隆隆似雷,络绎不绝。少顷潮来,解缆,出黄浦江,进石灰港口,计二十里,又十二里徐家园,有英人教堂绵长十里,又十八里住红桥,有厘捐分卡。昨庚虞云嘉定龙镜翁与先叔曾共差沪上,惜知之晚矣。

初七戊寅(12月28日) 阴,小雨,日晡放晴。二十里七堡,又二十泗泾,又四十至松江府,城西门外泊。晚阴霾。

初八己卯(12月29日) 浴佛日。晨阴霾,江行时许晴。先贞青叔生忌。出豆腐帮口,行五十四里泊朱泾镇,金山县即住此。谒夏午亭大令槐，湖南人，年已六十八，美须髯，精神亦佳，少谈回船。上街剃头。县中请晚饮，同席杨广文、蔡捕厅、张桂轩，郴。其余三君两为午翁亲族，一乃侄也。菜颇佳，宴谈甚久，散坐各行。县中送回文来，共已解过正耗银六千三百两，另赠程仪十二番，川资三千二百文。斯缺为松属最苦者，县衙本近海口东北，其西南则松江也，乾隆年间迁移于此，今所居者旧之东仓，西仓作捕署及囹圄之所。

初九庚辰(12 月 30 日) 晴。早俟潮平解缆，行六九路，泊松江。时尚早，登岸至西大街恒大元铺买大红细标布一匹，又本色半匹、麻米布两匹，用二元。江南布松江最驰名，家居布帛菽粟不可少，岂必膏粱绫罗乎？人生淡泊最能耐久，余少时窃羡鲜衣美食，今壮年涉世艰苦，时时以勤俭自戒，然犹不免声色之好。先叔贞卿公尝训调原曰："汝曹不读书，他日谓子弟何为？父兄不敢望汝为贤人，必愿汝为通人，不为乡人，斯可矣。"谨识之，弗敢忘，所滋愧壮而庸鹿，今适先叔忌辰，距殁时十六稔矣。调原长为无父之人，求长者训不可得矣。悲夫！愿子弟读书勉之，以余不肖为戒也。

初十辛巳(12 月 31 日) 阴。逆风，舟行过凤皇山下，见有洋房，计行五九，晚泊青浦。见修县城，又有杨寿母百岁坊，已一百一岁。时甲申十年，江督左侯中丞卫抚学使黄公体芳请旌表之。日晡小雨，至城内一逛，路甚滑，晚晴。

十一壬午(1890 年 1 月 1 日) 西北风。行五九路泊菉葭浜，尚未日落。晚间风息，寒月孤蓬。

十二癸未(1 月 2 日) 晴，风愈甚。午后至昆山泊，进城一行。曩时朱肖琴表兄任昆山捕厅，相聚颇得，不意分手，先闻少琴去世，继遭内艰，旋奉讳赴邵埭，未久而肖兄已作古人，黄垆重过，能无欷歔？日晡，又以利啖舟人，令其连夜兼行，奈行数里，风益甚，舟几倾覆，系缆真义桥下。狂风侧夜，水声澎渤。

十三甲申(1 月 3 日) 风仍不小，至怡亭搭班船赴苏。坐船工食付至今日，又与酒钱，犹未足也，罗玉令随原船行。早间过船，舟人将沉泥研碰损。日夕到省，遣人藩垣府挂号，知月课已考过矣。

十四乙酉(1月4日) 晴。谒首府魁公，年终津贴一项蒙允不扣。同见祝丙南、福运泉方伯，因计典止辕，至贪头郭述三司马处。

十五丙戌(1月5日) 晴。抚辕挂号，访公蓼，赠渠竹刻两件。

十六丁亥(1月6日) 晴。何鲁生兄由烟台回来，相别四年，渠现在东海关当差，极得意。

十七戊子(1月7日) 晴。晚与鲁生竹林饮。

十八己丑(1月8日) 晴。与鲁生、椷士玉楼春啜茗，贻荪约源兴馆吃烧鸭，畅饮醺然，同复冶游。早间与鲁至观西胡开文买墨，定贝松泉笔。

十九庚寅(1月9日) 晴。各衙门封篆、挂禀贺号。戴仰之、潘石泉约鲁茶叙，复吃福兴园，回来与鲁等祥乐园洗澡。

二十辛卯(1月10日) 晴。年终领款须廿七八方，有托公蓼设法，尚未就手。

廿一壬辰(1月11日) 晴。写鲁生夹单。

廿二癸巳(1月12日) 晴，风。至公蓼寓，知往昌善局。复访之，渠为夫人礼忏，晤费振之、恽授臣、姚枫生、张鲁卿，同饮。晚又饮于公蓼家食一品锅，并为假得十番。又姚姨母寄母亲四元。今日由昌善局归时，适藕阿姊，遂略询近状，知不日即至，而余又促归期，将奈何。

廿三甲午(1月13日) 公蓼生日，不受贺。余亟欲返，鲁生与姨母殷殷留此度岁，嘱将项先寄，而信局因年近，道中不便带，故余决计归。

廿四乙未(1月14日) 阴。至阊门搭船，恰好有船即走。回来买各件，与姨母午餐，蒙寄母亲廿元，又余兄弟等八番，匆匆叩领拜别。与鲁生诸人辞行，适吴次竹子畏在此，亦一见。乘小快船冒雨出城，过船，同舟方伯翁名鸣吉，桐城人，系府经，现委海运，两人同行甚好。晚令舟人买冬桑米、捧儿香、糟腐乳、带鱼、草纸、青果等物。

廿五丙申(1 月 15 日) 阴。晚泊无锡南门。

廿六丁酉(1 月 16 日) 住常州,买卜恒顺黄杨梳篦,一元。

廿七戊戌(1 月 17 日) 晴。风顺,晚泊靳丰。

廿八己亥(1 月 18 日) 阴雨。行三十里泊丹徒口,舟人早饭,又解维出江,过焦山,至京口,方伯翁登岸候轮船至皖江,分袂。复行,天时申初,即晚赶进瓜洲口泊,恐北风起则阻守矣。

廿九庚子(1 月 19 日) 晴,北风。午刻到家,慈亲已望之亟切矣。夜间子初与弟辈敬神,用三牲、十二果碟、发糕、元宝蛋等,火盆一座,行三跽九叩礼。余到家只余十六元,交公帐,其余姨母寄也。

除夕辛丑(1 月 20 日) 阴。收拾堂屋,辰初接灶,晚祀祖先,循例两桌,每六碗、一火锅、十碟。张灯,与弟辈行礼完毕,慈亲前敬酒,陪吃年夜饭,辞岁。

光绪庚寅日记

（1890年1月21日—1891年2月8日）

庚寅年之纪。

新正元旦壬寅(1890年1月21日)　阴。黎敬天地，祖先前供元宵桌，合叩慈大人喜。新岁诸事如意，合家安，益愿早得一差，俾奉菽水，深幸也。

初二癸卯(1月22日)　阴。梁鹤俦表姑丈来。午后小雨。

初三甲辰(1月23日)　晴。张伯凤兄、王仲坚表弟来。

初四乙巳(1月24日)　晴。出门拜年，拜舅祖喜神，遗像宛然，能不思慕乎？又至阮景岑祖姑丈家拜文达公喜神、六祖姑母喜神。在景老斋中久坐，并见七老姑姑，又至五妹、仲坚表弟、仲远内兄、梁丈家，晚归。夜与弟辈接财神。

初五丙午(1月25日)　阴。

初六丁未(1月26日)　阴雨。舅祖渴道人生忌。

初七戊申(1月27日)　人日，晴。东原弟来。吉卿三叔现委仪栈监秤差。

初八己酉(1月28日)　晴，北风。慈亲出门拜年，元官、和女与高妈乘小车至仲远内兄处贺年，日晡回来。天气甚冷，仲远内兄来。

初九庚戌(1月29日)　阴雨。梁表姑母来。慈亲感冒，甚不舒服。

初十辛亥(1月30日)　晴。和五妹、仲坚夫人诸亲来贺年，留吃面。慈恙今日稍愈。二婶去冬自沭阳归来，云余侵吞百五十金之谣不知从何而起。婶太太满载而归，阿侄岁暮还家赤贫如洗，赖老母典质存活，犹遭此谤，何骨肉忌刻至此耶！

十一壬子(1月31日) 阴。写沈仲复中丞书，又马船西兄信。

十二癸丑(2月1日) 晴。交协兴昌寄皖抚信，又清江八姑母信。

十三甲寅(2月2日) 张灯节。至辕门桥逛灯，晚间看儿辈持灯白相。

十四乙卯(2月3日) 日陪慈亲折骨。

元宵节丙辰(2月4日) 立春。晨兴供祖先元宵，叩慈亲喜。晚间祀祖先，上供。连日月色团栾皎皎，爱不能眠。半月来每晨祖先前早间供点心，循旧制也。

十六丁巳(2月5日) 晴。晨兴，先考廉卿公六十冥寿，早间行礼，未初上供。二妹送蜡烛、锡箔，五妹处亦送，又程子鹄处亦有礼。君亮弟来拜，留饭。和官今日呕吐、痰多，夜发热。

十七戊午(2月6日) 晴。和女热仍未尽，内子归宁，仍携和女而去，因其在家啼哭也。祥官与高妈乘小车去，至灯时始归。和女夜热更甚，气似喘，两手时动，余和衣不敢熟睡，时要饮茶。

十八己未(2月7日) 晴暖。和女热不减，午间令高二抱至王医诊视。将出后门，忽一黑犬向余袍后咬破，复回来换衣而去。医云喉蛾双肿，风温痰滞，恐发痧疹，嘱多请专科，先开一方，如服之无效，必须另请人诊。归来即以原方投之，拟明日再看。晚饭后余侍母掷骰，内子已带和女先睡，讵亥子间，见其咳喘，神气顿异，亟请唐少珍，而唐公又遣人回来，云必须八百文方来，即应之。斯时风雨交加，乃一展转间，和女两目直瞪，母亲睡而复起，出来抚摩呼之，和女注视祖母，顷即化去，时正丑刻也。昧心唐公至不及矣。此女一误其母出门，再误于余不早请医。忽剌剌割去一块肉，五年鞠育，一旦云亡，余与老母不禁失声哭之。是夜，置于门房，化锞锭一千。

十九庚申(2月8日) 阴，大东北风。余与内子黎明至外哭之，见面色如生，口眼犹未闭也。即同二弟至马德隆材板铺择一小棺，价三番，制绿布棉裤，身穿祥官红棉袄，余为洗面，棺内以青灰、石灰铺之，与二弟亲成其殓。时口眼俱瞑，胸中犹觉余温，以所穿印花红棉绸夹袄盖其面，外钉大盖，痛心之泪，滚滚而下。二弟乘舆送至西乡七里甸，在老仆戈玉墓之左右买一空穴，令老杨雇工，是日葬之。

二十辛酉(2月9日) 晴。

廿一壬戌(2月10日) 内兄仲远来慰，略谈。慈亲付一洋买米五斗。

廿二癸亥(2月11日) 晴。剃头，慈亲出门。

廿三甲子(2月12日)

廿四乙丑(2月13日)

廿五丙寅(2月14日) 晴暖。慈亲包春卷吃。

廿六丁卯(2月15日) 仲远内兄借洋六元，以八角海梅儿押之。

廿七戊辰(2月16日) 阴。颂梅来，留吃面，晚做荠菜现春卷。

廿八己巳(2月17日) 阴雨。晚掷骰。

廿九庚午(2月18日) 余生日，天晴。颂梅来掷骰，余负六百文。

二月朔辛未(2月19日) 晨起敬香。接八姑母信，知亮臣姑丈去冬到鸡泽县任，庚抱表弟忽患伤寒，于十月初二日去世，年已廿外，能读书，惜不永年。余与亮丈不通信经岁矣。

初二壬申(2月20日) 敬土神香。昨送元儿拜张伯凤兄师读书。晚间元儿身热，至王先生处诊。

初三癸酉(2月21日) 阴。元儿热未退，请王、杨两医诊。杨系小儿专科，据云，病伏风瘟，势颇剧也。

初四甲戌(2月22日) 晴。元儿病不减，夜多詹语。早往梁丈处，托请达回子，梁丈留吃点心，归，接何贻孙信。达医晚来诊，左右手用针灸各二，另开一方，皆宣通之剂，云非风温。

初五乙亥(2月23日) 晨雨,午后晴。元儿病稍好,达医晚来诊。

初六丙子(2月24日) 阴。

初七丁丑(2月25日) 晴冷。元儿病得大解,可以无虞。达先生太夫人明日八十岁,送寿面、蜡烛。

初八戊寅(2月26日) 雨。祥官发热,请王医诊。春寒刺骨。

初九己卯(2月27日) 阴。祥官仍热,时觉迷睡。午后王先生来看,云须早退热,防痰厥。

初十庚辰(2月28日) 祥官热不减,夜中时有茶饮,早间起来神气似迷,午间忽发厥,即时气闭齿紧。余至张伯凤兄处要广东嵺峒丸,服半丸,又老鼠粪一粒,兼之推拿,少顷,气转舒。一面请达医来诊,云风气已解,只须清内热,不要紧也。

十一辛巳(3月1日) 晴,访达子良,请另易方,又至辕门桥买茶叶等物。

花朝壬午(3月2日) 晴。仲远生日,未去,遣人交洋六元,取押木器海梅方桌一张,又靠背椅一对,前后共押十二元,言明无利,何日有钱何日取赎。君亮弟来,祥官病已渐好。

十三癸未(3月3日) 早晴,午阴。祥儿又热,请达医晚来诊。

十四甲申(3月4日)

十五乙酉(3月5日) 在静乐与仲远茶叙。

十六丙戌(3月6日) 晴。至静乐晤仲远,同访程蒲荪孝廉名秉铦,适于六沤丈亦来,谈良久。又至仲兄家晚饭,并请书质木器字,各交一纸,步月回。乞程蒲翁书小屏。

十七丁亥(3月7日) 晴。谒万仲桓丈,适尚未启,留纸两条乞书。接何贻荪信。

十八戊子(3月8日) 晴。和殇去一月,人生若梦,可慨可嗟。阴雨。

十九己丑(3月9日) 观音诞,敬香,合家持素。质二蓝洋绉皮袍七千四百文，除此余一无所有，即棉袍均典去，苦至如此，犹遭家庭忌妒，令人悻甚。

二十庚寅(3月10日) 接贻孙信并唐福皆书。

廿一辛卯(3月11日) 晴。李大沭阳归，得翰丈复书，空言奈何。昨过小辋川裱画铺，见伊墨卿先生画一长髯公(仿十洲本)，旁以梅竹补之，有阮文达题一截句："十洲之后又汀州，文采风流世寡俦。不写安榴写梅树，放翁风趣足千秋。"

廿二壬辰(3月12日) 晴冷。

廿三癸巳(3月13日) 晴。

廿四甲午(3月14日) 晴。至王乔松命馆占六壬课。

廿五乙未(3月15日) 晴。又访乔松，看八字，今年流年不佳，忌正、五、七、九月，须四十五岁交运，此数年或起或落。

廿六丙申(3月16日) 晴。招瞽者胡君算命，云今年大不好，恐有刑克，正月虽殇小儿，然五、八、十月尚可惧也。

廿七丁酉(3月17日) 晴。张伯风兄来。

廿八戊戌(3月18日) 晴。过伯风兄处，并赠其嘉定浅刻竹筷一双。

廿九己亥(3月19日) 阴。程翰坡姑丈到来借轿，杨姑娘来寓，母亲留饭，松鹤园菜殊不见佳，回船已灯后。杨姨给儿辈八番。

三十庚子(3月20日) 阴。谒翰丈，程绍恺、孙梅溪古玩客约醉仙吃面，散后冒雨归。

闰二月朔辛丑(3月21日) 阴。翰丈与绍翁来，久谈，云明日来上祖慈祭行礼。

初二壬寅(3月22日) 阴。前日接何贻孙信，姨母肝恙甚剧，鲍竹孙诊视，云肝风已现，余与母亲闻之忧灼之至。天雨竟日，早间翰丈遣人送洋八元给元儿等，又八番嘱备祭筵。是晚来拜，祖慈神位，略坐即去。

初三癸卯(3月23日) 阴。乘舆至河干叩谢翰丈，并约晚饭。

日晡，翰与绍恺过寓小饮，陈颂梅妹倩同坐，菜实坏极。

初四甲辰(3月24日) 晴。至翰丈船，将赴京口搭轮船往沪上。临行赠廿番，留余俟其返棹再议。慈亲出门。

初五乙巳(3月25日) 晴。昨接亮臣姑丈书，又清江四妹信。

初六丙午(3月26日) 阴。

初七丁未(3月27日) 接何贻孙信，姨母病稍好，私念为之一释。

初八戊申(3月28日)

初九己酉(3月29日)

初十庚戌(3月30日) 内子常觉悬晕腕痛，请达子良先生诊。

十一辛亥(3月31日) 晨阴霾，出城，乘小车至七里甸祖茔祭扫。和女即葬祖茔后，相距不远，且在树木丛中，是可安其魂魄矣，以冥锭二千焚之。回时申后，天晴。

十二壬子(4月1日) 晴。

十三癸丑(4月2日) 晴。至上方寺祭扫，先考以次墓均多倾塌，周三终年出外，其老母年已七十外，尚有一媳，俱不闻问。先人丘墓不保，余之不孝深矣，未识此生何日转机，得充此重任也。

十四甲寅(4月3日) 阴。近日课元儿念杜诗，尚能强记。接贻孙信。

十五乙卯(4月4日) 复何贻孙信。

十六丙辰(4月5日) 晴。清明节，祀祖先上供。晚至辕门桥买折扇。

十七丁巳(4月6日) 晚访仲远，乞画扇，留饭。万仲桓丈、程蒲翁书件已有，两君俱酬应之作，程君之字尤不及万也。

十八戊午(4月7日)连日甚暖，至碧萝春晤丹来内兄。

十九己未(4月8日)

二十庚申(4月9日)

廿一辛酉(4月10日)

廿二壬戌(4 月 11 日) 晴凉。日晡在碧萝见丹兄,谈至晚,散。

廿三癸亥(4 月 12 日) 阴雨竟日。每天课元儿读《尔雅》数句、《大学》两三行。

廿四甲子(4 月 13 日) 阴。翰丈不来,余不能行,近况日日在陈,如何得了? 急杀!

廿五乙丑(4 月 14 日) 阴。写山东孔晴甫妹倩唁信。晴甫去春来信,内丁太夫人徐氏生于道光三年正月十七辰时,卒于光绪十四年十二月廿五日丑时,寿六十六,有子五:庆霖、雯、霁、霭、霄,霁即晴甫也。庆霄需次长芦。

廿六丙寅(4 月 15 日) 阴晴。今日五表妹传红,许赖树臣之堂弟继室也。余无衣服不能去贺,作字与王锡之姻丈贺喜。至碧萝晤丹兄,慈亲牙痛,用嵻峒丸敷之。

廿七丁卯(4 月 16 日) 晴。慈亲今日稍好。接何贻孙信,知藕君已至而余又远行,人聚散真不可定。夜写济宁玉坡二叔信。

廿八戊辰(4 月 17 日) 晴。卯刻兴,天气热,携元儿至伯凤兄处讨油仿纸五张,又至辕门桥。晚间翰丈到,舟泊缺口。

廿九己巳(4 月 18 日) 阴雨。访翰丈、绍恺,同至醉仙小酌,逛街,途滑泥泞,回来午饭。王书常世伯来。晚又陪翰丈到穆元兴吃烧鸭。

三月朔庚午(4 月 19 日) 阴,燥热,地气潮湿。翰丈来,乘舆至。赖树臣将行。雷雨。

初二辛未(4 月 20 日) 阴。母亲出门,内子包水角。晚间为母亲祝寿,赖树臣来拜,约晚饭,未去。

上巳壬申(4 月 21 日) 阴。回拜树臣,并见绶臣三兄。

初四癸酉(4 月 22 日) 阴,雷雨旋止。叩母亲寿,梁表姑丈、程翰丈及杨姑娘来,留吃面,内外两席。午后客散,天晴。今日翰丈回张府,好用糕茶遣女妪送去,循扬俗也。翰丈明日即行,晚间又上船送行,挪十枚余,云月底寄来。此时妙手空空,亦无可奈何。周仁山来。

初五甲戌(4月23日) 晨雨即晴。午后藕君忽至,真出意外。姨母带来冬桑米二斗,藕君稍坐即去,送其回厨子庙,途次略叙别况。

初六乙亥(4月24日) 黎明雷雨交作,卧榻前俱漏,旋北风,晴冷。至梁丈处谢寿,母亲亦去。日晡,纡道访藕君,略谈,见其消瘦于前,明日回伊家也。

初七丙子(4月25日) 晴。二妹倩来,在此晚酌。接八姑信,访仁山、伯凤两君。

初八丁丑(4月26日) 晴。寄项书巢姻丈、诗侣兄信。项老太太月之十七日八十寿辰,送幛烛。又济宁玉坡叔信、曲阜孔妹倩喧信及八姑母信均交全泰洽信局寄清江,请八姑分寄分送。访伯凤,仁山兄又来谈。

初九戊寅(4月27日) 午后至钞关看船,有一便船可搭,明晨即行。

初十己卯(4月28日) 早间舟人来,回云船不开,尚有一二日留。又在缺口外觅一便船,明日准行。昨送元官至张伯凤兄处读书。

十一庚辰(4月29日) 阴。午饭,叩慈亲,行上船即开,泊瓜洲口。此行质棉袍乙元半作川资。

十二辛巳(4月30日) 阴。东北风阻行,同舟有卜姓母子二人。

十三壬午(5月1日) 渡江,进丹徒口,是日过丹阳,泊吕城,行百六十里。

十四癸未(5月2日) 阴,小雨。途中极凉,无棉衣可穿,春寒刺骨。晚泊洛社。

十五甲申(5月3日) 晴。略得好风,日晡抵苏。晤贻孙,见姨母,知病体稍愈,为之一快。

十六乙酉(5月4日) 剃头,访公蓼、枫生,见姚姨母,坐谈许久,留晚餐。携彦丈所书篆联归。

十七丙戌(5月5日) 立夏。寄家信第一号,并洋两元,全昌仁寄。贻约坐阿二小舫至蓬莱听戏,并携娃娃、阿瑞同去。先至泰来小饮,到园中余已醺然欲睡,不知戏之佳否。日晡归。

十八丁亥(5月6日) 晴。先祖七十九岁生忌,至臬署报考。

十九戊子(5月7日) 斡约雅聚茶叙,适九舅氏偕海平周厚甫诸人亦来。

二十己丑(5月8日) 连日甚凉,人倦伤风,夜间寒热交作,头疼。

廿一庚寅(5月9日) 热未减,张杏田来诊。公蓼、季[①]友来,季友有都门之行。晚睡颇熟,热竟退大半,服药。

廿二辛卯(5月10日) 今日头疼已好,乘舆沧浪亭行台月课,题"'各安其分'论",草草完卷。晤杨瑞符、姚枫生、沈显斋、徐颂鹄。

廿三壬辰(5月11日) 大风。至观前买寄扬州物,适小雨,至公蓼处询胡子贤何日回扬。

廿四癸巳(5月12日) 连日咳嗽。贻约玉楼春茶聚,飞云阁糊扇。

廿五甲午(5月13日) 写家信。姨母请杏田诊。至姚姨处要珠黄散、上海膏。

廿六乙未(5月14日) 晴。影《臧公碑》。访胡子贤,交带扬州信件,计洋乙元、广膏一合、糟腐乳两罐、捧香、笋尖、香椿头、虾子、鲚、胰子、仿格。

廿七丙申(5月15日) 晴。与斡臣至胡开文买墨,访公蓼。明日两司止辕。

廿八丁酉(5月16日) 晨阴,偕斡臣出谒九舅氏,见孙少山,同饭,要观音膏廿余帖。又见三舅母,谈良久。至公蓼处,子贤尚未行,又将原信要回,添数语,并膏药封内交去,与公蓼诸人晚饭。归寓,汪颂鄂丈来,在贻孙斋中久谈。连日睡过迟,甚倦。

---

① 原作"继友",前后文皆作"(汪)季友",据改。

廿九戊戌(5月17日) 晴。影《臧公碑》。姨母寄慈亲廿番。

三十己亥(5月18日) 写三号禀,并洋廿元至阊门交全昌仁信局寄扬。

四月初一庚子(5月19日) 晴。贻孙约幹臣乘画舫游留园,其丘壑清旷胜于怡园。又园之西筑菜圃,穹窿诸山一览无余,仿似蓬莱,故名之“小蓬莱”。沦茗于涵碧山房,游人极多,晤朱震甫,日晡归。

初二辛丑(5月20日) 看常熟筷。侍姨母至无锡看病,午后解维,行十数里,泊陆墓。

初三壬寅(5月21日) 午刻至甘露镇,桥低于舟,竟阻行。闻曹医距此尚有廿余里,又恐午后出门,拟明日前往,先定一小舟。

初四癸卯(5月22日) 晨随姨母登小舟,解缆,过远山荡,至查家桥泊船访医。曹宝寿先生年近八十,闻为名医也,闻已出门,须两三日方回。无可如何,请曹君之子一诊,据云恐成痺证。日晡,回甘露坐船,此地出甘露饼,酱、小菜均佳。

初五甲辰(5月23日) 晴。姨母令放舟回苏,过陆墓,有会,因系缆一观,有台阁、高跷等十数起。午正抵吴,知贻孙赴无锡,毋乃相左矣。至臬署看考案,取三等十三。在欣赏斋晤胪云,知十二、十四又考。

初六乙巳(5月24日) 至藩科递履历报考。修仙巷马姨母处送行,将之直隶。又访周胪云,见黍香表妹。余咳久不止,请胪兄诊,开一方。

初七丙午(5月25日) 午后胪云来,姨母请诊,据云血虚,非滋补不可。余服其昨日之方。昨于胪云处见舅祖濁道人临《晚香堂帖》,笔笔流利遒劲,书至此,神矣,美矣!魏滋伯先生云“如天仙化人”,信非虚言。老陶又云“近人无此书矣”,是皆深知先生书中奥妙。

初八丁未(5月26日) 晨与丰绅上藩辕见晤王箓君兄,蕴斋丈之子。又见魏卓儒,访陶叔,久谈。至景宪处挂号,又访汪颂鄂丈,见七表姑。

初九戊申(5月27日) 九舅父来,小坐即去。日晡,观西买潘辛斋笔。晤熊君,知景宪见一日客,余独未去,且景宪娶曲阜孔氏,有姻娅,亦未知,昨陶丈告余也。接扬州信,各件均收到,翰丈竟无所寄,午节如何得了? 思之急杀。

初十己酉(5月28日) 晴。笙姨之女小小留发,与贻孙往贺,见海平、厚甫、十九叔、少山、石琴甫,同吃面。

十一庚戌(5月29日) 贻孙、幹臣约游虎阜,继船出阊门,易作留园之游,在沁春楼下久坐,读俞曲园太史记。案:园之距城三里许,名寒碧山庄,为嘉庆时刘蓉峰故园也,乱后人仅知为刘园,问寒碧山庄则莫知也。吴下向以园争胜,军兴后大都废为丘墟,而此园独存。光绪初为盛旭人方伯所得,于是树木泉石欣欣向荣,涓涓流通。每于春秋佳日,主人宴客觞咏,彼都人士亦有褰裳倚袂而来,客有请名于园:"用刘园乎? 抑易名乎?"主人曰:"欲名寒碧山庄者,则人不知,莫如人曰'刘园',我曰'留园',易其字不易其音,可也。"客曰:"善。"

十二辛亥(5月30日) 阴雨。卯刻进藩署月课,去时人尚未齐,又候许久。题出"'合听则圣'论",问"痞棍聚赌,勾通营差,官绅聚赌,高墙深院,能陈缉禁之法欤"? 午后交卷,回寓,幸未遇雨。

十三壬子(5月31日)

十四癸丑(6月1日) 晴。恽叔来周忌,送香烛,亲往行礼,贻孙亦旋至。晤季文,见其家中礼忏,与少山、蒋墨缘、厚甫诸人吃素斋。

十五甲寅(6月2日) 晴,燥热。张鲁卿[①]来,约往二门口看常熟快船。晚至公蓼处,知其赴湖州双林。闻徐培之丁外艰。领三月课卷四千。

十六乙卯(6月3日) 风竟日不息。至彩凤取首饰各件,又买广珠十粒。

---

① 原作"章鲁卿",前后文皆作"张鲁卿",据改。

十七丙辰(6 月 4 日) 阴。贻孙赴杭州。写扬州四号信。买枇杷五斤,晚雨。

十八丁巳(6 月 5 日) 昨交全泰洽寄扬州信,又洋四元、母亲押发、耳圈、茉莉针二枚,并枇杷一篓。

十九戊午(6 月 6 日) 臬号房来交履历,廿四日考。

二十己未(6 月 7 日) 阴雨。日习字,久不握管,更觉坏矣。

廿一庚申(6 月 8 日) 阴雨。慈亲率二弟家人刘福至,途次平安,扬寓均好,为之快慰。

廿二辛酉(6 月 9 日) 雨。

廿三壬戌(6 月 10 日) 阴。外祖鹤生公百岁冥寿,九舅与三舅母、笙姨在祇园庵礼忏。早侍慈亲去行礼,姚姨母亦至。与季文、顾英山、厚甫、海平、企堂、少山同饭,谱笙未至。

廿四癸亥(6 月 11 日) 晨至臬署月课:"'循平责实'论",问"佐杂人员帮办州县保甲,其利弊何如?各举以对"。午后完卷,归。昨日晡时见藕君女兄,立谈数语,嘱作书致之。姚姨母来,交名条。

廿五甲子(6 月 12 日) 晴。

廿六乙丑(6 月 13 日) 阴雨。鲁卿来,知广翁来,彦丈已面交切托也,偕鲁卿至萧家巷午餐。寄内子五号书,又六姨给八番,家中又嘱写烟台信,全昌仁寄。又见姚姨母,公蓼昨已言旋。

廿七丙寅(6 月 14 日) 晴。午前谒广翁,适已出门。往藩署看月课案,未出,至公蓼处,饭后同至观前飞云阁糊纨扇,途遇九舅、聂舫渔。公蓼往大井巷,余到三万昌与仲云、棫士二弟茶叙。

廿八丁卯(6 月 15 日) 晴。晨谒广翁,见面略谈,似在犹移不决。又谒黄寿帅,至恽处见二姨母,季文已出门。又访公蓼吃饭,晚仍在公蓼同餐,作长夜之谈。公蓼笃嗜金石,书籍考据精确,盖其家学渊源。新得一赤乌五年砖,字极清楚。案:"赤乌"为东吴孙权僭号也。

廿九戊辰(6 月 16 日) 阴。梳头,与棫士、仲弟至严衙前贺九舅喜，常保表弟十岁，慈亲、姚姨均去。与厚甫及孙、钟、费、王同饮，菜甚佳，二弟醺然，天又雨，嘱其乘舆先回。晚间醉而大吐大泻，半失瘾也。今科会试状元吴鲁，福建晋江县。榜眼文廷式，江西萍乡县。探花吴荫培，苏州吴县。传胪萧大猷。河南益阳。夜雨。

五月朔己巳(6月17日) 麦收半多歉薄，柴米日昂，居家更苦。写字一张，又影《臧公碑》。晚间忽想和女今日所生，今化去已及五月，殊可怜也。

初二庚午(6月18日) 阴雨。影《臧公碑》九十字，又临一纸。梅生来信，姨母嘱复之。彭仲云来。

初三辛未(6月19日) 阴雨。习字，剃头。日晡晴，观前买纸，又至公蓼处。途滑难行，遣人取藩课卷，列三等第五，得奖四千文。姨母与节用一元。

初四壬申(6月20日) 阴。早至观西潘辛斋易笔，又往松泉购七紫三羊。过公蓼处，天雨即回，旋大雨，复晴。习字。

天中节癸酉[①]**(6月21日)** 晴。至臬署挂号，五月课出案，列二等第一，得奖六千。过花家巷老陶新居，主人出门。贺姚、恽两处节，晤季文。回寓，易衣冠，与二弟叩姨母、慈大人喜。午后熟睡，写字一张。又往观前见枫生、黼卿、鲁卿、星次，在如意阁一坐。

初六甲戌(6月22日) 晴，湿热薰蒸，殊觉难受。先伯谓山公生忌，今已七十一矣。午后雨，慈亲至姚姨处。影《弥陀经》。临《臧公碑》。

初七乙亥(6月23日) 雨竟日不止。人倦非常，写字半张。接内子书，洋、函收到。

初八丙子(6月24日) 晴。影经。公蓼招饮文乐园，同坐七人，有典铺汪君、珠宝铺云轩，余均熟人。菜尚佳，惟地方遍窄，腥膻之气不堪。

---

① 底本“天中节癸酉”旁原有“一阴生”。

初九丁丑(6月25日)　晴热。影经。临《臧公碑》一张。至三万昌与棫士、仲弟茶叙，买吕宋票，洋六角，又买蕉扇一柄，菩提珠一挂。

初十戊寅(6月26日)　晴。爽书便面一个，字若蚯蚓，形实丑拙。又为内子书楷扇，写四百字，未完。费哲夫来三太爷小姐诊。

十一己卯(6月27日)　晴。书昨日未完之扇，写字一张。飞云阁插扇。

十二庚辰(6月28日)　晴。剃头。蚊若针刺，不能作字。日晡，与仲云二弟三万昌一坐。接家书，并亮丈信，寄十二金，枯窘时苟延旦夕。

十三辛巳(6月29日)　阴，午晴。偕公蓼昆仲同往大井巷祝恽姨母寿，主人率季文辈已先赴无锡矣。见绶臣诸人，吃面，并索取刻《金刚经》。又与公蓼、宋椒五观西烟室小坐，胡开文看墨、歙砚，老桐椿买扇子，玉寿仙茶叙。绶臣来，约吃文乐园，伊请阿舅吕紫瑗兄，为叔来表兄内兄也，游幕京师，识其貌似有才者。

十四壬午(6月30日)　公蓼昨约文乐，为吕兄饯行，天热未去。影《弥陀经》，写大字一张。晚访公蓼，示所藏之扇，并嘱乞老陶书，步月归。酷热。

十五癸未(7月1日)　晨谒薇垣，访老陶，未起。晤言声弟，又过胪云处，观前买广蓝夏布丈九尺。乙洋二角五分。回寓，见慈亲，知姨母发痧呕吐，汗下不止，家人先以钱刮，又令剃头。请陈星华、推拿。王厚卿两医来，陈先来诊，云肝胃所触，痧仍未尽，先用舒解宣通之剂。申后王医至，又用小针于前后穴道刺之，见陈方极妥，又加姜汁炒竹茹、沉香曲两味止吐。寄贻孙信，又寄内子六号书，并夏布、象牙骨折扇、小孩粗油扇四把、香皂、笋、洋二元。交全昌仁寄。姨母吐仍不止，又至姚姨处细问，云用太乙丹可止。与公蓼诸君饭，并贻文僖公书刻《心经》，又石刻周夫人小像、《偲进斋书目》两本。酷热。

十六甲申(7月2日) 热,晨洗澡,清风稍爽。姨母昨夜吐止,精神委顿,发烧,请王、陈两医。王先诊,云脉稍平,姨母言吐未愈,令于舌中刺三针。讵医去后,肝风顿作,四肢辄动,少顷方平,亟请星华来诊,云脉气浮滑数。张少甫、专治风科。张杏田旋皆至,所见相同,亦有相反处。少甫年约廿余岁,看肝脉似觉无虞,星华之方过于破气,以三君方与杏田详加斟酌,拟先平肝气止呕治之。九舅来,商量寄电报贻孙十九字。午后雨,即晴,天觉凉爽,夜大雨。

十七乙酉(7月3日) 黎明暴雨,起而复睡,辰刻方醒。姨母恙稍愈。接梅生兄信。午后姚姨来,久坐。胪云过访姨母,请其一诊。杏田旋至,两君商酌一方。晚过公蓼处一谈,步月夜归,四顾无人。

十八丙戌(7月4日) 晴。贻孙晨至,乘小火轮来访。金心兰以公蓼扇乞画。在汪七表姑处午餐,与颂鄂叔一谈。又便道过老陶处,天雨即归。途值大雨,至公蓼处晚饭,步月回。

十九丁亥(7月5日) 晴。早见案头有贻孙一诗,其意疑余姨母前播弄口舌。又见寄梅生兄信有"云游何处"四字猜忌。自问与人谨言慎行,今既如此,可早作他计也。九舅来。午后至恽姨处,途遇公蓼同行,见恽姨、季文碰和,九舅亦在坐,留吃完饭。同坐石君秀,苏州人,世业书香。写亮臣姑丈信,由驿递直隶。

二十戊子(7月6日) 晴。写纨扇半方,作字一张。杏田来,头痛身热请其一诊。至公蓼处一坐即回。晚服药睡,夜雨。

廿一己丑(7月7日) 晴。西风甚大,连日奇凉。写大字,影经。至欣赏斋裱画,遇星次、绶臣,以扇属书。

廿二庚寅(7月8日) 晴,风。临帖,写扇。杏田来。观前买鲜荔枝献母。今日二弟生日,客中不贺。夜凉似水,盖薄棉被。

廿三辛卯(7月9日) 阴凉。习字,又写白折一页。在公蓼处晚饭。彦丈为颂鹤书钟鼎文扇,极精。

廿四壬辰(7月10日) 阴。习楷一页半,午后临《臧公碑》。小雨。

廿五癸巳(7 月 11 日) 晨上院，未见，伺两司班。又与于圣楷同乡王瑞生、高佑祝谒代理首府谭公泰来字少柳，候许久，不见。枵腹从公，归已喘喘。听鼓不衙参，自问何为，衙参若此，与不去何异？

廿六甲午(7 月 12 日) 晴。先祖母黄太恭夫人五周忌，晨起拈香遥拜。临帖。至公蓼处饭，回寓写白折半页。晚雷电大雨。

廿七乙未(7 月 13 日) 晴。先曾祖忌辰。昨夜梦祖父与祖母、先叔、姑母在一老屋前，院、宇、墙皆红壁，仿似寺院者。余以字呈祖父训，乃笑曰："是汝得意书耶？"指某字某画无不是病，其示戒深切矣。旋客至，惊而寤。呜呼！祖父殁十八年矣，不孝犹为食粟之人，弗克承先志于万一，能无悲夫。午前习折，至严衙前外王母沈太夫人忌辰行礼，与少山、九舅饭。日晡归，贡院府试，游书肆。

廿八丙申(7 月 14 日) 大风。临帖。暴雨旋晴，树欲静而风不息。课楷。

廿九丁酉(7 月 15 日) 晴，风声昼夜不休。课字竟日。恽绶臣来，云二姨母问慈大人何日去住。姨母今日又吐，一时难往。

三十戊戌(7 月 16 日) 风。学书。

六月朔己亥(7 月 17 日) 早至薇垣衙参访汪慕护表姑丈，同至察院场，分路。写字一张，又往观前买夏布。

初二庚子(7 月 18 日) 阴。狂风，屋瓦皆震。习书。

初三辛丑(7 月 19 日) 风。学书，不善执笔，腕弱而僵，如何？

初四壬寅(7 月 20 日) 晴热。至恽姨母处，适进佛堂诵经，候许久始见，并告知初六日母亲来住。与季文、绶臣饭，看季文制墨合，写白折半页，用笔是有意思，字亦佳。又访陶叔，久谈，见屏格书画皆系自作。取公蓼扇件，并为余书对。临陈玉方侍御书。

初五癸卯(7 月 21 日) 热。学书。晚在公蓼处饭，仲庚讲算学，用功十数年，著有图说，此亦今之绝艺也。

初六甲辰(7月22日) 晴。学书。慈大人往恽姨母处小住[1]。天热,有风甚爽。

初七乙巳(7月23日) 晴。学书。至恽处问慈亲安,见九舅、赵伟卿。

初八丙午(7月24日) 晴。学书。至两司挂号,并报考。又至慈亲处。公蓼、仲庚、蒋墨缘约三万昌茶叙,回时月上。

初九丁未(7月25日) 晴。学书。

初十戊申(7月26日) 晴。习楷。至恽处省亲。晚与二弟在公蓼处饭。接家信。

十一己酉(7月27日) 晴。以信稿与季文商酌。见慈大人,并来信呈阅,又见小宜表妹、季文嫂。午后回寓,作大字,见俞曲园太史作彭忠清公西湖祠联,将有三百字,真长言矣。

十二庚戌(7月28日) 晴。习楷。寄上海枫生信。

十三辛亥(7月29日) 学书。姨母腹泻,夜大雨。

十四壬子(7月30日) 写仲复中丞书。姨母吐泻,肝恙又发。至恽姨母处,慈亲日晡回混堂巷寓。天雨,在绥臣斋中久坐,听先生读文,假绥臣两元。回来又与新姨奶奶假两番,寄扬寓。

十五癸丑(7月31日) 晴。衙参薇垣,寿帅云:"镇江、松江禀请委员,有愿往否?"余默然不对,而同见者已纷乞之。回寓,又偕二弟祝姚姨母寿,见刘葆吾、赵曾三、刘蕴如昆仲、少山、厚甫、九舅、墨缘、宋椒五、少荪之子德侯,面两席。公蓼留晚饮,仍两席,酌于寒秀草堂,月色十分可爱。寄内七号书,并洋五元,交协兴昌。

十六甲寅(8月1日) 晴。学书。姨丈何先生生辰,行礼。

十七乙卯(8月2日) 起甚晏,午雨即晴。学书,精神疲倦。

十八丙辰(8月3日) 晴。写字,小楷未作。

十九丁巳(8月4日) 晴。习书。大士佛诞,持素。

---

① "住",底本无,据文意补。

二十戊午(8月5日) 习书,日晡暴雨。

廿一己未(8月6日) 刘福要回扬州,留之弗愿,只可听之。慈亲给川资乙元,又交带扬州信并零物。晚阴。

廿二庚申(8月7日) 晴热。写折一页。晚至季文处饭,假绶臣爪锋羊毫一管。

廿三辛酉(8月8日) 晴热。晨至九舅,谈半日,归。

廿四壬戌(8月9日) 晴。晨剃头,汪慕萱表姑丈来,少坐即去。余至观前敬雷祖香回来,又往昌善局公蓼夫人冥诞行礼,九舅、绶臣已先至。日晡,见一湖舫,知程可亭丈夫人到苏,住潘小四宅中。今日逛荷花荡,天甚酷热。

廿五癸亥(8月10日) 晨阴雨,旋晴,申后又大雨。写白折半页,大字半张。昨于昌善局见潘耕先挽次媳杨孺人一联,命意得体,裁录之:"随长姒执箕帚,举无闲言,奈天不永年,慨余鬓改雪霜竟尔遭斯恨事;佐我儿奉盘匜,雍有令则,何人难久世,痛汝命催星火顿然散此姻缘。"

廿六甲子(8月11日) 黎明兴,雨,进藩署月课。今日皇上二十万寿,藩台拜牌未回,稍顷即至,又候见客,巳初题出:"'不吐不茹'论","访拿讼棍檄"。申刻完卷。

廿七乙丑(8月12日) 晴。书芝孙扇。

廿八丙寅(8月13日)

廿九丁卯(8月14日) 晴。至祇园庵二外叔祖佑之公廿周忌行礼,见九舅、恽姨母、三舅母,外客两席,晤费、季[①]、香诸君。贻孙腹痛,未吃饭,先行。

三十戊辰(8月15日) 夜半暴雨。晨晴习字。至公蓼处晤姚听樵,自粤东来,约游怡园。有仲庚豁人先逛观前街,至园已日晡。绿树阴浓,清流湛碧,池中尚有白莲花一朵,凭栏啜茗,看鹤舞双双。

---

① 底本作"继",似指汪季友。

主人顾君子山观察今春已作古人，园中联句悉自集宋七家词句，为一时绝作。遇金心兰，又过玉楼春小坐，在公处晚饭，归。

七月初一己巳(8月16日) 早起见案头沉泥砚为人窃去，此物得于扬州，相随五年，今与吾别，何缘之浅也！公蓼来，天热。

初二庚午(8月17日) 晴热。九舅来，云恽季文生日，又往贺，并至陶叔处一谈。

初三辛未(8月18日) 热。至严衙前祝三舅母寿，见九舅，同席九人，坐一圆桌。

初四壬申(8月19日) 阴。访季文，托任寄鸥事，又以白折请季文看，云"字散，须收束为是"。天旋大雨，饭后至藩署看考案，未发。

初五癸酉(8月20日) 晴。公蓼夫人期年，与二弟侍慈大人乘小艇至昌善局见姚姨母。公兄宾客纷至，与刘葆吾、赵曾三、舅氏、费振之、戴谱笙、姚豁人、贻孙、仲弟坐。午后陪慈亲逛园，日晡归。

初六甲戌(8月21日) 夜半思家事，竟难再寐，身热烦躁，早间起来人甚倦乏。周胪云兄来小坐。

七夕乙亥(8月22日) 阴。早间恽姨母遣人接慈亲去小住。访公蓼，晤何建之名树勋，四川人，年将六十，以举孝廉方正三次而甫出，不意得一主簿，到苏八年，委过南渡厘务，为彦丈门下也。季文招饮，未赴。

初八丙子(8月23日) 阴，微雨。习楷。看考案，未出，明日可有。过井南丈，久谈，并为写一横批，携归。何建翁牌示酌委署丹徒主簿。

初九丁丑(8月24日) 阴。至理问厅取卷，三等十四名，奖四千。回至瀛仙阁，适雨，晤陈星华、钱岱云，即归。接内子书，知宏弟仲兄招赴皖江读书，二婶同往，果尔，余亦少食指之累也。闻张伯凤兄丧偶，元官近未上学，奈何。

初十戊寅(8月25日) 阴。至严衙前祝九舅寿，一早出门，竟无客。又谒慈亲及恽姨母，并扬信呈阅，与季文等午餐，回寓。寄内八号书，并洋七元、普济丹十八丸，交协兴昌寄。

十一己卯(8月26日) 阴，小雨，晚晴。习楷。

十二庚辰(8月27日) 晴热。习楷。姚姨午后来。

十三辛巳(8月28日) 晴热。臬署月课："顺直水灾与上年江浙孰轻孰重？办赈之法顺直与江浙孰难孰易？其各抒所见，详言毋隐。"余畅言陈之。至大井巷谒母、恽姨处手谈，少坐即行。晚步月访公兄，夜大雨雷电交作。

十四壬午(8月29日) 阴凉。习楷。晚焚亡妹锞锭。

中元癸未(8月30日) 晨阴旋晴。习楷。省亲，恽姨招至内室，谈许久，留点心。又至两司挂号，时已迟，便访汪颂鄂，见所患仍未愈，形甚疲，示旧拓《鲁公三表》，尚佳。归遇杏田、胪云，各一谈。在公蓼处晚酌，醺然步月，月色可爱。

十六甲申(8月31日) 晴。书扇。习楷。至观前配洋灯玻璃罩，吃糖芋艿。

十七乙酉(9月1日) 阴。习楷，又影文待诏小字帖。

十八丙戌(9月2日) 风雨竟日不止，天甚凉。习字，又书扇面。

十九丁亥(9月3日) 雨。学书。

二十戊子(9月4日) 阴雨。公蓼来字，姚姨嘱言午后与二弟同去。姚姨云杨敏翁处已为托，再写一名条。公兄约玉楼春茶集，晤倪墨耕，扬州人。

廿一己丑(9月5日) 晴。写字。偕二弟访公蓼不遇，至观前黄天元吃糖芋艿，玉楼春石琴啜茗。至恽处，慈亲明日归。瀛仙阁取书，抄大小五本。

廿二庚寅(9月6日) 晴热。慈亲午后回。

廿三辛卯(9月7日) 晴。习楷。两司挂号，访颂鄂，言声、周胪云各一坐。

廿四壬辰(9月8日) 晴。书扇,影文帖。日晡至玉楼春,公蓼与仲弟等茶叙。

廿五癸巳(9月9日) 晴。送罗衫还恽姨,见季文,作《秋怀诗》。访何润荪,买午时茶。慈大人寒热三日矣,请杏田诊,云怕成疟,先拟疏解。

廿六甲午(9月10日) 晴。习字。亲病稍愈。

廿七乙未(9月11日) 晴,看考案,列三等第六,闻奖须出月初发。为姨母买元色洋绸等。今日作楷半页,愈写愈见丛病。

廿八丙申(9月12日) 晴。影文帖,书履历。慈亲准初二日行。

廿九丁酉(9月13日) 阴。晨与二弟在飞丹阁一坐,阊门看南湾船,价极贵,相巧者少。定两舱南湾子,五元六百文,明午放进娄门,先付一洋。日晡邂逅藕君女兄,匆匆数语。晚公兄约与宋椒五、费振之、恽七兄、鲁卿小酌。吴人今日各家敬地藏香,又焚纸钱祭孤,看盂兰焰口。慈亲今日出门。闻藩司初二日考。

八月朔戊戌(9月14日) 晴。慈亲至外家恽姨处辞行。何珊枝姻伯作古遗一女,年未及笄,以疗瘵而亡,送冥资。午后过井南丈一谈,又至金心兰兄处取公蓼扇,晚见姚姨,公蓼不在家。七月考课在汪品之处,先押三竿。

初二己亥(9月15日) 晨入藩署课文:"'易知简能'论","劝农民讲求收获示谕"。未刻交卷,便至公蓼,不遇,留老陶乞彦文书对。回寓,知二弟已发行李,即匆匆束装,随慈亲登舟。公蓼、贻孙先后来送行,余又至恽姨母处辞行。解维出娄门,泊船,买竹帚等。

初三庚子(9月16日) 晴。船放阊门,进城买素绸等料。船户因昨日耽搁,要坐日,即刻令船行,来言之。晚住望亭。

初四辛丑(9月17日) 晴。午至无锡,慈亲乘山舆游惠山,二弟陪去,又买惠泉两担。日晡,放舟黄埠墩。

初五壬寅(9月18日) 晴。申后抵常州,进城,至鼓楼街丰裕东号药店为姨母买十制陈皮,乙洋七角(每元购三两),又顶好篦箕二张，每张百十文，交全盛信局寄。常州市面热闹，街道平正，亦乱后所修。

初六癸卯（9月19日） 晴，风逆。晚住丹阳。

初七甲辰（9月20日） 晴，风逆而大。日晡泊丹徒口。

初八乙巳（9月21日） 风阻江口，船系江口。先祖妣黄太恭人生忌。

初九丙午（9月22日） 晴，阻风。

初十丁未（9月23日） 晴。渡江，进瓜口，已十点钟矣。风又起，日晡至扬，收拾行李，慈亲到家，一切安好。翰丈寄慈大人三十金。

十一戊申（9月24日） 晴。先曾祖生忌，上香，晚化锞锭。

十二己酉（9月25日） 晴。前日回来，得阮景岑祖姑丈于初十丑时作古，次日去候殓，犹及一见，面颜如生，不禁哭而痛之。景丈为文达公幼孙，嗜金石，工铁笔，杜门笃学，孝友天成，余深蒙器之。从此老成凋谢，不可见矣，悲夫！寄姨母信。

十三庚戌（9月26日） 晴。午后至许太亲母处拜四妹夫灵，见四妹及甥辈，为之感叹，无从慰一语。晤许箓香，同行。昨日至张伯凤兄，慰其丧偶，并晤仲篪孝廉。

十四辛亥（9月27日） 晴。沭阳翰丈家人来，交洋二十番，急迫时得此杯水，不无小补。每晚好月，祥儿今天生日。

中秋壬子（9月28日） 晴。敬香，叩慈亲节禧。晚步月至南河下，又访张氏昆仲。周仁山兄寄翰丈及八姑母信。

十六癸丑（9月29日） 晴，热。慈亲出门，内子回宁。四妹来，八年不归矣，举目皆非，殊胜今昔之感。二妹、牛妹亦来，饭后即均去。二婶今晚上船赴沭阳，归来再至皖江。今日畅所行矣，可叹可叹。

十七甲寅（9月30日） 晴。

十八乙卯（10月1日） 晴。每日无事，课元儿读书。

十九丙辰（10月2日） 晴。

二十丁巳（10月3日） 晴。

廿一戊午(10月4日) 晴。

廿二己未(10月5日) 晴。日晡伯凤、凤篪昆仲过访,约看墨,均伪制也。至龙泉茶叙,晚在金芍园听王月卿说《清风闸》,令人好笑。寄吴兴书。凤、篪云黄方伯与鄂藩司邓对调。

廿三庚申(10月6日) 晴。

廿四辛酉(10月7日) 晴。

廿五壬戌[①](10月8日) 晴。黄表婶三周忌,送包烛,行礼。在陈三姑太太处久谈。

廿六癸亥(10月9日) 晴。接苏州姨母信,并八月考费四元。贻孙于初七赴山东。

廿七甲子(10月10日) 晴。

廿八乙丑(10月11日) 晴。内子归宁,仲嫂又遣人接儿辈去,闻二老太病重,年逾六十,可虑之。至仲远,赴吴,约余行,不能去,奈何。

廿九丙寅(10月12日) 晴。为元儿定附学事在张介眉兄处,同一大门稍便也。

三十丁卯(10月12日) 晴。元官生日。

三十戊辰[②] 晴。

九月初一戊辰[③](10月14日) 阴。敬香,陈颂梅妹倩自皖南来,并赠宣纸、普洱茶。

初二己巳(10月15日) 阴。

初三庚午(10月16日) 阴。送元儿至介翁处读书。

初四辛未(10月17日) 晴。连日天凉,糊前后屋窗格,介翁约晚饭。先伯祖忌辰,上供。

---

① 底本此日至八月三十日日期皆错,今予改正。

② 此日应是重复。

③ 底本此日至光绪十七年三月初五日干支皆错,今予改正。

初五壬申(10月18日)　晴。与介翁假洋五元，慈大人给两番，取棉袍。

初六癸酉(10月19日)　晴。剃头。钞关看船，竟无船搭，途遇颂梅，至辕门桥一逛。

初七甲戌(10月20日)　看船，又至砖街买糟蟹等物。候船户，日晡不来，又出城寻之。晚饭叩慈亲行，上船后知正客不去，舟人到镇江须另觅客。

初八乙亥(10月21日)　解维，午后至京口，登岸间步，八月侍母行亦系今日到此也。舟人晚归，云明晨为余另搭船，无可奈何之事也。江皋风月十分可爱。

重九丙子(10月22日)　晴。早搭换陈姓船，巳刻解缆，同舟有清江行贩客人六位，又一湖北襄阳道家人送礼至吴。是晚泊丹阳。

初十丁丑(10月23日)　晴。午后过常州，晚住戚墅堰。

十一戊寅(10月24日)　晴。申刻泊锡山，同客卖菉豆。清江斗斛较江南每石大四斗八升。晚雨数点。

十二己卯(10月25日)　大顺风。午后抵吴，见姨母，略谈，即至姚姨处，所言与前云大相反复，殊不可解。此行满拟有成，不料又属虚浮，求人难上难。

十三庚辰(10月26日)　至胪云处，知今日臬司考，忙至司号房报考。谒姚韵和不值。

十四辛巳(10月27日)　臬署课题："'明刑弼教'论"，"江苏驿站近来废弛，应如何整顿议"。申刻交卷，归，知恽姨母遣人来请，只可明日去矣。

十五壬午(10月28日)　晴。早往恽姨母处，交寄慈亲元色绵绸裙料，适客来，未久坐。访胪云，请诊脉，开一方。近咳嗽月余不止，肺气不舒也。

十六癸未(10月29日)　寄慈亲九号，并家用五元，寄内两元，均我姨母垂怜给之也，又染绸片并棉绸料，交全昌仁寄。

十七甲申(10月30日) 晴。在季文处午饭,看种菊花,黄紫累累,令人对之淡如。

十八乙酉(10月31日) 晴。至道前街挂号。早诣韵和,适未起,见其乃郎子元兄,即将白折交之。因中丞选人写折事已十余日,余字故恶,且谋亦晚矣。

十九丙戌(11月1日) 晴。与棫士贡院前一逛,杨学院科试,途遇九母舅,同至恽姨处吃饭。午后何恂如兄来。

二十丁亥(11月2日) 晴。习字。生曾祖妣焦恭人忌辰。

廿一戊子(11月3日) 杏田来,请诊视,晚服药。

廿二己丑(11月4日) 晴。与棫士桂芳阁小坐,晤徐颂鄂。

廿三庚寅(11月5日) 看考课案,列三等一名,奖尚早。至胪云处,伊亦抱病。取书局《明文海》,黄宗羲所辑,回寓钞之,每千字八十文。

廿四辛卯(11月6日) 钞书。

廿五壬辰(11月7日) 阴。钞书,每日写二千。夜雨。

廿六癸巳(11月8日) 阴雨。先府君忌辰。钞书。

廿七甲午(11月9日) 雨。钞书。恽季文来,假《淮壖小记》二本。

廿八乙未(11月10日) 阴,西北风,甚冷。日晡偕翰臣观前买洋绸。灯下钞书。

廿九丙申(11月11日) 晴。钞书。

十月朔丁酉(11月12日) 晴。访季文,未晤。至司府挂号,吴淞河工差已派人去,胪云委编查短差也。近服杏田药,咳渐轻。

初二戊戌(11月13日) 晴。早至季文处饭,见二姨母,又逛考院。谒舅氏,适亦钞《明文海》,予就案头写二百余字而归。

初三己亥(11月14日) 晴。今年岁年丰美,农人以麦田忧旱,乃又得好雨佳晴。天之予人不薄矣。连日钞书,少写大半。晚在公蓼处饭。

初四庚子(11 月 15 日) 晴。昨接二弟信，知内子于九月廿五日丑正生男，大小平安，邀天之幸。慈亲因夜起操劳，又觉不适，二弟伤寒病未好，书促余归，实有行止两难。顷闻江督南丰于初二日出缺。

初五辛丑(11 月 16 日) 晴。至按经厅课奖，仍未发。与品之假四元，并十号信寄邗。

初六壬寅(11 月 17 日) 与椷士至观，又往贡院前买漆玩。公蓼来，请属函致吴子佩，因彦侍姨丈病，请其诊也。

初七癸卯(11 月 18 日) 早写信，至瀛仙阁取薛涛笺五十张、信封。晚知彦丈作古，何仓猝若此。老成凋谢，是落落晨星，可慨也。公罢官居吴下，生平嗜金石，精篆隶，惟著书自乐。丁亥年曾一大病，嗣后盖杜门不出，所著之书更富，篆法益精妙，皆后世必传之作。

初八甲辰(11 月 19 日) 黎明兴，至公蓼处慰唁。假椷两番，往电报局寄电字皖江，拟乞海事，乃知已署两江矣。此老晚年显达如此，真幸之至也。又到姚处看制棺，桫木价八百番，木料尚佳，惟两沪[①]色新，恐易配也。杏田晚来，又乞诊。

初九乙巳(11 月 20 日) 阴。晨至彦丈处候殓，客来不少，均一礼而去。刚抚午后至，大家伺班，余第一次见也。又范久也大令名树恒，其尊人与介伯乙未、庚子乡、会同年，又与亮臣姑丈姨表弟兄也。晤蒋少甫、姚韵和。

初十丙午(11 月 21 日) 晴。至藩署询月课，尚未有日也。在胪云处一坐。

十一丁未(11 月 22 日) 晴。钞书。

十二戊申(11 月 23 日) 晴。钞书不过一千字，心神不定，且多错误。日晡与幹臣观前买火腿、茶叶、洋绸等物，姨母购也。又至吴趋坊电报局易钱筹，因上次取找之筹乃关店之筹也，可恶之至。

十三己酉(11 月 24 日) 晴。钞书仍不过千字。与翰臣至观见

---

① 疑本字作“护”，指棺之护板。

赵心庵，又遇杨瑞符，约三万昌茶集。知江督已简放，刘制军坤一。曾任斯缺也。至经厅领九月分课卷奖四千，闻臬号房云南路二段臬司将派余也。途晤胪云，知朱竹石廉访太夫人去世矣，牙厘善后局总办中座拟委吴广庵观察。晚至公兄处一转，枫生自沪来。连晚月色可爱。接家书，慈亲病尚未愈。

庚寅冬月勉喜斋主人记录于吴门

十四庚戌（11月25日） 晴。午后，奉臬司张公国正。号笏臣札，委接办南路二段巡查，南沙石田所成。日晡，至胭脂桥巡局访前委员龚卓人，应图。不值而归。

十五辛亥（11月26日） 晴。早，访南沙未晤。至两司衙门禀知，俱不见。方伯邓公，华熙。号小赤，广东人。官厅内晤林听泉，渠亦此路三段，询卓人住庙堂巷，即访之。卓人嘱余十六接差，伊调娄门水关矣。途中咳甚，人倦不能再到总局。过胪云处小息，又行至瀛仙阁，见已吃饭，腹似饥，勉餐一碗。回寓。寒热交作，晚发痧证，觉浑身麻木，筋骨无处不痛。姨母见病势过剧，请陈星华，又针科王厚卿诊治。

十六壬子（11月27日） 晴。杏田来诊，见星华方，用麻黄三分未免误矣。晚服药，略有微汗。今日请感冒假三天。

十七癸丑（11月28日） 阴冷，晚北风。杏田来，云表邪已解，惟咳剧。

十八甲寅（11月29日） 风。传地保陈天生午后副身。王恂如来。

十九乙卯（11月30日） 阴。咳不减，早间痰腻而有牙血。

二十丙辰（12月1日） 阴。乘舆见总巡孙少亭，安徽人，意欲令余住局，今晚至会哨局。晚间无轿夫，竟未能去。孙少翁已委河运，廿三即销差，何必与人为难，不解也。同差一段张仲华，振荣，浙江。三段汪小谷，怀，安徽。均未晤面。与少翁领半月薪水等项十三千五百文。

廿一丁巳(12月2日)　阴。姨母连天亦觉不适，日日请杏田，幸服药略愈。局中迄今无家人，无可奈何又令余升暂为照料。

廿二戊午(12月3日)　阴。总捕惠师侨荣。来请，即去，知已出门。为姨母至永康取银票，划洋四数零廿三元。复到捕署见师翁，询问甚详。余因病请销差，师翁未允，嘱托人代办之，意颇体谅，盖以孙少亭约会哨未去，波及此也。

廿三己未(12月4日)　接二弟十四日信。二婶宏弟自沭阳归矣。

廿四庚申(12月5日)　寄扬州十一号信，并生南腿二斤，英洋九元，七元家用，两番寄内。晚又得二弟书，欣审母亲病愈，二弟伤寒大好，惟均咳嗽，此今秋燥热，交冬不冷之故，江南北生此病者多。

廿五辛酉(12月6日)　阴。与棫士观东买黄杨木梳，洋乙元，大小四把。母亲来信，送五表妹添箱出月，初六好日也。同差张仲华兄早间来。

廿六壬戌(12月7日)　阴。咳久不愈。吃猪肺。写扬州十二号信，未寄。

廿七癸亥(12月8日)　阴。新总巡黄小霁司马琪。来拜，江西南丰人。交太古寄扬州信，又洋乙元，并寄两儿火漆玩物。夜至会哨局，余先到，久候，张、汪两君来，又中路张献廷，河南人。丁君安徽。名宪颜、中路总巡周弼臣先生、相辅，桂林人，年已七十，甚健。东路黄灿、皖江。西路奇龄、北路李汾。保甲章程定东西南北四路委员每日轮到一路。是夜小雨，到仲华兄局一坐而回。

廿八甲子(12月9日)　晴。剃头。早出流单传各图地方。至总局，适小翁未来，便到九舅处一谈。到胭脂桥局，地保齐集，阅四址巷栅册，尚有仁工图地保未到，先面谕一切。回寓。

廿九乙丑(12月10日)　阴。咳呛不止，服杏翁方。

三十丙寅(12月11日)　阴。咳呛，肌肤更瘦。

冬月朔丁卯(12月12日) 阴雨。张鲁卿来。夜往会哨局。

初二戊辰(12月13日) 晴。勉步至胥门升平桥堍寿人弄见黄小翁,偏又不遇,小坐即行。途中乏极。过胪云处稍息,回寓日晡。

初三己巳(12月14日) 晴。晚与仲华兄至总局,晤卫海东,略坐。查夜至四鼓回局,和衣偃息,夜甚冷。

初四庚午(12月15日) 晴。晨兴回寓。余升旋来,云地三图尊胜禅院中育和尚来报被窃,据云是夜挖壁撬门而入,尚有人在外做佛事未回,时尚未深夜,何以道人守门不知惊觉,如此熟睡?遣家人带地保先为察看,所开失单,半多虚浮。晚间欲自去再看时已稍迟。至仲华处,又到总局。托海翁请假,途遇小谷。回寓丑正。

初五辛未(12月16日) 起甚晏。昨杏田来诊,云肝脉稍平,近又服药。午后到尊胜禅院,晤湘涛和尚,江北人,看被窃情形。寺院后面荒野,寺中巷内腰门通后院,夜间道人仅上小□,尚有一长木杠,伊竟未抵半,实大意,姑以言慰之,伊果报总局,余有说陈之也。朴成衣长袖马褂做好,送来。夜至会哨局,散后与仲华同行。托魏海东转陈总巡请病假十日,拟谒署督仲帅,局中各事暂托仲华兄料之。

初六壬申(12月17日) 阴。晨兴,收拾行囊,等家人余升,至午方来,又以事推诿不愿去,无可奈何,只可独行。乃至阊门,木轮船行矣,只有烟船可搭,须三日至沪,因吴淞浚河须绕道也。同舟共十四人。

初七癸酉(12月18日) 晴。风逆,晚泊昆山。

初八甲戌(12月19日) 逆风,宿南翔。

初九乙亥(12月20日) 晴。申初抵沪,相距尚有十二里,易车而行。至二马路协兴昌寄扬州信,并冬笋八斤、女帽两顶,取收条。到虹口上福和轮船,船小客挤,无膝地可容,拳屈船栏,苦之极矣。

初十丙子(12月21日) 晴。辰刻鼓轮,午后过江阴,夜半达京口,搭客上下更杂,天明卸载,又行。

十一丁丑(12月22日) 长至。申刻至秣陵,乘小船至清凉山,挤河，令挑夫肩行李水西门，仍住唐福皆兄署，因客寓客均住满也。是晚，福翁宴客，即相与饮，同席吴季孙、沈伟斋、朱闰生、胡子和藩监印、沈芝生、沈嘉瑜、梁鹤俦、表姑丈、福翁及余，菜佳而多，惜忌口，半不能吃。福皆告余有电报来调货捐，因余不在此，未收。余亦茫然且不知何处电音。夜至庆升栈，谒三叔祖，久谈。

十二戊寅(12月23日) 阴。剃头。午后至行台，三叔祖、梁表姑丈、缪子惠俱先至，均见完，独余不见。又与巡捕王小翁名儒涵托其再回，请至马船西兄书房坐，候之许久，船兄忙甚，不在房中，又询问仍不见。余请船西面告之到此情形，并亟须到淞沪，请为转达。天雨不能拜客，即回。夜，写寄慈亲十三号信。取电信，知二弟寄，想苏州先得信矣。

十三己卯(12月24日) 晴。仲帅夫人在莫愁湖开吊，冠盖如云，道为之塞，宦游显达，至此极矣，余去独迟，与鸿士丈、福皆诸人同饭。午后客渐散。伺仲帅班，即归。又访崔俦丈不遇。谒鸿丈，又长谈。

十四庚辰(12月25日) 晴。上院，托船兄令执帖门回明禀辞，传嘱赴沪，如有事告知船西，冗忙不见矣。钱君宪适亦上院，即先禀，知奉委晤范久也，赵哲士于文巡捕坐中。并交扬州信，又土一包、蜜橘等物。至叶家楼，鹤丈留饭。与孙子宽太世叔名厚谈祖父安丰任所故事，今二十五年矣，恍若尘梦，思之慨然。饭后，又与鹤丈到边营江桐川表姑丈家，见江小斋姻丈、秦子荣孝廉。又至上房江太姻伯母灵前行礼，见表姑母，久坐而行。复回叶家楼，桐丈昆仲约往问柳馆，同饮丁子建、其昶。朱泽三、葛心源，菜尚好，是日秦子翁作东。散后步月，同访桃溪大三刘情，笙歌不断，冶容缤纷。至三叔祖寓叩辞，回已三鼓矣。

十五辛巳(12月26日) 黎明兴，写信件，收拾行李，假福皆洋五元。范久也来，息息数语即别，骑驴出水西门搭船至下关，见下水江裕轮驶已去，欲速愈迟，只可投宿江村。晤王顷波，江阴人，就馆皖抚，工篆隶。闻严伯雅九月初六作古，仲帅有挽联，惜未能记。晚阴，孤负月当头矣。夜小雨，闻太古上海轮船昨日过大河口，船中失慎，所有搭客及货物俱遭火劫，闻之胆寒。

十六壬午(12月27日) 阴。晨视江防演炮，十难中一，此不过费国帑也。午刻，长安轮至，即上行李，船甚宽展，至京口日晡。天气燥热，落雨。

十七癸未(12月28日) 阴雨。申初抵沪。往货捐局晤陈静甫、振邦。朱绶卿、祖恩。魏坤能。鸿勋。奉总办饬，知余接高幼椠朗。之手，幼翁丁内艰。是日朱心伯太守宜振、翁子文司马均未见拜。内帐房鲍午云、顾仁甫均浙江人。余住小楼，甚狭。

十八甲申(12月29日) 夜，北风狂起，天阴微雪，非常之冷。翁总办午后至局，即谒见行礼，谈许久而出。又晤同差王少怀、善录。王逸帆、钟赓堂、马宾臣。

十九乙酉(12月30日) 晴。朱心翁至局，复又谒见，告以先回省销差再来接办，蒙允所请。与帐房假十番，为姨母上白龙芽建菜六元。

二十丙戌(12月31日) 晴。乘舆至北公所，拜帐房王石荪，皖江人，年六十八，见其外孙吴小峰。又至北绸记汪友竹处，不值。易东洋车至利济快船局，写搭木轮票，客舱每人一洋二角。申初解维，舟人踏轮而行，此于农家车水相似，每班十人，彻夜不停六十里，过闵行。

廿一丁亥(1891年1月1日) 晴。晨，过殿山湖，共经七湖，询舟人俱未能详。晚泊阊门。到此知二弟即于初六日到，慈亲令来看余病而相左，如此之巧。张仲华因余久不至，已具禀总捕请假一月，未免过拘泥矣。姨母望余亦亟亟也。交钱督办札。晚间仲华来谈。

廿二戊子(1月2日) 阴雨。吕剑俦名守儒送名片来，总捕处派为代办二段，即日到差。作魏海东信。领本月薪水，适伊出外，局中不收。

廿三己丑(1月3日) 阴冷。寄慈亲十四号禀。访公蓼,晤芝庭、胡子贤。晚间杏田来,请诊,云受风,须先疏解。又写何晏如信。

廿四庚寅(1月4日) 阴。寄邗寓十五号禀,外洋十元。魏海东来,交本月廿一天薪水八千九百文,余九日归,代办吕君领,余不与之计也。饭后至姚处还张鲁卿借项二千。良利堂合膏方,途遇棫士,同至老锦泰定珠绒冠,买送姚彦丈祭幛料,又做金字,贝松泉买笔,锦章衣庄看灰鼠马褂,价太昂。

廿五辛卯(1月5日) 晴。良利堂人来熬膏滋药。午后乘舆上抚藩臬府禀知,奉松沪总局札,委货捐查验差。又至寿人弄见南路总巡黄小霁司马,人极谦和,嘱余可以禀辞。姚彦丈今日终七,送祭幛香烛。晚,去行礼,并见表姨母,伤感殊甚。公蓼留饭,与宋松臣、枬。刘葆吾、崔星次、颖生诸人小酌。松臣看余八字,今年最好,明岁有波折,破财,后四年大好,再五年平平,过此无佳运且所得倾而尽之。钱岱云兄斋中见有常熟朱定鋆竹泾《四书训解参证》四本咸丰壬子刻。

廿六壬辰(1月6日) 晴。剃头。姨母嘱往阊门中市取永丰洋票二数。云蓝阁买纸张。寄山东贻孙信。

廿七癸巳(1月7日) 晴。早往恽姨母处,补贺善卿续弦。见绶臣、费振之。又至任处挂号。在胪云家中午餐。访杏田,请拟调理药方。回看魏海东。闻总捕一二日即至,黄小翁嘱候其见面再为禀辞。又谒九舅父,不值。见三舅母、笙姨,谈许久。晚在公蓼处饭。晤葛味泉起鹏,湖州人。看《申报》。醇邸于月之廿一日丑刻薨逝,皇太后懿旨:皇上持期年服,缟素十一日,辍朝,称“皇帝本生考”,立庙,为永世不祧之,庙号曰贤,如王之德。皇太后圣明,百世而后可无议矣,其欲以籍上崇封而求进取又为立予屏斥者乃千古小人。

廿八甲午(1月8日) 晴。谒九舅,谈半日。与少山同饭,访海东。晚至恽姨处辞行,在上房久坐,并交兰生六弟寄慈亲十元,又林姑太太两元,托敬眼光司香旛。今日刚帅出省,阅吴淞河工。

廿九乙未(1月9日)

嘉平朔丙申(1 月 10 日) 阴。至观前买寄扬州食物。晤潘晋笙。晚间梅生兄由山东至,道过扬州,见慈亲寓中平安。梅兄到东三年,适黄河大工,得保免补本班,以知县归山东候补班补用,加同知衔,好运气也。午后,观前遇黄小霁大令,告余稍缓至沪。

初二丁酉(1 月 11 日) 阴雨。二弟返邦,同乘船,出阊门而搭船已开,直至枫桥始克过载,弟兄分手各行。回已日暮。正元馆吃饭。

初三戊戌(1 月 12 日) 阴,小雨。杏田来。

初四己亥(1 月 13 日) 阴。

初五庚子(1 月 14 日) 大西北风极冷。谒首府,适已上院,中丞阅河工回省,即挂禀辞号,两司遣人禀辞,藩号房要钱,不肯挂号。梅生、棫士候约瀛仙阁午餐,又至玉楼春石琴茶集。晚间剃头。姨母房中久谈,相依日久,怅然别离,为之拳拳难释。

初六辛丑(1 月 15 日) 晴冷。上总捕衙门,仍未旋。回来午饭,叩姨母行,与梅兄握别。出昌门,木轮未至,搭烟船。在丹凤阁小坐,正元馆晚饭。上船,客只七人,船中宽展。

初七壬寅(1 月 16 日) 晴和。泊昆山阳春。

浴佛癸卯(1 月 17 日) 晴。先贞卿[①]叔生忌。晚过闵行。

初九甲辰(1 月 18 日) 晴。先贞卿叔忌辰。午至沪局,谒见朱心翁,言及日久君宪已有改委之说,幸而免。即日禀知到差。至总局未见。回来。翁文丈请,便衣见,谈良久。文丈明日赴秣陵。

初十乙巳(1 月 19 日) 阴。接初七慈谕,并寄小棉袄、衫裤、丝绵袜,二弟尚未到。谒督办未见。支本月水巡薪水经费,廿二天共领洋四十七元八角。寄慈亲十六号禀,又洋三十二元、蒲包各物一件、粉条一包,交太古晋寄邗。至巡船厘卡,晤司事张锦华,平湖人,在此

---

① 底本作“贞青”,作者先叔之称前后文皆记作“贞卿”,按日记称先父作“廉卿”,应以“贞卿”为信,据改。

二十年矣。写唐福皆信，又洋五元七角交其家人岳姓带宁。

十一丙午（1月20日） 晴。午后到巡船，知拿漏报坑砂三十五件送总局，照罚。宾臣乘查浦江船来，舟中一谈。闻景储宪到沪。

十二丁未（1月21日） 阴冷极。锦华来，又拿皮屑十四包，同差祝稚翁来，河南固始人。晚，晤吴淞局孙子明。新臬司陈公舫仙湜，初十日接篆。

十三戊申（1月22日） 晴和。寄吴门姨母等信件。午后步至巡船一坐。

十四己酉（1月23日） 晴。至巡船午餐。

十五庚戌（1月24日） 晴。谒君宪，适心翁亦至，旋布捐陆君诸人来，均未见。晤宾臣。见徐容亭提调，此公狡刻，久知其名，骂“佐杂”，自忌其杂，何不思本来面目之甚也。

十六辛亥（1月25日） 阴冷。酿雪不成。

十七壬子（1月26日） 阴。静甫约海天春，同坐史菊孙、朱绶翁、姚谷生，吃番菜，起居无一不洋式。至也是楼听书。谷、孙有事先去。朱绶翁亦回家。静甫约袁松竹、湖南人。石研卿在聚丰园饮，各皆教局，余招陆斐云，馆菜甚好。散后，冒雨至左小玉、王畹卿一坐，归。

十八癸丑（1月27日） 阴。

十九甲寅（1月28日） 晴。与坤能至北公所。午，馆间逛，登四海升平楼茶集，见汪季友，袁松竹亦来，回局日晡。得内子十二日信。

二十乙卯（1月29日） 阴。五姑丈有信寄十二金，今年两次矣，可感之至。接二弟十五日书：十三始到，而十二夜又被贼将大门下槛撬起，穿窗进房，母亲榻上皮袄三件，棉、夹等衣一卷而尽，幸母亲喊叫方去，否则不可问然。老亲惊吓可知，余又不能归省，殊深焦急，命运不佳如此，真苦矣。夜落雪。

廿一丙辰（1月30日） 晴冷。积雪寸许。翁子文丈昨由秣陵叵,与逸帆、赓堂、静甫三人同见,闻南京十七八得雪,王少怀丈嘱书贺禀。

廿二丁巳(1月31日) 阴。写信。支正月薪水津贴四十九元,半还帐房,借洋十元。

廿三戊午(2月1日) 晴。寄扬州十七号信,又洋三十三元,交协兴昌寄。呈母亲十二家用十五,寄弟一元,寄内四洋,元官先生节敬一元、冬笋六斤、蜜橘福橘各四斤、橄榄三斤,至二马路交协兴昌寄。今日礼拜一,无船,至升平楼一坐,候宾臣不来。

廿四己未(2月2日) 阴。寄何眉生表兄信、姨母贺禀,又潘幹臣信。为坤能写双红。晚服药。

廿五庚申(2月3日) 阴,毛雨。拜沈稷臣不遇。颂鄂丈来,年内赴杭州,寓大方栈。接扬州信,又内子书,余竟不能归,奈何。夜作十八号禀,又二弟信,请其经理家事,庶乎相安。另寄内一笺。夜雨。

廿六辛酉(2月4日) 阴雨,立春。客坐臭气薰人,至夏日如何受?寄家信并附清江八姑母一函。夜雨。服药。北公所黄石荪先生廿四丑时去世,年六十八,余曾见一面,人甚古道,工诗画。

廿七壬戌(2月5日) 阴。沈稷臣约万和楼茶叙。前寄之钟现在张子祥先生家,子祥曾经修理,费十二元,有笔据,令余出此取物。今事隔十年,祥老作古,其孙又欲十二元外仍想讹索,稷臣胡涂,竟听信之。此钟本交于稷臣手存,伊转寄张处,反要原主加钱,无理之甚,余与稷臣要物,余不问也。至三洋泾桥大方栈访颂鄂不遇,小雨而归。爆竹之声彻夜。

廿八癸亥(2月6日) 阴。微见日光,天甚冷。季知持颂鄂字来,向余假项,令人枯窘,然其意又不可拂,与坤能借两元,赠其乙洋二角。姚枫生来,稷臣又约茶叙,毫无成说。晤沈刲云,仲帅族叔也。

廿九甲子(2月7日) 阴。稷臣约叙,余竟言明,问渠要物,他不论也。朱绶卿兄送自制枣糕、粽子,姚谷生亦有所贻。客中食之甚好。写恽姨母信,无便寄矣。

三十乙丑(2 月 8 日)　除夕，晴，是夜风静，景星卿云，丰年之兆。起甚晏，筋骨颇痛。午后至新北门觅木器，价昂不好。遇枫生，登第一楼，啜茗。游人少矣，乘马车回。与王少怀、逸帆、魏坤能、陈静甫各具衣冠，见朱、翁两总办辞岁，复与诸同人团拜。局中年节例有酒席，两总办又躬亲送酒，安坐，余等复进内敬总办酒，恭揖出。与少丈诸人饮，聚丰园菜可吃。忆去腊除夕，到扬度岁，今有差不获归，转念老母兄弟妻子，殊难为怀。余入官八载，甫得一长差事，虽不佳，然退一步想，自有乐境。惟仰邀老母福寿康宁第一幸事，如享万金也。

光绪辛卯日记

（1891 年 2 月 9 日—1892 年 1 月 29 日）

辛卯年正月沪上之纪。

元旦丙寅(2 月 9 日) 晴。黎明兴，旋客来，孙子明、应昭。姚殿卿、鹍。桂稚丹、连珅。袁杏之均在静甫兄处小坐。两总到局，即与逸帆、宾臣诸君禀贺团拜，又与诸同人贺年。汪友竹、姚谷生至。余偕静兄出门贺年，至督办总局挂号，至钟赓堂兄处不遇，适孙子明兄来，约到渠处谈，即在赓翁间壁也，留食点心。又晤王君名肇永，余皆未晤。回局。午餐八碟，四大四小一火锅，天极冷。午后飘雪花即晴，吾念老母合家不知如何忙也。连日咳嗽又发。

初二丁卯(2 月 10 日) 阴冷。坤能约游城隍庙，又至四马路登升平楼，车马奔驰如云而过，鬓影衣香，令人目眩。沪上自通商以来，纷华靡丽甲天下，财用因之消耗，再十年不知如何气象也。

初三戊辰(2 月 11 日) 阴冷。与坤能至升平茶楼。

初四己巳(2 月 12 日) 晴。正月，余与宾臣轮派北局，新年无事，晤吴又耕别驾，又码头李浩然，又翁由实录馆出官吾乡山西，旋改河南，以到省久不得差归来处馆，其遇亦可慨也。

初五庚午(2 月 13 日) 晴。至北局。午后偕宾兄、李克斋、顺天人，码头同事。浩然兄在怡珍茶叙。

初六辛未(2 月 14 日) 晴。

初七壬申(2 月 15 日) 晴。和祝稚枫、姚丰绅同登升平茶叙。晚在聚宾园饭。晤张心安，又与丰兄咏沂楼听书。

初八癸酉(2 月 16 日) 晴。寄慈大人第一禀，又短衫裤包、食物蒲包交协兴昌，丰约升平茶聚，并约听戏，未去。晚与同人竹园之戏，负前盈而尽之。

初九甲戌(2月17日) 晴。

初十乙亥(2月18日) 晴。与宾臣至北局，又进新北门，买零物。遇祝稚翁。

十一丙子(2月19日) 阴。孙子明招饮，余与静甫、坤能又教读先生乔梓，先生与主人同姓同号，何巧若此！曾肄业龙门书院，先贞卿叔伊亦知之。孙子翁肴馔甚精。

十二丁丑(2月20日) 晴。至北局验货，不多，写信。宾臣来。

十三戊寅(2月21日) 阴暖小雨。与静甫同至北局饭。沈稷臣约至张子祥先生处，取寄存大钟。晤一卿兄，祥老之孙，即将修钟十二元交易。此件十年之久，幸未遗失，虽属吃亏无几也。家人李发欲赴唐福翁处另图，给以资一元。写福翁信。

十四己卯(2月22日) 晴暖。

元宵节庚辰(2月23日) 至北局，日晡回缴印子，复与谷生向北。今日在鸿运楼公请孙子明，并约姚殿卿作陪席。散，至北局牌九，负五元。夜，与殿翁归，三点钟矣。

十六辛巳(2月24日) 阴。先君生忌。剃头。往北公所一转。

十七壬午(2月25日) 阴。至北头验货。夜半迅雷大雨。归，接二弟白门信，知见仲帅可以有成。

十八癸未(2月26日) 阴。知督办钱君宪已到，赶紧至总局。余与谷生、静甫、汪友竹谒见，已在三班矣。朱绶翁旋亦禀见。君宪问话甚细。回局，复往北公所。忆去正此时，和女病况，即于是夜化去，今忽忽一年矣。去年今夜风雨，今又亦复相同，回思往事，有不禁滚滚之泪也。和女生最苦，今余有粗粝，而吾女不见矣，伤哉！

十九甲申(2月27日) 阴冷。早至北头。逸帆、宾臣旋来。饭后，至第一楼茶叙。晤桂稚丹。晚间棉花公所洪杏翁招饮，同人八位，二王、祝、钟、姚、陈、孙子明兄及余也。得慈大人谕，十七发。家中无米矣，尚拟移居，如何得了？昨寄二弟金陵信。

二十乙酉(2月28日) 晴。先祖忌辰。寄慈亲二号禀，又借宾臣洋八元，另一元共九元寄扬，又玫瑰年糕四斤。

廿一丙戌(3月1日) 晴。至天后宫，谒会办吴淞河工总捕惠师侨，见。午后与宾臣买物。祝稚翁约升平茶叙，赓堂、静甫来，晚在北局饭。

廿二丁亥(3月2日) 阴。

廿三戊子(3月3日) 阴雨。至北局。午后宾臣约洗盆堂。闻制府刘岘帅节临吴淞，即日北上。

廿四己丑(3月4日) 阴。逸帆至北局，同饭。两日验货甚多。

廿五庚寅(3月5日) 晴。至北局。赓堂、赓臣均早到矣。饭罢，赓[①]堂约看估衣，又至洋货铺。

廿六辛卯(3月6日) 晴。晨，谒牙厘督办吴广庵观察，同人中俱未见。晤张露卿。亦贤。木捐局拜沈少荪，未晤。至北公所饭，与静甫、赓堂、谷荪、逸帆、宾臣登第一楼。

廿七壬辰(3月7日) 阴。晤柏润之，宾兄令亲。

廿八癸巳(3月8日) 阴。至北公所。宾臣约与杨子鸿、湖北人。润之至天福茶园听剧。旋雨，即归。

廿九甲午(3月9日) 晴。余四十初度，百无一能，殊可愧愧。午后，至升平一坐，与宾臣、润之至小广寒听书，回局。接二弟金陵二十日信。

二月初一乙未(3月10日) 晴。连日春寒刺骨。本月轮派，码头无事也。

初二丙申(3月11日) 晴。领薪水，给丰月，还赵十五元，宾八元。两日李浩然十六铺有报偷漏。

初三丁酉(3月12日) 阴。至北公所，与赓堂出，天旋雨，有雷

---

① “赓堂”“庚堂”底本混写，今皆定为“赓堂”。

声，复晴。又偕王少丈至鞋店定鞋。遇姚殿卿、傅竹泉，同登第一楼。晤朱伟卿，现海运津局。江子安、孙少泉约晚饮，辞。回南，知汪慕萱丈来。

初四戊戌（3 月 13 日）　晴。午后偕赓堂至新北门城隍庙街看翠件。王少丈翁至，同在茶楼久座。又至三马路春申福栈谒慕丈，不遇，晤季知。

初五己亥（3 月 14 日）　晴。访慕丈不值。至升平楼小坐，晤枫生。晚间，魏坤能兄约同人在鸿运楼饮，有袁松竹在座，静甫兴至，令绶翁、松竹、赓堂及余叫局，坤兄招洪兰生，甚好。席散，又各处一转。汪慕丈来字，假一饼川资，应之。即晚乘轮赴芜湖。

初六庚子（3 月 15 日）　阴雨。昨，静甫代购阜昌官燕，四元未付。

初七辛丑（3 月 16 日）　阴雨。枫生荐家人许升，未收。接二弟回邦信：赵小溪观察馆，仲帅亲笔书托，每月十六金，宏弟亦有干脯，每月廿金，赵伟卿处也。

初八壬寅（3 月 17 日）　大西北风，晴冷异常，午后略和。寄苏州姨母信，并燕菜一匣，另洋四元，托取棉夹衣。

初九癸卯（3 月 18 日）　晴。剃头。早查十六铺、金利源、太古，至北局饭。午后到成太昌见江子安、许芳洲。又乘东洋车至下海，铺头、二摆渡，均不见司事，回。登升平楼，适姚枫生、斐卿昆仲、杨实椿、王少怀早到矣。午间先与坤能买午时茶等物，遇沈小亭兄，同僚也。

初十甲辰（3 月 19 日）　阴。见翁子文总办，请假。

十一乙巳（3 月 20 日）　雨。日暮至北市买物，用六元。晚附安庆轮船，已无地可容。五鼓展轮。

十二丙午（3 月 21 日）　晴。晚至京口，寓三益公栈。

十三丁未（3 月 22 日）　晴。搭船，晚抵邗寓。适慈亲出门，稍顷甫回。家中以次平安，二弟尚未到馆。

十四戊申（3 月 23 日）　晴。钱鸿士丈来辞行，赴高邮州任。

十五己酉(3月24日) 晴。至仲远内兄处拜水老太太灵。仲兄新居有船房五间,左右花木修竹,幽境移人,胸怀为之一畅。与丹兄、戴白阳小酌。旋廖子仁、张云阶、梁鹤俦三丈来,久谈。

十六庚戌(3月25日) 晴。至二妹处。又访梁丈,见白阳昆仲、廖子仁、王春舫、田稚存表叔、赖绶臣表妹丈,诸人唱曲。鹤俦丈以近获舅祖濁道人书吴梅村诗卷见示,爱之不释,近人无此笔矣。

十七辛亥(3月26日) 晴暖。看四妹,见许太亲母、甥辈等,谈多时。

十八壬子(3月27日) 晴。上方寺祭扫,墓半倾颓。令周三弟妇赶紧修理,先付一元。

十九癸丑(3月28日) 晴。早,敬观音香。与二婶、宏弟至祖父母、叔父墓祭扫。树木更盛,又看亡女和官,为之化纸,招其墓而呼之。归途东北风大作又雨,伞遗在车上矣。

二十甲寅(3月29日) 晴。拜赖树臣兄,见绶臣夫妇。五妹请上房,久谈。又拜王锡之丈不遇。至四妹家一坐。访仲、丹两兄,静乐茶叙,见吉子辅、孙勉斋。在仲兄处晚饭。

廿一乙卯(3月30日) 晴。与张介眉兄议屋事。携祥儿至伯凤兄,看放风筝。

廿二丙辰(3月31日) 晴。昨与介眉言定彭住之屋让余,押租加四十千每月,行租七千,三月半迁居。

廿三丁巳(4月1日) 晴。买谢馥春香货,遇仲远。今日钱十一太爷开吊,昨午送奠敬一洋,并去行礼。与介眉假十元,一分二厘利。

廿四戊午(4月2日) 晴。晨,叩慈亲行。午后,舟出江口,风暴顿起,将至镇江船不能泊,欲倾覆者累矣。复又放回连鱼套,北岸乘渡船上南岸,行数里到怡和码头,元和轮船未开,然已无地可容。

廿五己未(4月3日) 晴,风。日晡至沪。轮船上晤曾礼堂、山东滋阳人,在刘省三爵帅幕中文案。沈笠斋壮世丈。为德研香太世叔次子,貌甚好。至北公所稍息，即回南局，见宾臣诸人，谒两总销假。接吴门梅兄两信，衣包一件，又唐福皆信、姚彦侍姨丈讣文。晚雨。

廿六庚申（4月4日） 晴，寒食。静甫约升平茶叙，见王少翁，稚枫、坤能、袁松竹、姚枫生俱至，又晤季友。静甫约至万花楼听书，点《李瑞珠教子》。又偕松竹过清和坊二弄瑞珠家一坐。余久日成，今为静甫所赏，信不谬也。

清明辛酉（4月5日） 晴。与谷荪至城隍庙买兰花，得意楼啜茗，归来遇赓堂、洪杏之，约大酺楼食锅面。

廿八壬戌（4月6日） 晴。新委钱镜波文澜。来接钟赓堂差。寄苏州眉生兄信。

廿九癸亥（4月7日） 晴。春寒料峭。午后至四马路升平见吴子静丈，寓长发栈。

三十甲子（4月8日） 晴。访吴子静不遇，至北局午饭，晤黄秀章与坤兄。到照相馆为许驯庵妹丈画油相，皆云原照受潮，神散不能再临。回局，书码头功过簿。接潘棫士兄信。

三月朔乙丑（4月9日） 晴暖。钟赓堂兄来辞行，昨荐舆夫。昨夜拟禀稿，早至北局饭。与坤兄到东洋照相询画油相，需十番，不能少。又至泰安栈看王仲坚表弟，同登升平楼，适少怀、静甫、丰绅、袁松竹俱至。茶后大吉庐买笺纸。文贤阁购东洋印泥等。晚归，作烟台何鲁生兄书。仲坚弟回蓬莱办丁艰到籍文书。

初二丙寅（4月10日） 阴。代静甫北印。送仲坚弟行，并交鲁生兄信。午后，至十六铺乘巡船梭巡浦江偷漏，查见乌山船载煤十三吨，经过水卡未挂号，票亦不在船上，候之良久，方由别处取票来，情节显然。又在老白渡中见无锡船，载豆油夹带小货洋灯照一箱，无票印，均送总局矣。领薪水十九千一百文，津贴五元。寄慈亲三号禀，又洋廿元，杏仁酥两合，青果百枚，又四妹信交协兴昌寄。

上巳丁卯（4月11日） 晴暖。查浦江，泊浦东，看青青柳色，为之有感。晚接二弟信，知赵观察处馆又生口角，此吾弟不知世务也。

又闻二妹至仲帅处，极承照拂，又为二婶说家事，意欲随任所，种种意外，惟有听之。彭屋不让，奈何不振翮飞回了之也。晚，访宾臣兄。

初四戊辰(4月12日) 阴凉。查浦，又往北局，至升平一眺。晚雨。

初五己巳(4月13日) 阴雨。

初六庚午(4月14日) 阴。同人在复新园公饯钟赓堂行，绶翁、静甫、坤能及余各叫局，尽欢而散。晚雨。

初七辛未(4月15日) 阴。午后查浦江。

初八壬申(4月16日) 晴。查浦江，有粗葵扇百廿件，有子口单十二纸，经过水巡未挂号，又雨伞二百把，未曾报捐，均送总局。日晡至北公所一行。

初九癸酉(4月17日) 晴。晨起寒甚，至龙华江境庙查航船偷漏。并无其事。在南卡午饭，晤钟虞卿、祝友廉、虞德诚三君。是日拿柳叶茶十包。每包止捐三钱五分。

初十甲戌(4月18日) 晴。昨查之事今日送信者又来云实有确据，即率同局差前往，至南江境庙廿四堡第九图蔡北街村庄，距龙华有六里，果有船搁浅滩上。查有煤油百五十箱未挂号，又铜板等约八担，洋棉线四箱，檀香四担，均无票印，即将船户周姓带回，船泊龙华港。百步桥下午饭。因逛龙华寺，规模宏阔，士女奉香火者云集，相传三月十五为龙华会也。寺外有塔，甚峻。中丞刚帅今午到吴淞候刘制军，会商公事也。晚，寄慈大人五号禀，并洋十五元。

十一乙亥(4月19日) 晴。午后至升平，见宾臣、郑厚余、李浩然诸人，均茶集。又晤冯诵、芬方两人。晚与宾臣兄、厚浩至彭静芬书寓一坐，隆源馆吃烧鸭，咏沂楼听书，浩然作东。

十二丙子(4月20日) 晴暖。送姚谷生、钟赓堂兄行。赓兄留朱绶兄及余午餐。晚步月北市。

十三丁丑(4月21日) 晴。查浦江，舟中洗砚查漏捐四票。接梅生兄信，并笔四管。

十四戊寅(4月22日)　阴,小雨。午后,何贻孙来字,由烟台到此,寓三马路北同庆公,即访之,已出门矣。

十五己卯(4月23日)　晴。晚,访贻孙不遇。

十六庚辰(4月24日)　阴。贻孙来,久谈,并约晚间在金佩云书寓小聚。同席吴次竹大令、子和太史。席散,余先行,月色极好。

十七辛巳(4月25日)　阴雨。在贻孙寓中宿。

十八壬午(4月26日)　雨。先祖八十冥寿,家中今日在天宁寺礼忏,余不能归,奈何!早间,为贻孙写苏州信。潘子穆观察来。午后回局。

十九癸未(4月27日)　晴。剃头。至贻孙寓,招阿玉来,久谈。饭后偕贻乘马车游徐氏愚园,衣香鬓影,目接不暇。遇吴次竹昆仲。日晡送贻登舟,又至桂兴楼吃面饭,天仙听戏汪桂芬《战长沙》。是晚住贻船。

二十甲申(4月28日)　晴。在舟中午餐。与贻孙逛亨达利福利公司,洋行买老德记白玫瑰香水。晚至升平,见浩然,假四饼,贻留用三枚。也是楼听书,回船小雨。候阿玉姊妹,到船已三更后矣。

廿一乙酉(4月29日)　晴。晨,放舟送贻孙,过南卡分袂。余乘巡船回查浦江。

廿二丙戌(4月30日)　王仲坚表弟由烟台来,午后同在升平一叙。

廿三丁亥(5月1日)　阴。查浦江。

廿四戊子(5月2日)　晴。写第六号家信,又四妹信。至仲坚寓送行,又送其广东点心四匣、纨扇一柄。午后,查浦江,舟泊浦东许久。

廿五己丑(5月3日)　晴。感冒,遍身风疹,痒不可耐。

廿六庚寅(5月4日)

廿七辛卯(5月5日)

廿八壬辰(5月6日)　连日闲风,不能出门。

廿九癸巳(5月7日) 晴。疹恙渐愈。查浦江,拿陈悦生磁草二百四十八件。

四月朔甲午(5月8日) 晴。与宾臣、少怀、静甫同在南局。

初二乙未(5月9日) 晴。仲帅乘测海兵轮送夫人灵榇到沪。申后与嗣文、汪莲伯便衣往谒,适有女客,未见。晤少荪。

初三丙申(5月10日) 晨,易衣冠至铁厂,旋冠盖踵至,候沈夫人灵榇,移安坐船,各人行礼。晤壮湘生世丈名亮,为砚老幼子,现在铁厂差遣,留余及吴苍硕午餐,晤陈子贯。见湘丈案头唐临《兰亭》,又《圭峰碑》、涿本《闲邪公》,俱家藏旧物,不易觏也。午后,见朱、翁两总、潘芸生观察、钱君研督办、聂仲芳观察,俱俟谒见。余与湘丈同见仲帅,略谈。沈夫人灵榇今午回苏州。

初四丁酉(5月11日) 晴。鹤南晚来,云仲帅明日即行,又去一谒,未见。晤船西兄。

初五戊戌(5月12日) 姚谷生自苏来,已得锡金丝捐。

初六己亥(5月13日) 同人在复新园为谷兄饯行,席后与宾臣、少怀、朱绶翁、谷兄登第一楼一坐。途遇周言声弟,匆匆一谈。

初七庚子(5月14日)

初八辛丑(5月15日) 晴。天气燥热。至大码头送姚谷生兄行,宾臣已先至矣。

初九壬寅(5月16日) 晴。晚至升平一坐。访阿昭于梅春里,极得娴静之致。

初十癸卯(5月17日) 晴。朱绶翁晚来,同访梅村,小坐,至元兴楼吃饭,新丹桂听剧。回局,已不早矣。

十一甲辰(5月18日)

十二乙巳(5月19日) 晚,过梅村。

十三丙午(5月20日)

十四丁未(5月21日)

十五戊申(5月22日) 晚,步月访昭,又至升平,遇枫声、少怀,同至陆斐云处一坐，乘马车而归。

十六己酉（5月23日） 领薪水，寄扬州七号信，呈慈用六元，家用十元，寄内四元。

十七庚戌（5月24日） 与宾兄、廉翁至华众会茶叙。汪杰堂约隆源馆小酌，又访梅村，久坐。

十八辛亥（5月25日） 晴。午后，至北市买白洋罗五丈、花洋布、竹布。回局，写八号信，托壮香生二叔人便带物。

十九壬子（5月26日） 晴。晚，偕罗荣卿、朱叔渊升平茶叙，晤罗录卿、荣翁乃兄。茶罢，遇壮香生，同至万花楼听书。又与香生访林惜春，小楼布置极精，器用俱洋式，惜春貌亦娇憨可人。又至陆黛玉处，晤潘小舟。

二十癸丑（5月27日） 晴。接何贻孙信。

廿一甲寅（5月28日） 与宾兄、濂翁看房子。

廿二乙卯（5月29日） 晴。连日甚凉。静甫回苏。接汪品之信。

廿三丙辰（5月30日） 晴。剃头。

廿四丁巳（5月31日） 阴。午后，与郑厚余看屋，两处均窄狭不堪。早间文心垣浚。来拜，满洲人。晚，访梅春，适有先足者，只可退避矣。

廿五戊午（6月1日） 阴。日晡与廉翁、叔渊至万花楼茶叙。余至东洋祥珍照相馆取许驯庵妹倩油相，无毫似，实原片模糊太过也。廉翁约奚宾秋、平湖人。屈荔生叔渊。及余在中华园小酌，俱各醺状。余又偕叔渊梅村一坐。

廿六己未（6月2日） 阴。

廿七庚申（6月3日）

廿八辛酉（6月4日） 接二弟信并鞋一双。

廿九壬戌（6月5日） 晚，偕叔渊、梅村一行。在升平遇贻孙，即刻方到。

三十癸亥(6月6日) 以下均错误至七月初四,干支俱误书。

五月初一甲子[①](6月7日) 昨晚总办下条字,仍留宾臣在南局,因有经手要件未了。沙船仍请沈廉翁,祝稚老调码头,余只本在南局,尚有朱绶卿、姜品珊同事也。

初二乙丑(6月8日) 领本月薪水并津贴共四十八元。写第八号家信,寄呈慈大人十二元,家用十五元,寄内三元,先生节敬乙洋,朱成衣一元,共三十二元,又寄仲远内兄书洋五元,请转交。

初三丙寅(6月9日) 晚,访王畹卿,以绶兄所交十饼交之。何贻孙招饮于林惜春处,同席沈子实、吴瀛台、林庄沈诸君各招名花,余即招畹小坐。酒阑,至武雅仙、花翠琴一转,住贻寓。

初四丁卯(6月10日) 晨,回局。日晡又至贻寓。吴瀛翁招饮花家,林友翁又设酒武雅仙处,畅饮夜半,同坐晤蒋伯衡兄,招畹卿两局。

端午戊辰(6月11日) 阴。晨起衙参,又至两总公馆,俱未见。回局,贺同人节。午后,朱翁总办至局,同人禀贺。晚间,两总出来送酒,同人又进内敬酒如礼。余与少怀、镜波、品三、坤能小饮,即至贻寓吃饭,天仙听剧未归。

初六己巳(6月12日) 与贻孙乘车逛愚园,游人不多。晤沈子实。晚,接初八天和茶园之聚。

初七庚午(6月13日) 贻约至西门里看沈子翁租屋,上房太少。子翁留午餐,饭后回局。

初八辛未(6月14日) 晚,与贻孙至兆富里看畹卿新居。又至天和听剧,瀛翁、林友翁、沈君均同坐,招局畹来一陪。看《斗牛宫》,灯彩奇巧,又周双林《卖胭脂》。

初九壬申(6月15日) 晚,偕贻至畹卿处,又访张素兰,年甫十三,所用一阿秀,即余前在花家所目,风姿绰约,令人低徊不释。

---

① 从此日起至六月三十日干支皆错,今予改正。

初十癸酉(6月16日) 晚,与贻孙新丹桂听剧,有《除患安眠》一出,谓臭虫成精,能迷男女,后请天师,请神道召蚂蚁大仙排阵,绝其巢穴,此真奇想可笑也,惟灯彩尚佳耳。

十一甲戌(6月17日) 晴。日晡至北,在阿昭处一转,过畹卿处侑酒。约沈子实、何贻孙、沈廉翁、姜品珊、李浩然诸人饮,各皆教双局,余招素兰。今晚畹处尚有一席,匆匆未尽欢而散。约宾臣、绥卿俱不至。

十二乙亥(6月18日) 晚,访贻孙和春茶园听剧,招素兰。夜至畹处,适已睡,即与贻回雅仙居。

十三丙子(6月19日) 晴。贻约金佩林处便酌,饮玫瑰露,极好。

十四丁丑(6月20日) 晚,访贻孙,步月冶游,至朱素兰家一坐。

十五戊寅(6月21日) 好月,与贻至华月舫,名妓也,见一联句:"何物相思,只画里绿杨曲中红豆;是谁知我,问帘前鹦鹉楼上花枝。"上款署小团圞室主人,属书集句,笔墨甚佳。

十六己卯(6月22日) 夏至。

十七庚辰(6月23日) 九姑丈翰坡自扬州来,交二弟信,寓信春记。三洋泾桥。

十八辛巳(6月24日) 午后,畹卿遣人来请。晚至四海春看沈子实,新布一楼居,极精。吴瀛台、贻孙均在坐,吃番菜,各叫局,招畹、素。

十九壬午(6月25日)

二十癸未(6月26日) 陈静甫兄昨自吴门到,瀛台招饮清河坊二弄陈小红处。姜品兄招同人聚丰园,余先一坐,并招畹卿。次至陈处,又招畹、素二人。同席蒋伯衡兄。

廿一甲申(6月27日) 晨,谒翰,又适尚未起,与绍恺姻丈[①]、大表弟坐许久,始见翰丈,谈半刻,回局。日晡至四海春,子实演帽儿戏,同人剧资,每分四元。余与贻孙、瀛台、朱润民、周菊屏、萧君贻与子实各叫五花,余亦两三人,余招畹、素。女戏甚好,《黄鹤楼》《乌龙院》《荣归》《双摇会》等出。今晚诸同事仍于聚丰为品翁少君理臣兄饯行,余又往一陪,时将酒阑,饮数杯而散。蒋伯衡招饮张桂卿家,未去。既闻诜翁在坐,幸未往也。与子实、贻孙至鼎丰里谢湘娥、云娥处,布置极精,书画亦均名手,逛数处,以此最妙。又至畹卿处一坐。与子实、贻孙宿四海春,谈至漏已四下。

廿二乙酉(6月28日) 阴雨。

廿三丙戌(6月29日) 晚,访畹卿。又至金佩林处,晤瀛兄。约集普庆里吴鞠香家,余与子实、贻孙、张石斋、沈兰谷诸人饮,招畹、素,各皆叫局,极为盛会,惜居处过狭隘也。酒阑,与子、贻冶游,同宿四海春,作长夜之谈。

廿四丁亥(6月30日) 阴凉。与贻至日本照相馆拍照。午后,同乘钢丝马车,先至佩林、畹卿、惜春处一坐,俱方梳髻。畹卿妩媚昵[②]人,今始觉之,初颇无当意也。游愚园,见莲叶亭亭。又晤蒋伯衡,凭阑啜茗,小坐即去。偕贻在畹处便酌,吴次竹来一谈。今日畹卿亦到愚园,鞭丝驰疾,竟未之遇。

廿五戊子(7月1日) 阴。乘舆北公易小车,至畹、素一转,即往贻寓,闻已登舟,又至南兆贵,始见贻面,云一半日解维。余回北公宿,夜大雨。

廿六己丑(7月2日) 阴。乘舆回局。

廿七庚寅(7月3日) 晴。王福来,系贻所遣去之仆,姑用之。

廿八辛卯(7月4日) 接二弟信,保甲局一馆已终止矣。内子

---

① 底本作“长”。

② “昵”底本作“泥”,据文意改。

寄针凿并另书。

廿九壬辰(7月5日) 阴凉。为静甫书金字墨扇，笔研久荒，兼近日驰逐北里，身心益放，僚友所迫，勉力应之，实多愧也。

六月朔癸巳(7月6日) 阴。余仍值南局，与宾臣兄磨砺，余益友也。

初二甲午(7月7日) 阴。领薪水津贴廿四番，还赵八元，又公分一元，寄家用十元并九号信，又衍泽堂膏药大小六帖，协兴昌寄。

初三乙未(7月8日) 阴。验北茶乙百四十四箱，此货由福建温台六安发苏庄，再用茉莉花重做，装篾箱运沪，报捐上沙船赴北至奉天。斯为北茶，箱有大方大长方捐三百四长箱四钱八，又有二五绿茶二五红茶，此货近少，洋人购者多，大都由轮船出洋矣。日晡赴北市，文贤阁取玳瑁女扇，用一元，系旧骨收拾也。

初四丙申(7月9日) 阴雨。至夜半大雨如注，农人可以相慰。

初五丁酉(7月10日) 阴。接内子书。

初六戊戌(7月11日) 雨。洗研。

初七己亥(7月12日) 阴雨，日晡欲晴不晴，晚又大雨如注。

初八庚子(7月13日) 晨阴午晴，初伏。验北茶，裕记大方箱二百廿四箱，大长箱五十箱，又鼎裕五十七大方箱。晚间新月灯下影帖，笔研久荒，视去冬更逊矣。

初九辛丑(7月14日) 阴雨午晴。何梅生有字来，今日将到，约升平叙。日晡晤面，此次为房子而来，惜贻孙去后杳无一信，屋已为朱诜翁所定，不能言矣。至聚乐园小酌，天仙听剧，《双摇会》、《四杰村》、汪桂芬《击鼓骂曹》，海上名脚也。访畹两次不值，夜归。

初十壬寅(7月15日) 晴。午后，偕廉翁、绶兄、叔渊至万花楼啜茗，茶罢，遇吴瀛台，知仍未行。约四海春饮，余少坐，访畹卿，谈未久，瀛兄催请，同座吴伟卿、蒋伯衡、钱伯彝、张南暨、童子翁、沈、许、余与子实九人。各招歌者。伯衡以红酒襄啢嘛水，饮甚美。酒阑，子实约天福听剧，又同访洪兰荪。瀛台要碰和，钱伯彝又招饮花翠琴处，勉为应酬。散座已四更，复到洪处牌戏，余偃卧榻上，不管矣。是夜，招畹卿，两酒局一碰和，又张素兰一。

十一癸卯(7月16日) 黎明各散。瀛兄又拉往看飞龙岛新花园，回局八点钟。

十二甲辰(7月17日) 梅兄早来。同往朱绶兄处看屋，闻诜翁又不移居，故可再看也。又与梅兄回寓，至聚宾园午餐。梅兄即上木轮返吴，余至九章购芙蓉纱、官纱料，用三元九角，又夏布九角五分。梅兄留洋三十元作付房定。晚，寄扬州九号信，并肺露二瓶、笋尖一篓、糖五斤，交人便带镇江。

十三乙巳(7月18日) 晴。早间，成衣未裁衫料等件。午后书扇。

十四丙午(7月19日) 晴。日晡，验裕记北茶，大方箱二百六十一箱，大长箱十四，又篓卅三。晚，步月访绶兄，一坐，晤西席高壬叔，为幼渠兄之子。后又独步至金利源江皋闲眺，风月无边。又乘马车至升平一转，归。

十五丁未(7月20日) 晴。鹤南来。天甚燥热。夜雷声隆隆，小雨。

十六戊申(7月21日) 晴热。领薪水廿四元，寄家用十元，并十一号信。慈大人六元，又二洋还张介眉兄，买鲜荔枝三斤，篾筐装好，寄献老母。

十七己酉(7月22日) 热。同僚王叶帆兄染疮疾日久，每春必发，今年四月期满，未匝月，得廿三七铺保甲，奈不一月竟以痼疾去世，闻之慨然。晚，步月过绶兄寓一谈。今日影帖。

十八庚戌(7月23日) 影《臧公碑》。晚甚热。今日大暑。沐浴。

十九辛亥(7月24日) 热。影帖。姚殿卿来。日晡小雨，绶兄约晚饭，拟往北，及半途天雨回局。绶兄、壬叔在此久谈，大雨。

二十壬子(7月25日) 晨起，新凉宜人。写纨扇小半，有事阁笔。午后又书，汗如雨下。写毕，细审，实不佳，书法以圆润为贵也。夜热。

廿一癸丑(7月26日)　晴热。假宾兄印泥盖小章。晚，访畹卿不遇。留扇而去。

廿二甲寅(7月27日)

廿三乙卯(7月28日)　影《臧公碑》。日晡，与宾臣、绶兄拟看也是园荷花，不果。至宾兄处一坐，吃西瓜。又过绶兄处晚饭，即假榻书房，蚊极多。

廿四丙辰(7月29日)　晨，与壬叔、绶逛也是园。适道台拈香，冠盖济济荷花，半已开残。因游一粟庵，有一后轩，大池环抱，绿树阴浓，真清凉境也。

廿五丁巳(7月30日)

廿六戊午(7月31日)

廿七己未(8月1日)

廿八庚申(8月2日)　沈研传自吴来，亲到谢唁。绶兄约宾仙小酌，同坐。壬叔、张申伯兄又天福听剧。

廿九辛酉(8月3日)

三十壬戌(8月4日)　鹤南来，云砚传已赴皖，竟未一见，殊歉然也。

七月朔癸亥(8月5日)　余与沈廉兄轮派北印。午后，访畹一坐。姚枫生约四海春饮，晤施伯寅、昆玉、枫兄，叫陆黛玉，余招畹一聚，又至也是楼听书。

初二甲子(8月6日)　宾兄偕友人及绶卿至青莲阁茶叙，枫生亦来，同访畹、素，各一坐，吃隆源馆，余畅饮，醺然不可支，至陆王二家大吐，归途复呕。早送坤兄行，赴金陵，托带唐福皆信，又水蜜桃十斤。

初三乙丑(8月7日)　酒病甚乏。寄扬州十二号信，外洋十八元，水蜜桃十二斤。

立秋，初四丙寅(8月8日) 午后，至万华楼沈子实兄来约，坐车逛愚园，途中凉爽之至，游人极多。见卢小保。

初五丁卯(8月9日)

初六戊辰(8月10日)

七夕己巳(8月11日) 晴热。近晚在楼下睡，嗽病复发。

初八庚午(8月12日)

初九辛未(8月13日) 接扬州信。高壬叔昨来辞行，回杭乡试。

初十壬申(8月14日)

十一癸酉(8月15日) 至沈赓虞太守糖捐局道喜。朱继侯自皖来，未晤。

十二甲戌(8月16日) 午后与廉、绶第一楼茶集，拜继侯不遇，访汪慕护丈亦未见。静波、宾臣约泰和馆，适姚枫生来约四海春，遂同行，坐，晤施伯寅，渠转作主人。又约天福听剧，余至太和馆一转，未入席，见宾兄等，婉谢。

十三乙亥(8月17日) 日来咳不止。午后恶寒。

十四丙子(8月18日)

中元丁丑(8月19日)

十六戊寅(8月20日) 十六领薪水，还阜昌燕菜八元，交静甫兄。慕护又来北局谈。又同至中和栈收拾行李，约访畹不遇，见王巧宝，小坐。至一层楼啜茗。慕今晚附轮至湖北乡试。

十七己卯(8月21日) 感冒不能出门，请绶翁代北印。晚，服药，夜梦祖母讲《陈情表》，沈痛涕泗，遂惊而寤，余久客在外，祭祀缺如也。王少老来。

十八庚辰(8月22日) 宾兄上楼来看，晚服绶兄方。昨寄扬州十三号信，洋十四元，又冬春米二斗。天雨，凉甚。

十九辛巳(8月23日) 镜翁来看余。接秣陵唐福皆兄信。

二十壬午(8月24日) 稚老来视。午后下楼剃头，两腿无力。

廿一癸未(8月25日) 至北局,黄浦风甚大。

廿二甲申(8月26日) 顾英三来,知恽姨母送季文乡试,昨到海上,寓四马路级阶栈,即往谒。坐甫片刻,有女客至,遂行。

廿三乙酉(8月27日) 雨。送恽姨母行,并呈微物四种,受半却半,再三请方收之。见季文,未多谈。

廿四丙戌(8月28日) 孙子明兄在北局饭,约青莲阁茶叙。廉、绶与余同行,晤张建臣、孙少舫、洪杏之。

廿五丁亥(8月29日) 晨阴。绶约廉兄诸人畹寓牌戏,余为廉兄代验。

廿六戊子(8月30日) 迅雷大雨。建臣来。北局久坐,候绶不至而去,咳更剧。

廿七己丑(8月31日) 雨。饭后与廉兄三马路协安买吕宋票,每条五角,余亦买一条,又至同芳久坐。阴雨时时。昨接眉生兄信。

廿八庚寅(9月1日) 阴雨。绶兄到北,坤兄亦归。午后第一楼茶叙,适枫生亦来,徐子坚作东。天乐高书馆有金小娟,余深爱之,然未一往也。夜雨。

廿九辛卯(9月2日) 风雨彻夜不止。至北局,无事,申后归。夜仍雨。

八月朔壬辰(9月3日) 晴。晨衙参,君宪不见客,两总亦未见。晤杨琢琳、汪友竹,同谒提调徐太守,回局。本月轮查沙船,同事江子安、徐梧生新易一船,闻不佳,破烂不堪,只可听之。午后至升平,枫生与少老已先到,晤袁松竹兄。日晡,偕枫兄访素兰。晚在复兴楼小饮,吃薄饼。枫兄又约天乐窝听书,少翁则至升平吸烟。余到书楼,陆氏昆季亦来,各酬一出。坐中金静芳声调最好,又与枫兄、斐云处一坐,见阿金丰姿绰约,心深爱之,各以绢相易,情亦缠矣。回寓,接家书,祥儿病,四肢浮肿,虎儿无奶,夜则啼哭,极欢之时,生极烦之念,欲归不能,奈何奈何!

初二癸巳(9月4日) 晨阴午晴。领薪水津贴四十八元。寄扬州十四号书，又洋三十元，协兴寄。至升平，枫生旋来，继又杨琢琳、王少翁来，久谈而散。余约枫兄四海春小酌，招两陆，阿金亦来，清谈各去。访畹卿，小坐，又至陆处一转，回局十二点过矣。接吴芸台书。

初三甲午(9月5日) 晴热。剃头。枫兄来，又晤赵屯港、姚雨田兄。饭后至升平。晚与枫生到春申楼，适李浩然、孙少泉在，坐同饮，又往和春听剧。

初四乙未(9月6日) 热。到升平，见宾臣、枫生均先至。日晡，过斐云处，见阿二碰和，即去文贤阁买泥金。沈子实兄约一家春吃番菜，招斐与阿二小叙。

初五丙申(9月7日) 热。王善甫名庆祥来。昨寄扬州十五号信，白木耳一小匣，回春丹四丸。升平迟，枫生不至，途遇姚樾生二兄自吴来，又见惠茹、赵澹如，同游，至启源栈晚饭。樾兄约访金小娟，为惠翁所赏。又到天福听剧，各招一人，余叫畹卿。

初六丁酉(9月8日) 枫生约复兴楼小酌，有王少翁。看沙船三只，又一遭风船。钱镜波约晚饮一家春，余日晡至升平，见枫兄，约过陆处一坐，到番菜馆不见镜兄，遂与枫兄四海春小吃。孙少舫来，同至周素卿一坐。

初七戊戌(9月9日) 至升平，见少老，不见枫兄，即与少老归。途适杨琢翁约华众会茶，晤赵叔佩，湖南人，至春申楼饮。琢翁解饷吴门。

初八己亥(9月10日) 午后，枫兄来，偕至升平一坐。同往英大马路义成店购兰花香水二瓶，每七角，牙粉两瓶，枫兄又至屈臣氏洋行买玫瑰口香。同过陆寓，余赠斐云、阿二香水、牙粉各一份，略坐，至复兴吃饭，天福听剧。

初九庚子(9月11日) 饭后看遭风沙船，大桅折断，幸而出险为夷，商情困苦可悯极矣。访枫兄，升平晤章仲笙、汪尔康、建臣、少舫、沈珂韵，同饮春申楼。

初十辛丑(9月12日) 看沙船四条，又验遭风船。各货油豆尚有一半，豆饼全坏，总办准减油豆五成，豆饼均免，早间书吴督办。贺禀寄苏。

十一壬寅（9月13日） 晴热。陈静甫因病回吴。与枫兄、章书堂复兴小酌，访阿二，约明日升平见。回局，接内子书，儿辈不适均好，惟要钱，如何！

十二癸卯（9月14日） 寄内子书。至升，枫兄亦到，迟至灯时不来，即进大和丰，见阿二翩然而至，将怀中饼与之。偕枫兄吃宝仙园，晤陈子贯、李克斋。又过斐处一坐，阿二殷殷不释。

十三甲辰（9月15日） 热连天。竭力设法付畹处十五番，赠斐四元，又局洋送拌共四元，赠阿二只一饼，殊觉歉歉，然此八元皆其所致也。晚与孙少舫春申楼饭，步月访陆与阿二，久谈而去。遇枫兄、少舫，又至升平一转。又访金佩林，坐良久。寄吴中梅兄信，并官燕、点心等。

十四乙巳（9月16日） 热，午阴。看沈长茂船，押下豆油一百廿八篓，豆二百五十石。

中秋丙午（9月17日） 晴。衙参，品三、镜波、坤能均至，翁总亦到，俱不见，复往朱、翁两处禀贺。又至沈赓虞、枫生处，均未见。回局，诸同人贺节。午后，北市一行车马如云，无一熟人，即回，适两总到局，禀贺。晚与少怀、稚峰、品三、廉翁、镜波、绶青、坤能共八人饮，天阴无月。接二弟书，元儿病甚剧，余不能回，急杀！即寄回信弟十六号。

十六丁未（9月18日） 阴。饭后，看沙船七只，又和祥泰遭风船。回局，大雨，即晴。复吴芸台兄书。

十七戊申（9月19日） 晴。午初大雨。饭后看船七条，日夕回。知枫兄来，约升平叙。及至升平并未见。面访子实，一家春吃番菜。招斐，见阿二，闷闷无语，散坐。与子实过陆处，阿二告余另觅枝栖，殊令人默默不解其意。约明酉升聚，又至郑小红处小坐，子翁新知也，步月归。

十八己酉(9 月 20 日) 晴。午后,看水果船一。今日潮汛最大。日晡升平见宾兄、少老、廉兄,将散,余迟迟俟阿二来。枫兄、少舫、建臣亦先后至,谈许久。往一家春,招阿二同饮。又访佩林。晨起为稚枫写金字墨扇。

十九庚戌(9 月 21 日) 晴。少舫来,同至枫兄处,本拟公饯枫兄,有事再三辞而止。日晡,升平晤建臣,约春申楼饮,访佩林,交致杭州书。又在斐云一坐,阿二不知何往,久候不至,怅怅而归。

二十辛亥(9 月 22 日) 姜品三得吕宋票头彩四千五百元,约同人聚丰饮。余在春申吃饭,至聚丰一转即去。咏沂楼听书,是日宾兄、绶兄俱未到也。

廿一壬子(9 月 23 日) 阴。连日咳呛不止。

廿二癸丑(9 月 24 日) 阴,小雨。伤风头眩。沈赓虞来字,约明日聚丰饮。接吴门梅兄书。今日与宾兄假五饼。

廿三甲寅(9 月 25 日) 风雨竟日。晚,乘舆聚丰晤赓虞,同席章笏云、潘二江、章韵涛、梅丞、沈心斋。叫局五人,赓叫金静芳,潘、章二保学汪桂芬可称绝响,心斋招武玉林,余招畹卿,余一实不佳,不书矣。

廿四乙卯(9 月 26 日) 病痢,昼夜十次。午前勉强看船。

廿五丙辰(9 月 27 日) 请假一日,服绶兄药,夜痢略畅。接何梅生兄信,又家书。元儿病势甚危,促余归,此时实无法能行,只可听之。

廿六丁巳(9 月 28 日) 昨寄十七号家信,并洋三元,即宾所借者。贫病交加,奈何。

廿七戊午(9 月 29 日) 看沙船。寄梅兄函,并附贻孙裓典票两纸。

廿八己未(9 月 30 日) 剃头。张建臣兄来,约尤小玉家晚饮,情殷殷不可拂,故勉强而去。建兄又强教佩林,余不愿,建臣竟私为招来,继又招畹卿,请人一席,逼花四元,殊不体亮人情。况佩林余至好者俱相交,今招一局岂不令人为难?此君不可交矣。

廿九庚申(10月1日)

三十辛酉(10月2日) 看船,本月共五十只,饼豆计捐以八千零,北货在外较上月略少,惟补只七十二两。

九月朔壬戌(10月3日) 阴。是月南印。昨接吴丹来内兄杭州信,要游海上风月。

初二癸亥(10月4日) 阴雨。晨,与镜波兄看宾兄恙。

初三甲子(10月5日) 阴雨。午后,至北局,偕镜兄至英大马路怡盛洋货铺剪大红呢幛料八尺,又短衫洋布。晚接二弟书,元儿病愈,远怀一释。寄十八号信,并洋十三元。又送仲帅寿幛。

初四乙丑(10月6日) 晴。日晡,盐码头验货,遇大雨。晚饭后,又暴雨。复丹兄书。

初五丙寅(10月7日) 阴。王福自苏来,往返七日,不知何以如此之速,恐未必赴苏也。

初六丁卯(10月8日) 晴。午后,至升平晤宾兄、稚翁、高幼渠,坐许久。凭阑闲眺,罗绮纷纷,独未见阿二,或云至吴门,不知是否,殊闷闷耳。

初七戊辰(10月9日) 翁总因三年委兼理法会审,知难力辞,即货捐事亦辞,近请病假。午与宾兄往谒,未见。

初八己巳(10月10日) 晴。寄仲帅贺禀,由文报局发。

重九庚午(10月11日) 晴。日晡升平登高,宾兄亦来。鹤南约余与少老、稚翁、镜兄春申楼小酌。孙少舫又招饮清河坊武雅仙寓,招畹,小坐即去。夜雨。

初十辛未(10月12日) 阴雨。仲帅今日七十寿。

十一壬申(10月13日) 阴。吴丹来内兄自杭乡试来,寓宝兴祥,谈许久。

十二癸酉(10月14日) 阴雨。

十三甲戌(10月15日) 阴雨。丹兄晚来局,久坐。

十四乙亥(10月16日) 晴。约丹兄一层楼茶叙,未至。灯火笙歌，月明如画。

十五丙子（10月17日） 阴。浙闱榜发，竟无一熟人。偕丹兄万花楼听书，复兴小饮。丹兄以不第痛哭，劝之再三，拉至天福听剧，同归。

十六丁丑（10月18日） 阴。领薪水。昨赠丹兄两元。

十七戊寅（10月19日） 阴。丹兄来午餐。写十九号家信，买冬桑米二斗、糖、外国蛋糕，又小儿健脾药糕，交丹兄带回。午后，过丹兄寓，晤瀛洲丈，送丹兄上江孚轮船。晚至聚丰园，宾臣兄在座，同人公请钟赓堂兄。绶兄又约天福听剧，同至畹卿处一坐，小雨而归。

十八己卯（10月20日） 寄弟廿号书，并洋十元，又寄内两元。

十九庚辰（10月21日） 晴。姜品三兄招饮聚丰，同席樊少墨司马、胡恒甫大令、廉翁、绶兄及余也。各均采花。早衙参，晤宾兄、绶兄，禀贺君宪令嗣中副榜喜。

二十辛巳（10月22日） 晴。接二弟信，并四妹函。又苏州何梅生兄信，寄洋四元，嘱买大土陈膏。姨母因泄泻触发肝疾，幸已全愈。晚写信。

廿一壬午（10月23日） 阴。交四元托江子安兄购寄园大土膏六两，并复信即寄。夜雨。

廿二癸未（10月24日） 阴。宾臣兄到局，品翁感冒请其代办也。此昨日事，误记今日。接贻孙信，因为佩林倩书痛骂不止，自取之也。

廿三甲申（10月25日） 礼拜，晴。张恕堂兄来。午后，宾兄、鹤南、朱笙亭来，收拾书画。

廿四乙酉（10月26日） 阴。镜翁因肝气痛。与余换南印。余代北印。午后宾兄、绶兄来。

廿五丙戌（10月27日） 天光时晴时阴。

廿六丁亥（10月28日） 晴。先君忌辰，宾臣兄来局。

廿七戊子（10月29日） 阴。灯下影帖。

廿八己丑（10月30日） 晴。代镜翁北印，又与坤兄至抛球场后街阜成里西首源昌永购杭宁绸马褂料八尺、广庄绉五尺，共五元七角六，尚未取也。是日，接内书，丹兄归矣。夜，作内子信，又影帖。

廿九庚寅(10月31日) 晴。寄仲远兄信，并内书，又洋二元。姚枫生兄来。张伯凤、仲篪昆仲自邗上来，见邵小村中丞。

三十辛卯(11月1日) 晴。日晡，至升平晤枫兄、少舫。约益庆楼饮。同坐建臣兄、昆玉、陈少翁、叶君。招畹，勉为酬应。枫兄招佩林，不至，殊觉少兴。

十月朔壬辰(11月2日) 衙参不见，晤杨琢琳兄、孙铨伯司马、汪友翁。本月轮水巡，至船上午餐，与锦翁、王继翁谈多时。又到升平晤伯凤昆仲、王根白，少顷枫兄亦至。晚与建臣、少舫宝仙园小酌，至武雅仙处一坐。回局，接二弟信，并慈谕命寄十五元。

初二癸巳(11月3日) 晴热。仍着夹衫。领薪水。寄廿一号禀，呈慈用七元，又伙食八元，寄内两元，又四妹托购小闹钟、健脾药膏四匣。

初三甲午(11月4日) 晴。闻陈静甫兄前月廿八日去世，后来者已早有人，不日可到。

初四乙未(11月5日) 晴。到水巡。午后，魏坤翁托看沙船。早间遇枫生、张趾翁，同至糖捐局午餐，晤沈岫青。

初五丙申(11月6日)

初六丁酉(11月7日) 晴。至北公所饭。访伯凤昆仲，升平茶叙，晤稚翁、枫生、少翁、施笏廷兄。晚与伯凤昆仲天福听剧，听五音大教书，说《西厢记》甚妙。

初七戊戌(11月8日) 阴。至水巡饭。张趾翁招饮，未赴。晚雨。是夜丑刻立冬，人甚疲顿。

初八己亥(11月9日) 阴雨。昨见静甫令兄号幼村名寿眉来此搬运遗物，今日送讣来。

初九庚子(11月10日) 晴冷。影《臧公碑》。饭后到巡船，回来奉本局饬知查补棉花捐，催令议复。晚代朱绶兄班，江边颇冷。

初十辛丑(11 月 11 日) 晴。至巡船一坐。到升平,枫生约益庆楼饮,饯张建臣行,有张趾祥[①]、沈岫青、罗敬甫,畹来一陪。

十一壬寅(11 月 12 日) 晴。沈岫翁招饮同安里尤二宝处,同席九人,地方甚狭,叫畹。

十二癸卯(11 月 13 日) 晴。接二弟信。翁丈昨到局,今午一见。晚间宾臣兄送喜蛋来,夫人初十巳刻生子。

十三甲辰(11 月 14 日) 晴。午后到巡船,张锦华请吃蟹。坤能于十一调浦江,宾臣兼南局调沙船,镜兄假赴京口。

十四乙巳(11 月 15 日) 阴,日晡雨。

十五丙午(11 月 16 日) 晴冷。少怀丈晚告余姚公蓼表弟作古,枫兄今夜赴苏矣。余与公蓼去冬别时正适彦丈作古未百日,公蓼视余殷殷不忍释,今甫一周而又自去,上有老母,下遗少孤,纵有百万资,人生到此何为?不禁慨然。

十六丁未(11 月 17 日) 领薪水。寄家书廿二号,并英洋廿二元,健脾膏四匣。访赓虞不值,晤张趾祥,略坐。

十七戊申(11 月 18 日) 晴。晚至天福听剧。

十八己酉(11 月 19 日) 日晡,在巡船,有洋商二人同一假西人来,声称浦江前拿白莲之货,硬要讨还,再四与之辩论,令其到总局面说,此处不能答应,始肯各行。绶兄约宾臣及余北市小饮,至中途毛雨,宾兄回去,绶兄于余春申楼小酌。同访琅琊,途遇钱士宾,在畹处小坐,天福听剧,又招其一局。

十九庚戌(11 月 20 日) 阴。午后到巡船。

辛卯年十月勉喜斋主人记

二十辛亥(11 月 21 日) 晴。朱总至水巡船,余在局代宾兄南印,未之去也。

---

① 原作“章趾祥”,前后文皆作“张趾祥”,据改。后此类经改。

廿一壬子(11 月 22 日) 晨,至小南门外粥厂,与宾兄发牌给米,在厂内午饭。回局。

廿二癸丑(11 月 23 日) 晴。为宾兄看沙船十五只。与孙少泉、徐梧生舟中饭。宾兄乃弟继常兄将赴鄂省完婚,同人公送大红缎幛、元酒二坛,余代枫兄附分,每人一元零也。晚与坤兄万华楼听书。

廿三甲寅(11 月 24 日) 晴冷。午后至巡船。沈柯韵丈来一坐,同行回局。新同事陈左亭兄名炜,宁波人,于廿一日到差,年已五十二矣。

廿四乙卯(11 月 25 日) 晴。钱镜波兄自京口归。寄吴门姚枫生兄信。

廿五丙辰(11 月 26 日) 晴。近日课字荒疏已久,非用功不能纯熟也。

廿六丁巳(11 月 27 日) 至巡船一坐,北公所饭。到锦润堂买绿格书钞,吴吉人笔铺看笔,尚可用,又在升平俟沈廉翁啜茗。天忽毛雨,即行。是日,晤棉花公所张少卿,又刘小山守戎。新选江西守御所千总。晚又晴。

廿七戊午(11 月 28 日) 晴。接贻孙杭州信,又廿五日慈谕,又内子书,并皮袍棉裤,另六伯母一函,遣莲溪弟系四宅。名希濂自河南禹州来扬,要迁谓山六伯父灵榇,先至大梁,再赴山西。二弟近日抱病家中,实无人照料,余又在外,只可俟月初假归一行。晚,寄廿三号禀。夜雨。

廿八己未(11 月 29 日) 阴。饭后,至巡船。近日礼拜,无事。

廿九庚申(11 月 30 日) 晴。钞书。复何贻孙信。

冬月初一辛酉(12 月 1 日) 晴。与宾兄北印。晤陆子玉兄。至英大马路怡盛铺买万字花洋缎等,又在升平一坐。

初二壬戌(12 月 2 日) 晨阴,甚暖,旋晴。至怡盛买青莲色洋缎一丈,为内制棉袄,又买绒布二丈,呈慈大人用。钱镜翁、朱绶兄约胜春楼晚饮,晚回局。寄仲弟廿四号信,英洋十五元,又膏药、润肺丸、气痛散,交信局寄去。今日所领之项已罄矣,奈何。又赴北市,而镜、受两兄为马鹤南兄招饮,复兴楼吃烧鸭、荷叶饼。至天福听剧,天雨,花轿钱,乏味之至。

初三癸亥(12月3日) 阴雨,北风极冷,夜雪。

初四甲子(12月4日) 晴,北风,异常之冷。受翁至北局,同到万华一坐。晤徐理伯。

初五乙丑(12月5日) 晴冷。严寒刺骨,嗽病更甚。

初六丙寅(12月6日) 晴和。北局剃头。朱绶卿偕高壬叔兄晚至小楼坐许久。

初七丁卯(12月7日) 阴雨。至广东普仁堂购顺风化痰丸一两。晚饭后见诜宪,乞假,允许,并嘱品三兄暂代数日。

初八戊辰(12月8日) 晴。今日仍北印。晚,至翁文丈公馆请假,谈许久。又买零物,及上鄱阳轮船,已无膝地坐,冻一夜。

初九己巳(12月9日) 晴。黎明时停轮收拾机器。船上之饭夹生不能食,既饿且冷。至十二点后抵京口,寓三义公栈。

初十庚午(12月10日) 晴。晨至义渡总局,见钱镜翁尊甫,将信件交之,少坐,回寓。钱丈来回看,匆匆而别。搭课船,初更时到扬州,见慈亲平安,惟二弟生①,流注腰胯间,卧榻匝月甚缠绵。

十一辛未(12月11日) 晴。请夏先生。二弟病甚剧,昼夜呻吟。

十二壬申(12月12日) 晴。至四妹、二妹处。又访梁鹤俦表姑丈,已赴上海。见五表姑母一坐,新居甚为轩敞。出,天宁门买米一担,遇悟颖长老,执手殷殷立谈数语而去。

十三癸酉(12月13日) 晴。请外科吴医看二弟,所患据云环跳疽,现非火针不可,如再延时日,恐其内陷,故决定用针将脓提出,上药拈。

---

① “生”后疑脱一“疽”字。

十四甲戌(12月14日) 晴。寄上海宾兄书。

十五乙亥(12月15日) 晴。连日月色可爱,今夕月当头,尤觉皎皎。二弟所患出脓两杯许,夜间稍可安枕。慈亲命买棕网,价一元。

十六丙子(12月16日) 晴。访张介眉兄。又看伯凤昆仲。晤凤、篪兄。

十七丁丑(12月17日) 晴冷。周仁山兄偕伯凤见访,谈许久。元官至城隍庙敬香还愿。午后至仲远、丹来内兄处小坐,同至静乐茶叙,晚归。

十八戊寅(12月18日) 阴。昨寄清江八姑母信。日晡,五妹来辞行。将随其姑往松江,谈未久,与慈亲洒泪而别,殊难释也。

十九己卯(12月19日) 阴。谒许朗轩太守,现署扬州府。未见。至表妹处送行,匆忙亦未得见。小雨,即归。

二十庚辰(12月20日) 晴。莲溪四弟来,知由沪上来,又相左矣。闻仲帅助五十金,已属难得。又偕四弟至陈、许两妹家一谈。路滑,晚归。

二十一辛巳(12月21日) 晴。二妹夫来约廿三日晚,请四弟作陪。

长至壬午(12月22日) 晴。晨兴敬香,祖先前供元宵,叩慈亲禧。晚祀祖先,四弟来行礼,同吃晚饭,谈许久。河南四姑母韩葆生四姑丈名思浚,系河南知县,如有信,寄河南藩库厅祁丹言名恩成署中收下转交最妥。陕西袁鹤洲四舅名启豸,杏初十舅名启钧,知府衔同知,现在西安府发审局委员,可以递信。

廿三癸未(12月23日) 晴和。今日畏寒,呕吐,颂梅之招竟不能去。

廿四甲申(12月24日) 晴和。写河南六伯母信,又四姑母贺丹。

廿五乙酉(12月25日) 晴和。至二妹处吃菜饭,甚好,坐许久。又到四妹家久谈,回。

廿六丙戌(12月26日) 晴和。早间,出城拟搭课船渡江,而时候稍迟,船已开行,只可挑行李回寓。遇四弟,至田稚存表叔处,晚与四弟饭。殆四弟去后,仆人见碗柜遗火,赶紧用水扑之,急将柜中瓷器拿出,幸遗火未久,即时扑息,若在夜深时不可问矣,实为悚惧。近日外间失慎常见,幸余今日未行。

廿七丁亥(12月27日) 晴。至火星庙敬香叩祷,又至二妹处吃菜饭。系今日事,日久误记。

廿八戊子(12月28日) 晴,晨阴霾。午间四弟来,匆匆即去。明日巳时启六伯父灵柩,余前次欲行,因假过久不能不去,乃廿六既不果渡江,自然了此大事再行也。

廿九己丑(12月29日) 晴。早乘舆至上方寺,墓前行礼,六伯灵柩浮厝十年,启视棺木漆色毫未受湿损坏,亦由近年江北天旱故耳。即躬送至黄金坝,请灵柩上船,各人行礼。舟中晤景君,系河南来者,两淮候补,为六伯母侄婿,人极和蔼,来此候送。即刻解缆,船放至东关登岸。

三十庚寅(12月30日) 阴雨。叩慈亲行,内子两腿自夏患暑湿,迄今未愈,步履维艰。余亦不能在家,相别殊难为怀也。日晡抵京口,至义渡局见钱杏甫丈,留晚饭,坐谈两时之久。下水不来,于是移行李三盛公栈,和衣而睡,天甚冷。

嘉平初一辛卯(12月31日) 阴冷。酉刻安庆下水,到,即刻上船。店伙以上海票请售,怀中只有五角,与之,客竟肯,盖先写票,因有事不去矣。此次人尚不多,在架上熟睡。

初二壬辰(1892年1月1日) 晴冷。未初至沪,舆人阿庆来接,到局,晤同事,均望不可言,宾兄昨书催矣。饭后剃头。见诜翁,略谈数语。翁总已赴杭州,又闻福建邵中丞来文咨调。镜兄代存苏信两,又姨母寄慈亲廿元,又杭州信,又公蓼讣。

初三癸巳(1月2日) 晴。昨领薪水等四十八元四。早到金利源、太古，北局午餐。回来写廿五号禀，寄慈用洋八元，家用二十元，又内子六元，共三十四元。另姨母寄母二十元。二弟要广东点心，装一木匣，又红绫饼五合、健脾糕三合，交协兴昌寄，信洋力等六百四十文。是日礼拜，贻孙昨又来书询阿玉事，遂访阿金于同安里，谈许久，看其梳头，夜。

初四甲午(1月3日) 阴。与廉翁同吉祥买上白龙芽燕四元，计二两七。晚，寄苏州姨母信，并燕菜一小匣。复贻孙信，住杭州火药局弄。又复潘幹臣信，并洋一元，付彩凤。

初五乙未(1月4日) 晴。查码头。至三泾园晤江子安，小坐，还伊买白木耳价二番。

初六丙申(1月5日) 阴。至八仙桥，未见李克斋。昨请陈西庚先生诊视，开一方，绥兄见之，又为稍易，两晚均服药。

初七丁酉(1月6日) 晴。至十六铺金太。在北局饭。又往头二摆渡下海铺，晤禹石泉，鸿泉楼一坐。

初八戊戌(1月7日) 晴。浴佛诞日，先贞卿叔生忌。坤兄约升平小叙。晤枫生、坤兄。晚又偕宾臣、沈兄、镜波、绥卿及余吃隆源馆。酒后又至青莲阁茶叙。接二弟信，洋函收到。

初九己亥(1月8日) 晴。先贞卿叔忌辰，距殁时十九年矣，念之怅然。北局午餐。往新闸、老闸查酒，第二次，此事如贫僧化缘，逢人说项，殊觉难受而窘。

初十庚子(1月9日) 晴。北局。午后至虹口查酒，今日告竣。

十一辛丑(1月10日) 晴。晨至绥兄假缺襟袍马褂。与孙子明兄同到海运局谒提调谭少柳观察，名泰来，现兼海运沪局总办，见，问话甚详。回局午餐。写公请翁总办帖子。马鹤南来，接潘幹臣信。晚洗脚。

十二壬寅(1月11日) 晴。昨夜和衣睡至天明，甚冷。午后，写查酒折，计加八级半。

十三癸卯(1月12日) 晴。今晚同事诸子及南卡孙铨伯、司马汪友翁，北卡马鹤南，吴淞孙子明在聚丰园公饯翁子文丈行。请朱诜翁作陪，设两席，两总俱首席，余均次序坐，此则冠冕文章，酣饮大嚼竟未能也。又与镜翁、绶兄升平小坐，访畹卿不遇，步月而归。

十四甲辰(1月13日) 晴。北局午饭。至升平晤枫生，镜翁亦来。又晤周鞠屏。接潘幹臣信、杭州贻孙信。

十五乙巳(1月14日) 晴。左胁气痛，至陈西庚处就诊。渠云姜枣汤不可再服。晚服药即睡，夜发热。接苏州何三兄姨母寄扬寓火腿、茶叶、南枣。

十六丙午(1月15日) 晴。

十七丁未(1月16日) 晴。

十八戊申(1月17日) 晴。同人约集宾臣新居，公送翁文丈行，适已大早出门。宾兄屋甚轩敞，院落极大。主人备羊肉面，勉强食少许，午后极不好过。沈兄赴平湖，嘱代北印。借赵廿四元。

十九己酉(1月18日) 晴。今日封篆。寄扬州廿六号信，又洋十四元，姨母寄酱腿等物带去。

二十庚戌(1月19日) 晴。寄四妹书，并小钟二个，东洋画一卷，又家信并午时茶、小皮洋人，另洋六元，请其转交内子。

廿一辛亥(1月20日) 晴和。剃头。上夜梦祖母、姑母，意有所示，醒后殊痛。

廿二壬子(1月21日) 晴。写贺禀。连日咳更剧。北印近日之货又多，精神十分委顿，夜中不能久睡。

祀灶，癸丑(1月22日) 晴。早见嗽，盂有红，想呛极而致，病况日深，可惧也。鲍午云到北局，云督办行文土药既无捐收公事，归北局司事。杜介翁及局使均以今日止工食。接吴丹来兄书。

廿四甲寅(1月23日) 天暖而燥。晨视夜所嗽仍有红丝。写扬州廿七号禀，并带鱼、冬笋、瓦楞子、蜜橘、青果、福橘、火腿、壮香莲捧香共两包，又大洋人一个。午后北印。

廿五乙卯(1月24日) 晴。沈廉翁清晨到局，赠平湖点心两种。今日稍可养息。

廿六丙辰(1月25日) 阴天，暖。连日痰中红已尽，惟口、吻均燥。

廿七丁巳(1月26日) 阴。既无雨又无雪，奈何？钱君宪今自苏到。

廿八戊午(1月27日) 晴。领薪水还赵莲翁卅一元，已去大半矣。午后至北市，为姨母买洋线毡一床，一元七角。途遇吴苍硕。到升平，与枫兄、张趾翁、少老一坐，归。

廿九己未(1月28日) 阴。晚寄扬寓廿八号信，并洋十一元，又苏州信件信局今日停班不寄矣。二弟今早来信，望钱甚急，有而不能去，如之奈何？午后剃头。

除夕庚申(1月29日) 阴。至北公所午饭。与沈兄美华利取大钟，存北局。晚，与少怀、绶卿、镜波、沈廉兄、坤能谒诜翁总办辞岁。诜翁又回拜，各行礼。稍顷又送酒，同人又转敬如礼，大家吃年夜饭，各归。早坐舆中，见江云黯淡，飞鸟低徊，情景入画。小楼静坐。年已四十一，百无寸长，斯差虽苦，平心处之，可资俯仰。夏秋肆行狎邪游，颇费数十番，自今思之不能无愧。昔张文端公尝以俭字示人，夫俭美德也，吾侪不肖，早为末吏，再不知俭可乎？书此以为已过者戒。

光绪壬辰日记

（1892 年 1 月 30 日—6 月 19 日）

壬辰年新正勉喜斋主人记于海上。

元旦辛酉（1 月 30 日） 黎明兴，殆出门已不早。诜翁总办到局。与沈廉谒贺，上督办衙门，不见。又至诸同事及各处贺年，均未晤。回局，见宾、绶、镜、少、佐、坤，大家团拜，吃面。至制造局谒潘芸孙观察、海运局提调谭少柳太守，俱未见。午后，又至翁文丈公馆一行。是日天阴，大风，夜雨。

初二壬戌（1 月 31 日） 阴晴。至北局午饭。拜年。在北卡马鹤南兄处一坐，适绶兄亦到，谈许久，并吃心枣饼、粽子，甚好。

初三癸亥（2 月 1 日） 阴。

初四甲子（2 月 2 日） 晴。查浦江船。至南卡，见孙铨伯司马、钟虞卿兄、铨翁，推牌九，相聚良久。日晡归。

初五乙丑（2 月 3 日） 阴。午后，写慈大人禀，并除夕前洋信十一元，又添寄两元，共十三元，另食物一篮，交协兴昌寄。日晡，钟虞翁来楼中，久谈。晚雨。

初六丙寅（2 月 4 日） 北风阴冷。申刻立春，今日交六九时矣。

初七丁卯（2 月 5 日） 晴冷。绶兄招饮，与吴苍石看字画，均其令祖筱沤太常所集一时名流墨宝，如钱叔美梅花两幅，又《携琴访友图》，此作精意十日而成，石涛山水，改七芗[①]画人物，又小梅[②]立幅，

---

① 底本作“七襄”。改琦，字伯韫，号香白，又号七芗，松江人，画家。

② 底本作“小美”。王素，字小梅，号逊之，扬州人，画家。

《风雨感秋图》手卷。字如何子贞小楷、许信臣小行书横披、钱梅溪书金笺、隶屏，见之爱不释手。案：朱太常任吴守，旋署粮储，权臬篆，吴中庚申之变殉节，绶兄能宝所藏，可钦也。

谷日戊辰（2 月 6 日）　晴冷。到升平见周菊屏。枫生约万花楼听书，即归。

初九己巳（2 月 7 日）　阴。

初十庚午（2 月 8 日）　晴冷。苍石约绶兄及余吃缶庐豆腐饭，有桂稚丹在坐，并示收藏书画，有伊太守隶联、行书五言句，杭廑浦太史梅花，有厉樊榭题句，均精品。董书长卷，恐伪作。又见陈荇香大令。日晡回。接二弟信，系慈谕家中岁除十分拮据，新正二十为祖考二十周忌，意须做佛事。

十一辛未（2 月 9 日）　晴。查浦江。在浦东拿花生九十一担，系上洋栈物也。与赵莲生兄假洋十五元。

十二壬申（2 月 10 日）　巡浦半日。晚寄慈亲安字二号禀，又洋八元，为祖父周忌礼忏。

十三癸酉（2 月 11 日）　阴雨。寄扬州三号信，又洋四元，点心四匣。午后剃头。

十四甲戌（2 月 12 日）　晴。巡浦，往来南北，竟日无所获。晚归，至天仙听剧，《义妖传》，有灯彩，即许仙白蛇故事。坐未久，大雨急，乘车至北局假宿，稍顷镜翁偕绶兄亦叩门踵至，遂与同榻。新正气象不佳，夜闻雷声。

元宵乙亥（2 月 13 日）　阴。舆夫来，回局易衣冠，衙参。同事到九人，俱未见，惟见总巡胡铁华，闻本局有委陈荇香之议。接何三兄信，并年糕、酥饺。

十六丙子（2 月 14 日）　晴冷。先君生忌。

十七丁丑（2 月 15 日）　晴冷，大风。近作竹园之戏，胜十数番。

十八戊寅（2 月 16 日）　晴冷。水仙盆俱冻。饭后巡浦，查见子花一百包，已经卸载，并无公所提单，水卡捐票恐系投行之货，听局中核办也。

十九己卯(2月17日) 阴,春寒刺骨。午后巡浦,拿子花四船六百廿包。其中情节不知能办与否。又毛燕四斤、洋伞三十把、福橘四桶。晚与宾兄牌九,负两元三。夜写何梅生兄信并寄欣赏斋书,另洋两元。取前年冬所裱熊定宇先生七言行书对,不知尚有否。夜雨。

二十庚辰(2月18日) 晨间微雪。祖考二十周忌。家中今日在天宁寺礼忏。余客游,不获归展痛悃,亦可悲矣。寄吴门梅兄书。午后与稚翁至北市拜陈荇香大令。严家桥樊少墨、司马炳煦两处道喜,均未见。阴雨冷甚。

廿一辛巳(2月19日) 晴。与宾臣、绶卿青莲阁看西人医学蜡人,讲妇人初胎时以至生产,各种形状无一不备,噫!神乎技矣。吾又悲人之不可久也,如气候瞬息耳。日暮至北公所。孙子明亦来。李浩然又约吃隆源馆,同坐七人,有魏昆翁、沈廉翁。饮罢,绶兄拉宾臣及余天福听剧,观者如云。看周双林《阎王庙》《斗牛宫》。

廿二壬午(2月20日) 晴。巡浦。

廿三癸未(2月21日) 阴。亡妹七周忌。回思曩日光景,可叹可悲,汪翰生妹倩亦于是年十月去世,念之怆然。

廿四甲申(2月22日) 晴。寄扬州第四号信,并玫瑰年糕、酥饺一包。

廿五乙酉(2月23日) 查浦江。

廿六丙戌(2月24日)

廿七丁亥(2月25日) 晴。午后偕王少丈至升平,晤钟虞卿、高壬叔,江苏常州人。又汤叔英,系浙江海运沪局委员。虞兄约万花楼听书,少老因有事未去。晚在绶翁处饮,因请壬叔到馆开学酒,同坐虞翁、伍松岩、汪韵香、张朗之。席散,绶兄留余与虞翁,作长夜之谈,至寅刻,余和衣先睡。

廿八戊子(2月26日) 晴。张申伯早来,去秋新孝廉也。余即回局,午后查浦江,拿东洋香菌两包。浦东太古码头骨渣三船。

廿九己丑(2月27日)　阴。余初度日。饭后，到升平一坐。

二月初一庚寅(2月28日)　阴。轮派南局。王少丈、宾兄、陈佐庭及余四人也。

初二辛卯(2月29日)　阴雨。领薪水。寄慈大人五号禀，并洋十五，又内四元，买松子仁糕一斤呈母。昨日陈荇香大令接货捐差。

初三壬辰(3月1日)　晴。

初四癸巳(3月2日)　阴。

初五甲午(3月3日)　晴。午后虞翁与壬叔约至万华茶叙。晚吃宝仙炸酱面。天福听剧。绶兄来，云要送申伯上轮船，不及同观矣。夜归，小雨。

初六乙未(3月4日)　阴。接何梅生兄信，并欣赏斋裱对一副，另洋四元，系姨母嘱购大土清陈公膏。吴苍翁晚持汤贞愍公梅花手卷见示，画极清绝，惟款字略有疑似，非明眼人不能定也。昨夜至今日，风暴狂起。

初七丙申(3月5日)　阴。苍翁来谈，并赠杨藐翁隶联，雅意殷殷，何以报之。

初八丁酉(3月6日)　阴。晚见贝青来兄，钱镜翁之中表也。

初九戊戌(3月7日)　阴冷，春寒逼人，甚于严冬。

初十己亥(3月8日)　阴。吴广庵观察到沪，晨谒未见。至北公所吃粥，回局。

十一庚子(3月9日)　阴。苍翁晚来一谈。接贻孙杭州信。

十二辛丑(3月10日)　晴。花朝。接慈谕，并二弟信，又吴丹来兄书。

十三壬寅(3月11日)　晴，晚雨。复贻孙函。

十四癸卯(3月12日)　阴雨，夜大风。

十五甲辰(3月13日)　阴。雪花霏微，日光又时或隐见，春寒刺骨。十分难受。

十六乙巳(3月14日)　阴。领薪水。寄扬寓六号信，并家用十五元，又还经忏钱四元。又寄吴仲远、丹来两兄书，并附寄内信及洋三元。

十七丙午(3月15日) 阴。

十八丁未(3月16日) 阴雨。剃头。

十九戊申(3月17日) 阴雨。近日腹中常痛泻。

二十己酉(3月18日) 晴，旋阴雨。腹泻①稍好，咳甚，觉肺气喘喘，买童涵春堂梨膏服之。贫而多病，奈何！

廿一庚戌(3月19日) 晴，寒气犹凛凛逼人。

春分廿二辛亥(3月20日) 晴。东南风甚大。在码头验货，实苦之至。昨夜泄精人益委顿。

廿三壬子(3月21日) 阴。吴苍翁早来谈。绶兄旋亦至矣。腹痛，吐痰极多。午饭时何玉卿庆墀来，昔在苏同差，现委海运局津局。晚，食粥一盂。登楼煎午时茶加焦小楂谷芽服之。雨声淅沥。

廿四癸丑(3月22日) 阴雨。晚，至绶兄处与壬叔久谈，并食荠肉馄饨。二更回局，接何贻孙杭州信，闻吴晋壬世叔已早作古。晋丈与先公文字交最深，书法汉魏六朝无一不精，惜未得只字竟作古人，晨星落落，可慨也夫！

廿五甲寅(3月23日) 阴。腹泻而痛。午后，高幼渠兄来局，余适有事未获一叙。二鼓后起风，天或可晴也。

廿六乙卯(3月24日) 晴。

廿七丙辰(3月25日) 晴，风。接何眉生兄书。日晡与绶兄至苍翁新居一坐，苍翁出示所藏明人便面，如陈眉公、虞、许诸家，又有戴文节山水扇，费晓楼画洛神，又小紫砂壶，仿似东坡石铫形。晚在绶兄处饭，归。夜又阴。

廿八丁巳(3月26日) 晴和，可着棉衣。

廿九戊午(3月27日) 阴雨。绶兄约钟虞卿兄及余晚间小饮，

---

① “泻”原作“泄”，据文意改。后类此经改。

吃水角。余醺然，就壬叔榻酣睡，复起，与三君谈，至三鼓后雨声不止。

三月初一己未(3 月 28 日)　阴。晨回局，腹泻。夜写四妹及内子书。

初二庚申(3 月 29 日)　晴。领薪水。午后到升平与枫生一叙，见袁子春、罗敬甫，匆匆即归。买东洋画片四张、锦润堂信纸，正拟寄家信，得二弟廿六日函，慈亲谕买大乌参一斤、红绫饼等，只可明日寄矣。

上巳辛酉(3 月 30 日)　晴。饭后，至大东门，施悦来鞋店定缎鞋一双。日晡，寒气直逼肌肤，三月天时，何气候相反若此？此今春恐病人必多也。家书写好，专等听差蒋全所买之物，竟未见来，今日又不及寄矣，欲速转迟，奈何！

初四壬戌(3 月 31 日)　阴。慈大人寿辰，寄七号禀，洋十四元，刺参斤半，大乌价过贵，每条需八角，此次无钱，只可再买矣。又点心四匣，又回妹书，并湖色珐琅圈、东洋画四张，交协兴昌寄。今日招商江裕开。祝稚老家制韭菜合，饱啖，甚佳。夜雨。

初五癸亥(4 月 1 日)　晴，风大。日晡，天色如黄沙漠漠气象，何以如此不可测也？苍石来小坐。晚，和暖。连日嗽多痰，脾倦思睡。

初六甲子(4 月 2 日)　阴，午晴。闽广局唐子范来。今日咳不止，浑身筋骨痛。

初七乙丑(4 月 3 日)　风日晴和，已寒食节也。韶华负了，春不再来。日晡，绶兄约至老仪和栈访钱士香，又到光绘楼看照相。泰丰亨刘少云兄处一坐，少云与绶翁内亲也。约万长春吃番菜，同坐有杨宜卿，又岳君、少翁叫局，绶兄招畹，余勉为应酬。绶兄犹未足，又同至畹处谈良久，回来甚乏。

初八丙寅(4 月 4 日)　清明，晴。昨夜睡后发热，烦燥欲吐，至天明又怕冷，批衣大解，而两腿胯伸屈不能，忍痛下榻腹泻。即炖神曲饮三杯，胸稍舒畅。午后食烫饭，得汗，寒热因之解。晚服绶药。

初九丁卯(4月5日) 晴。腿痛尚未好。连日咳呛,时形喘喘。为镜翁书查酒折。余甫中年,自庚寅八月患嗽病迄今未愈,精神体气顿为之耗,非永年之象,可自知矣。

初十戊辰(4月6日) 阴雨。阅《申报》,载日中有鸟,讲天文者云主霪雨飓风。鸟即日中黑点,西人测量其横长甚巨。日晡,接苏州信,姨母寄南腿、百合粉、松子糖等物。闻恽季文夫人生子,太夫人甚喜也。

十一己巳(4月7日) 阴。

十二庚午(4月8日) 晴。接吴丹来内兄书,内子要钱甚急。

十三辛未(4月9日) 晴。质皮袍马褂,洋六元,又假一元,共七番,作书寄吴仲远兄处转交。昨日杭州何贻孙来信,并一元,属买广东店润宝斋袜子。

十四壬申(4月10日) 晴。

十五癸酉(4月11日)

十六甲戌(4月12日) 晴。领薪水。寄慈亲八号禀,并洋十六元,又南腿、百合粉等物,均寄家中。午后至北市为贻孙买袜,一元。

十七乙亥(4月13日) 晴。复梅生兄信。又姨母信,又寄杭州贻孙信并广袜四双。

十八丙子(4月14日) 晴。先祖生辰。

十九丁丑(4月15日) 晴。苍硕来告余凌退庵医道甚好,为作札请诊。

二十戊寅(4月16日) 晴。访凌退翁请诊,开方,属服五帖再看。午后剃头。受兄约北里游,精神疲倦,竟未能去。接何贻孙信,又二弟书。

廿一己卯(4月17日) 晴。镜翁贻野于术片八钱。晚服药,药中之品甘而不苦。

廿二庚辰(4月18日) 晚服二煎。接扬州信。

廿三辛巳(4月19日) 谷雨。

廿四壬午(4月20日) 阴雨。

廿五癸未(4月21日) 阴。近来腹泻,服药,不过如此,咳不减。

廿六甲申(4月22日) 晴。日晡,在老摆渡验货,忽痰中有红,连嗽六口,舆中觉心悸,幸回来即止。

廿七乙酉(4月23日) 晴。今日精神益疲,日至江干,风雨从公,酸辛滋味只可自知。

廿八丙戌(4月24日) 阴。接何贻孙书。

廿九丁亥(4月25日) 阴。至凌退翁处诊。

三十戊子(4月26日) 雨。

四月朔己丑(4月27日) 雨。

初二庚寅(4月28日) 阴雨。领薪水。寄慈亲安字第九号禀,并英洋十六元。

初三辛卯(4月29日) 雨,日夜不止

初四壬辰(4月30日) 雨。前请凌医开方,亦不佳,故亦不服药。惟两月来咳剧气急,日形喘喘。

初五癸巳(5月1日) 雨。

初六甲午(5月2日) 晴。

初七乙未(5月3日) 晴。

初八丙申(5月4日) 释迦佛诞,张溥斋世丈亦于是日生,年五十外一日,由都至津门,上海轮甫出大沽,忽自投乘騄而逝,即初八之次日也,生平好佛,岂欲以此速化欤? 思之慨然。晚,至绶兄处,虞卿、壬叔小饮,吃面,始知主人生日也。

初九丁酉(5月5日) 阴。

初十戊戌(5月6日) 阴。燥热。彭介卿丈自金山回,假凉帽,尚有数日勾留。

十一己亥(5月7日) 雨。拜介丈不遇。接二弟信,昨日也有家信。

十二庚子(5月8日) 阴雨。

十三辛丑(5月9日) 雨。介翁来字,请余定日吃番菜,告以天晴即至。

十四壬寅(5月10日) 天果放晴。日晡至大亨栈访介翁。升平啜茗,闲逛,途见恽绶臣七兄与沈子实兄,乃知绶臣与沈同襟也,匆匆立谈数语。偕介翁回海春小酌,至天福听剧,看汪桂芬、李长胜《龙虎门》,介翁甚乐,送其回寓而归。

十五癸卯(5月11日) 晴。

十六甲辰(5月12日) 晴。介翁来辞行,今夜开轮。寄二弟十号信,并所领之项,又与赵莲翁假廿番,共凑寄扬洋三十八元,又本色夏布帐料两匹,计十丈,寄内人用也,又买点心四匣。晚,乘舆至招商江孚轮船,送介翁行,并将洋信等件托之。

十七乙巳(5月13日) 晴。

十八丙午(5月14日) 晴。晚接何贻孙信,又洋十二元,要取表,即为赴夷场,适典已关门,只可明日。朱绶兄约听剧,未去。

十九丁未(5月15日) 晴。以八洋交张林,先取小表。尚有八件一个,来项不敷,未赎。

二十戊申(5月16日) 晴。接何贻孙信。

廿一己酉(5月17日) 托王少翁将小表带至北市擦油。

廿二庚戌(5月18日) 晴。恽七兄来访,适余至码头查验,未获晤面,及余至升平访,恽七兄、姚枫生均不在坐。又周仁山兄自吴下来,昨偕冯君来谈良久。今日往级升栈亦不遇。此廿五事。

廿三辛亥(5月19日) 晴。闻诜翁明日赴吴。

廿四壬子(5月20日) 晴。日暮与廉翁、宾兄至升平,廉兄另有人约,余与宾兄访陈俊山兄凤吉。之尊甫也,不在寓。中途遇汤仁甫同宾兄,吃隆源馆,而仁甫再三要作主人,转觉乏味矣。此廿一事,日久误书。

廿五癸丑(5月21日) 晴。

廿六甲寅(5月22日) 接贻孙书。午阴,孙子明兄来。饭后往浦东打酒,途中柳阴路曲,娇鸟迎人,顿觉爽逸之至。

廿七乙卯(5月23日) 阴。早往总巡袁太尊处,贺新居喜。天雨。接二弟廿二日信,介翁信、洋交到。

廿八丙辰(5月24日) 阴雨。写皖抚及苏牙厘吴督办贺禀。

廿九丁巳(5月25日) 阴。移榻静甫所住之屋,制一书架。接何贻孙信。

五月初一戊午(5月26日) 雨。与沈兄北印买同德堂止嗽哮喘丸,小瓶五角。

初二己未(5月27日) 晨阴午晴。领薪水等四十七元零,还赵廿五元。至北局写安字十一号信并洋十六元、甘蔗十二支交协兴昌寄扬州。又寄二婶一函。宾兄来,并见其弟堤层兄、安荆璞兄。

初三庚申(5月28日) 晴。寄杭州何贻孙兄书并小表一个。绶兄约茶聚。诜总自省旋。

初四辛酉(5月29日) 晴凉。绶兄约吃水角,有虞翁。

初五壬戌(5月30日) 阴。过节,晨衙参,不见,回局见同人,道贺。诜翁等日晡来,各皆谒见。晚有例席,一切如仪。

初六癸亥(5月31日) 升平酌茗。见孙忆轩先生,自吴下来,略叙别去。

初七甲子(6月1日) 晴。觉腹旁左生一块,微痛。晚,用坤翁紫金锭敷之。

初八乙丑(6月2日) 晴。早坐舆中,肚痛数次,所生之块不消。沈兄约茶叙。

初九丙寅(6月3日) 晴和。腹块红大,至药王庙官医局,晤陈西庚,云要外科看。局中有三人,乃就年老者胡五峰先生诊视,云系肚疽,可消。取膏药五帖。托沈兄代北印。

初十丁卯(6月4日) 请假。又请胡医看,云须溃,易膏药贴之。医局为道台所设,就诊者络绎,余每往必送诊封以别其施舍之律也。

十一戊辰(6月5日) 宾兄、镜翁上楼存问。睡竟日。所患夜痛。

十二己巳(6月6日) 往胡医诊视。友人劝至巢崇山先生处看最妥。午后,假宾兄舆夫一名赴北,请巢医诊,亦云腹疽,示一方并膏药易贴患处,觉时时刺痛。巢医孟河人,寓英大马路鸿仁里,来去颇遥。晚服药,夜忽遗泄,人更委顿。

十三庚午(6月7日) 阴凉。贻孙兄来信,寄二番取表。闻有京饷之委,果尔甚妙。假赵四元取表,并作复信,交协兴昌寄。宾兄因余病,借二番嘱,用意可感也。所患仍未溃,接内兄吴仲远书,又二弟信,衣包一个。慈亲要买湖色洋罗。

十四辛未(6月8日) 晴。至巢医诊视,易方。至怡盛买洋罗丈二尺。在北公所一坐。绥、坤两兄均晤,云宾兄令弟堤层兄今日返鄂。晚寄二弟安字十二号信并洋罗一包。

十五壬申(6月9日) 晴。

十六癸酉(6月10日) 晴。销假。余所患缠绵,久假托人不便也。

十七甲戌(6月11日) 昨夜又忽泄遗,精神益疲,勉力支持北印,尔后至巢医处诊。日晡归南局,见何梅生兄字,昨日到,今晚即行,约至升平一叙,即去,候多时亦未见人。到公所晚饭,回。

十八乙亥(6月12日) 晴。先叔父六十冥寿,距殁时已一纪,悲夫!若余病如斯,将亦不久长寝矣。至巢医处诊。

十九丙子(6月13日) 晴。

二十丁丑(6月14日) 阴。绥翁赴嘉兴。至巢处诊。接家信,念余病。

廿一戊寅(6月15日) 晴。患甚痛。写二弟十三号信,并茶叶、火腿、笋尖寄去。又复吴仲远兄书。

廿二己卯(6月16日) 凉。午后看病,今已第六次。所服之药如同一方,患处仍未溃。寄何贻孙书。

廿三庚辰(6月17日) 复苏州梅兄信。

廿四辛巳(6月18日) 凉。日晡查验。回南局,见诜翁,将所患略言,下月轮排沙船可另派人也。

廿五壬午(6月19日) 凉。至巢医处诊。坤兄来。

浮海日记

蒋　黼

浮海日记

（1903 年 5 月 21 日—8 月 11 日）

今年（1903）日本设内国劝业博览会于大阪，余与沪上同人约往观焉。将以二月下旬东渡，故今年日记即以“浮海”名之。

四月廿五日（1903 年 5 月 21 日） 昙。午后坐长安轮抵沪，寓晋升栈。访叔蕴于梅福里，知张君季直将以明日附日本博爱丸东渡，余决计与之同行。

廿六日（5 月 22 日） 昙。午前九时购定博爱丸船票，自上海至神户上等舱来回票，计墨银八十二元五角。并至亚金银行以墨银易日币。计墨银一元换日银八角七分七厘。归寓，检理行箧，午后访季直，并至市上买杂物。七时，偕王渭孙至一品香小饮。十时登舟。

廿七日即日历五月二十三日（5 月 23 日） 晴。午前七时三十分开轮。同舟者除季直外有沈君小沂、张君玉涛及其弟凤冈，皆旧友也。又有南海人马君玉亭，现为德兴轮船司会计，与余同室，彼此过谈，颇不岑寂。

廿八日（5 月 24 日） 晴。午前东风稍大，舟略颠簸，呕吐数次。午后，过五岛，风平波静。至船面散步，与季直观舟旁浪花，日光照之，现七色彩，为弓形。季公曰：“此即虹霓之雏形也。”此语未经人道，可以补入小学教科书。九时，抵长崎，停轮。

廿九日（5 月 25 日） 晴。午前八时登岸，访邮船会社账房张济庆。张君派人导游东明山寺。寺为华商所建，大殿有隆武己丑年总理招讨太师威虏侯黄斌卿匾额。寺后山上有私立鹤鸣女学校，规模不大，生徒仅数十人。又至伊良林寻常小学校一观，此校为去年新落

成,颇宏敞,大略规制记左:

建筑费三万元,地价一万元。校长一濑秀太郎。

学生六百余人,年均十岁内外。每月出脩金一角二分。

每年经费四千余元,除收生徒脩金八百余元外,市税三千余元。

长崎居民十四万人,学龄儿童一万人一千人,内不学者四百余人。长崎有学校九处,此其一也。

观毕至华人所设之第一楼酒肆午饭。饭后登丸山,道旁屋宇修洁,榜其门曰"贷坐敷营业",询之皆娼寮也。长崎街市曲折,不甚宽广。市屋亦不甚高大。劝商场甚多,皆聚一处之物产设一大肆,任人评骘选购,阴寓比赛之意。午后三时回舟,四时三十分开行。海滨山上开成梯田,其不能耕者则林木葱郁,无一峰峦荒芜者。夜间见舟旁波涛为舟所激,即发阴焰,知此处海中磷质甚多也。今日发苏州信。

三十日(5月26日) 晴。天明抵马关,停轮,上煤。马关之对岸曰门司,日本产煤之埠也。午前十一时开行,午后过濑户内海,山水秀绝。今日发电致大阪孙实甫,请其觅屋。

五月朔日(5月27日) 晴天未明。舟抵神户口外。六时,验病后乃泊码头。实甫来,将箱笼交田中旅店,托其代至税关开验。日本税关,凡外国来之行箧无不开验,见有应税之物即令纳税,虽税金数十文亦必收。然随到随验,绝无留难、需索及勒罚充公等事。十时偕季直至楠公庙前观水族馆,馆内以玻璃为大函,砌入屋之四壁,函中蓄水叠石,俾水族游泳其内。上通天光,人在侧面视之,纤悉毕见,奇形怪状,如游海底。又有海驴、鳄鱼、印度大蛇等物,则别畜池中,罩以铁网。观毕,谒楠正成墓,观源光国所书碑,文曰"呜呼忠臣楠子之墓"。碑阴有朱舜水所撰文,匆匆未能一读。午刻,东源号主李光泰找饮,同坐有慈溪吴锦堂,名作镆。现为本埠商董,言论甚明白。恳至午后四时,偕实甫、季直至三之宫汽车栈登车,五时到大阪,寓高丽桥清宾馆。此馆专为接待赴会者而设,其屋为各华商捐资租赁,不收客之房金。屋舍几及百间，窗明几净，几忘在旅馆中矣。馆中理事金岛瑞园名文四郎。以博览会便览见赠。

初二日(5月28日) 晴。午前十时，偕季直、实甫坐人力车至博览会，先至事务室取优待票。凡有请帖者，会中赠优待票，得自由出入会场，不取游资，并观瞻东西京雅宫。然后至酒肆。午膳毕，同访江鄂出品事务所，访李君拔可名宣龚。实甫有事返神户，故请拔可导游，先观美术馆，次加奈大馆，次参考馆。参考馆者，陈列各国物产之所也。英法等国，列物虽寥寥可数，然多新发明之制作。中国陈物之地，仅三十六坪，分为二区，江鄂一区，四川一区。出品中惟锦绣、景泰、瓷雕、牙器等，差强人意，余无甚精彩。高丽亦有陈列所一区，其出品更在中国之下矣。又至教育馆、工业馆一览，已届六时，馆中将闭门，遂出。

初三日(5月29日) 晴。午前十时，实甫有电话来，约同访大阪府知事，因与季直至川口三十二番益源号晤实甫，同往大阪府厅。适府知事未来，晤书记官山田新一郎及大阪府农会技师富冈治郎。山田君询东游宗旨，告以观会之外，拟考察教育、农、工诸事。山田君允为绍介。富冈君赠余以《大阪府农业地图》《大阪府农会会则》及《会报》《害虫驱除法》《害虫驱除报告》等书。十二时归寓。午后剃头，读《农会报告》，知大阪农会每年约用一万元，而国库补助金约三千五百元，府补助金四千五百元，市补助金八百元，余则会员所出之会金也。

初四日(5月30日) 雨。午前十时，同季直至肥后桥朝日新闻社访西村时彦，不值，至其家晤之。君为《朝日新闻》执笔，己亥春日，曾相见于沪上，今五年矣。旧游如梦，握手惘然。午后一时，小池信美来访，小池君与西村同事，昔年久在中国，能华言，故西村介绍之，因与订定后日同往阅各学校、各工场。二时，至江楚出品事务所，晤刘众卿观察及拔可，仍偕拔可往看博览会之农业馆。各县分县分区陈列，每县所列种子多至数百种，皆精美硕大：小麦有大如赤豆者；赤豆有大如黄豆者。尤以北海道所产为多，有《北海道开拓地图》及表，极详晰。守者以《北海道拓殖要览》及《殖民图解》二书为赠。又观林业馆，陈列竹木材料几多，有各县山林泥塑模型，观之如入深山观其采伐输运之状。五时，同季直至朝日新闻社，晤其社长上野理一，此社为上野及村山二氏所设，日本所谓合名会社也。西村、小池二君导观排字处、做纸模处、铸板处、印刷处。此新闻每日出售十五万纸，为日本第一大报章也。二君又出请帖二函，系大阪市教育会长小山健三请余等明日午前九时至城南练兵场观大阪市小学校创立三十周年记念式，帖中附赠铜铸纪念章一枚。闻皇太子适在大阪，明日之会将亲临焉。

端午(5月31日)　雨。八时，小池、西村二君来约，因与季公同往。既至，见场上编柏为门，门内列三棚，中为演说台，左右为宾客休憩所，执事者以花朵及果子为赠。场之四隅树四色旗，大书东、西、南、北区号，学生万余人，分区肃立，盖大阪一市本分四区也，台下设军乐一部。有顷，乐作，太子及妃同有栖川亲王乘马车至，别有车三乘，则女官及侍臣也。马车绕场一周，官绅学生皆脱帽为礼，太子亦微举其冠以答之。时大雨如注，生众皆衣尽湿。午后，实甫、藤泽元造先后来。元造之尊人南岳名恒，年六十余，汉学家也，顷在练兵场见之，故遣其子来访，并约至明日导游各学校。今日召瞽者按摩。

初六日(6月1日)　晴。七时，藤泽君来约，因偕季公同往。先至爱日寻常小学校。校长高桥季三郎导游各教室，每室生徒四五十人不等，凡十七室，约计生徒六百余人。男女相半，男在东，女在西，教员亦男女分任之。功课为修身、国语、算术、体操、唱歌、裁缝六科，每日五时又有补习科，生徒百余人。高桥君因予等不解东语，故令女生徒暂停他科，先为唱歌一阕。高桥君又令全校女生徒至生徒接廊即雨天游戏室，广袤约四丈。为余等行礼，礼毕，留六十余人为游戏课。其步伐进退，亦节以洋琴，而和以歌曲，无参差不齐者。观毕，延至容仪室小坐，出示学生所书大字。其纸用中国连史与洋纸装表合而成者，大小如楹联，字径六七寸，虽七八岁儿童所书，而颇有清劲气。此室为女生徒习容仪之所，因令女生行抹茶敬客礼。抹茶者，即唐人之点茶也。茶灶茶具之陈列，皆有定位，安置毕，酌水涤瓯，抹之以布，复自襟前取赤色帛抹茶匙，抹法亦有定式。抹毕，以匙取茶叶着瓯中，茶叶皆碾成细末，以勺挹汤注之，以筅搅之。搅成后现碧色，膝行而前，进于客，拜而退。其仪文之周至，举止之端庄，令人肃然起敬。复导观男生徒运动场，场上设木竿一，上悬横木，两端悬赤、白二篓，如天平然。篓口离地约八九尺，生徒二队分立场之左右，左赤帽，右白帽，教员散赤白球于地，号笛一声，两队生各拾球投于篓。赤帽生拾赤球投于赤篓，白帽生亦然。有顷，白篓重而下垂，号笛又鸣，两队皆退立原位，教员奖白帽生之多中，白帽生齐声呼万岁。教员又将二篓及横木取下，换一竹制之斗贯于竿，如中国旗竿之斗。斗离地亦八九尺，号笛一声，两班生皆拾球投于斗，号笛又鸣，仍复原位，乃取下数之。白球得百十九，赤球得百二十四，教员有奖赤帽生，赤帽生齐呼万岁。高桥君谓余等曰："女子宜端肃，男子宜壮勇也。"复赠以本校之各种表格。

乃同往爱珠幼稚园，今日园中行开园二十三年纪念仪式。园长盐野吉兵卫延入客坐小憩，导观各保育室。惜今日停课，不能观各种教法。十一时，行礼。游戏室中设御座，旁设园长座及洋琴，左设宾客坐西面，下设幼儿坐北面。幼儿凡百八十人，先向御座行鞠躬礼，保姆鼓琴，幼儿唱颂祝之歌，毕，乃各就坐。宾客中有一人起立，御座旁演说数百言，然后园主演说。演说毕，洋琴又奏，幼童齐唱园歌，歌为福羽美静氏所作，大阪师范学校音乐教员多梅稚氏所谱曲也。歌毕，将各坐撤去，保姆率诸儿为游戏之课，其节奏仿佛寻常小学校。盐野君留余等午膳，坐客十余人。膳毕，至摄生室中小坐，亦行抹茶礼。又赠幼稚园新闻一纸、此新闻今年所出，每月二回。本园沿革志一册，知此园始于明治十三年六月一日，初立之时，群疑其为传习西教，乃相与誓于神社，群疑稍释。时仅有幼童四十余人，今皆为学士矣。

近年日增月盛，园地已三易，每易必廓其屋宇。今之新园建于前年春间，建筑诸费凡用八万八千余元。今有保姆七人，幼儿百八十人，男女各半，每年经费约三千五百元。

午后复同季直、藤泽至天神桥筋东二丁目岛田硝子制造所，晤所主岛田孙市，导观厂内。此所立于明治二十四年四月，本是官款所立，后将款提还，遂为岛田一人之私产。现在成本三十万元，将来拟廓至七十五万元。厂中工人五百名，内有四十名系女子。一切工作皆用人工，惟磨辘雕镂乃用引擎革带，仅三十匹马力。厂内兼设炼砖窑，其一切火力，皆用瓦斯。瓦斯者，华言煤气，上海市上之自来火灯即用此气。故较寻常煤火之力尤大，此岛田所发明也。岛田由工科学校出身，故于一切制造理化甚精。因问："若派学生来厂学习，几年可卒业？"答曰："须七年，然不通东语者，不能来学也。"

阅毕，至泉布观游览。泉布观者，造币局之别墅也，为洋式楼房二进，昔年尝为行宫，今则陈列各珍物，供人游观，每人游资五十文。第一处为千瓢会，陈列古今名瓢千枚，中有一瓢，曲如蟠蛇，上有"康熙之宝"四字，不知何时流传至此。次为丰臣太阁遗物，铠仗、翰墨及器皿、玩具毕备，明代所封日本国王诰命亦在焉。后楼为新出工艺陈列所，余与季公各购小物一二而归。夜雨，刘聚卿、李拔可来谈。

初七日(6月2日)　雨。午前八时藤泽来，约观大阪市第一高等小学校。因同季公往，晤校长冈村增太郎及东区学务课长米田的道君。导观各室，共十八室，男十女八，学级凡四年，学科凡十二，为修身、国语、算数、国史、地理、理科、图画、唱歌、体操、游戏、裁缝、英语。生徒一千二百人。男六百五十，女五百五十。每年用款一万一千四百余元，学生所处学费六百元，余均为市区公费。计大阪东区市立之各学校及幼稚园，共四十一处，每年共用十九万银元，学生所出者仅二万七千元耳，余悉由区费补助，岂不伟哉？冈村君亦邀余等至容仪室，令女学生行抹茶礼一次，令各学生迭为宾主，而教员监视之。又赠余等各种表格及本校史等书，余与季公将其三十六年四月末调查表手抄一纸携归。午后，同季公访藤泽南岳君，笔谈良久。昨日南岳君赠余以所著《万国通议》《和陶饮酒诗》，余以《王子安集注》《纬学考》及《墨守阁词》报之南岳。又赠余《探奇小录》一册，为其昔年游野吉山之日记也。又访西村君于朝日新闻社，询以此地幼稚园开办之初如何发端。西村云此事当问之友人清水氏，因招清水君来详述其事。先是，日本人有译德国幼稚园书者，后有德国妇人嫁日官松井氏。明治九年，东京开幼稚园，聘此妇人为教习，且养成保姆。十一年，大阪派出女生二人往习保姆。十二年学成而归，即开一府立之模范幼稚园，爱珠幼稚园之保姆即在模范园传习者也。至十三年六月，乃开爱珠幼稚园。十六年，府立之模范园停办，而幼稚园已遍域中矣。昔往东京之保姆生，有一人尚在，姓氏原，名铱子，今年五十余矣。现在府立女子师范学校附属之幼稚园为保姆长，其子现为东京大学之学生。季直欲延一保姆至通州开幼稚，因订定明日同请清水君至师范学校访氏原商之。晚实甫来谈。

初八日(6月3日) 晴。八时，同小池、西村、季直至桃山女子师范学校。此校创于明治二十三年，当时止有生徒三十名。至明治二十五年，添设附属之幼稚园，募集幼童六十名。今有生徒百二十名，大阪籍及外籍各府县各半。学级凡三年，学科凡十三。为修身、教育、国语、汉文、历史、地理、数学、理科、家事、习字、图画、音乐、体操。昔年开办止有五科为教育、汉文(修身科附)、历史、地理、数学。而已。现在每年费用约二万四千元，校舍敷地五千六百八十四坪，合中国三十四亩零。屋舍居十分之二，建筑费十三万余元。坐定后，清水君亦至，晤校长大村方树君及洋文教谕桑山国五郎、保姆兼准教员氏原铱子。先导游幼稚园之游戏室，幼儿七十人，列坐室之三面，一保姆坐东北隅，鼓风琴，铱子立室中，导诸儿游戏。先令对客行鞠躬礼，次唱园歌，次铱子令一儿出室外，乃取一竹圈藏诸儿之背，令此儿入室觅之，觅得，群鼓掌贺之。又令一儿出，如前法令觅，遍觅未得，群相哗笑。此儿沉吟良久，乃周历群儿之前，察其色，一儿色动，乃搜其背，得之，群儿复鼓掌以贺之。钛子又率群儿连臂踏歌，周旋皆合节。又令四儿交手作门状，自率群儿互相牵衣连为一串，由门下走过。小池曰："此演汽车过山穴之状也。"演毕，群儿归保育室，凡为室三，或教折纸，或教垒木，种种游戏。复导观师范生体操，八人为一团，共五团，初演西人跳舞之戏，继而参互错综，阵法变换，而每行一步，必微伸其足。小池曰："此名为群雀戏，乃大村君所新发明者，因日本人腿短故特注意于足之运动，冀改良其种族之体质也。"又遍观各教室及裁缝室，余问所作之衣其物料是否校中购备，曰："非也，即各生所自服或其家人之衣耳。"此校诸生皆寄宿校中，凡为寄宿室十，每室内方广□□尺，十二人居之。卧具昼间皆藏复壁，室中唯矮几三及小书橱三。四人共一几，书橱亦分四格，备各生自修之用。此外香几一、花瓶一，余无他物。室外有长廊可以散步，有理发室，有食堂，在炊室之外间，亦四人共一几。有浴室，有便室所。凡十间，每室之人共用一间。大村君复赠予等本校一览及教育状况，并大阪府学事一览。比归，已午后一时矣。

饭后，同季公诸人至难波驿，坐汽车至堺市观水族馆，一切设置仿佛神户所见。五时归，至博览会门前下车，游动物馆。此馆为民间私立，入者人输五十文，其中有濠洲之鹦鹉、有红绿白紫。扒鲁内哑之猩猿，此二种种类最多。余则虎、豹、狮、象、大蛇、豪豕、秦吉了懒猴、海獭、麝熊、食火鸡、灵猫、栗鼠、大鸽、珠鸡、印度牛、扒鲁内哑土人器物等类。观毕，至各县卖店游览。偕季公至丰乐园，邀聚卿、拔可小饮。聚卿有事未来，拔可赠余以高梦旦所辑《泰西格言》一册。昨日藤泽南岳索诗，余今日车中口占一首赠之：

风雨城南路，同游讲武场。众中未申意，今日喜登堂。著作通欧米，丰裁俨晋唐。元黄方力战，珍重鲁灵光。

初九日(6月4日) 晴。午前未出门。午后一时同季直至朝日新闻社，偕小池氏往观高等工业学校。此校立于明治二十九年，为文部省所直辖。除东西二京外，并此而三。内分八科，为机械、应用化学、染色、窑业、酿造、冶金、船体、机关。学生三百余人，教员及执事者五十余人。学生每年学费十元，自制衣服等三十元，书籍等十八元，膳费八十五元，杂费三十元，合计百七十余元。三年毕业。校长教授工学博士安永义，导观者书记中岛义光也。又观医学校，校长他出，门者导观各处。有标本室，皆病人各体，剖解洗净浸酒中。又至剖解实习室，见学生数人，方共剖一尸。又至细菌室，各菌种皆藏玻璃管置暖箱中，观其发生之度，有德国所制一千三百十五倍显微镜。观毕，同季公访聚卿、拔可，不值，遂归。晚至近处散步，观古玩店及中川藤八所设幼稚园恩物店，较前岁叔温所代购者为多，皆中川所新增也。高丽桥东有夜市，杂陈花草、骨董、器用等类，季直购一瓢、一茶盘，余购木板日下鸣鹤所书《兰亭》一册。拔可来谈。

初十日(6月5日) 晴。午前十时，西村、小池约观造币局。局长古川为治君他出，文书课长中村勤君导观各处。曰地金课，收各处送来金银处也。曰精铸部，熔铸地金处也。曰试金部，化分成色处也。曰溶解场，将已试之金铸成金棒也。曰伸延场，将金棒压成扁片也。曰极印场，凿成圆形及印出文字也。曰精制场，称其轻重处也，未印之前称一次，重者削之，轻者回炉；既印成后又称一次，稍有轻者皆回炉重铸。又有一人，专习听声，以币投铁板，声稍哑者亦重铸之。曰雕刻部，专雕钢模，凡钢未淬则柔，已淬则刚，柔时受雕受压，淬后则可压，各金类矣。旧例先雕一阳文母模，然后印成子模，以子模压各币，然雕刻之迹终不能尽泯，故近日日本新法先雕一阴文之祖模，以之压成阳文母模，然后琢磨精美，务使棱角崭然，无丝毫雕刻之迹，方以压阴文之子模，故日本之币，文字工致，此中国所当仿行者也。又观参考室，则日本古币及各国货币皆备，中国则有五铢以下诸泉及万历年元宝一枚，上有刻字云“重五百两”。日本古泉有白雉通宝及楷书和铜开珍，皆素所未见者也。又至应接室，出砚匣及来宾录，请自题姓名。前二页有贝子载振及侍郎那桐等题名，贝子之名上有一字作戴，然贝子奉使时未闻有更名事，岂握管时偶误耶？观毕，西村君邀至其家中午膳，膳用西式，皆其夫人手治也。因问何以能此，曰，有料理书，按照书中之法加以揣摩，即能之也矣。甚矣，日人之好学也！

午后偕小池、季直观大阪府立师范学校，校长森本青藏君先导观附属之小学校，学童五百七十人，男三百余人、女二百余人，高等小学四学年，共二百四十人，寻常小学四学年，共二百人。寻常小学单级七十人，特别学级六十人。单级者，一师兼教四学年学童者也，其法令四学年之学童分坐四行，每教一科，分四面教之，教一二年级生时即以三四年生为助教，此等教法，专备山僻乡间简易学校之用。次观师范生各教师，生徒共三百二十人，惜为时已晚，不能见其受业。又观教员会话处，各教员间日齐集于此，商榷教育之法。又观生徒寝室、自修室、食堂、湢。寝室八人居一室，卧榻衾枕皆仿西式，日间亦不卷去，非若女子师范生之纯用日本旧式矣。自修室在楼下，十二人居一室。校外有农事试验场，校内有工业教室，生徒除正课外，以此为随意科。又观生徒击剑及徒搏之戏。击剑者，二人皆着铠，戴铁面具，此中国古戏，然自宋元以来，已成《广陵散》矣。五时归，饭后上街买纸。

十一日(6月6日) 晴。午前至藤泽南岳家小坐。午刻，至丰乐园小饮。午后，博览会工业馆以银七元购定磁花瓶一、磁酒具二。日本之磁本不及中国，然近年极力研究，不但可以乱真，直欲驾中国而上之矣。又至机械馆一览，为时已晚，机轮皆停，乃出至丰乐园晚饭。又入场，观夜会，电灯万盏，恍如白昼。喷水亭内，更以七色电灯旋转其中，望之如天半彩虹焉。

十二日(6月7日) 昙。午前阅骨董肆。十时，小池来，约观日本佛兰内罗即佛兰绒。株式会社，在天满桥北。羊毛皆来自濠洲，先漂之，次染之，次干之，次弹之，次纺之，次经之，次浆之，然后上机。既下机，又漂之、干之、刷之。初织时无毛，及用机器刷之乃成绒。共用锅炉三座，马力二百匹，男工百人，女工四百人。每日烧煤三万斤，用羊毛七八百斤。午刻，实甫来谈，因留午膳。午后至博览会观机械馆，有织布、织细、打米、做磷寸、磨麦等机械，其价皆在五百元内外；又有石油发动机，华言引擎。自二马力至十六马力，价自三百五十元至三千五百元，此等皆可购备试用者也。又观通运馆，新式舟车甚多，有布造小艇，可容两三人，不用时可以折叠，价亦在百元以内。又观农学试验处，皆以锌片为筒，分别各品类及各种栽培法。又有园艺场、苗木场、暖室，周览一过，已六时矣。出至门外买物，上灯时归。

十三日(6月8日) 晴。午前未出门。午后朝日新闻社主人村山龙平、上野理一及西村君招饮于网岛之金波楼，俗称鲋宇。宇栖据泛川之上，风景绝佳，屋舍陈设纯用日本旧式，精洁雅饬，有名园气象。主人姓泽，自德川未执政时已设酒肆于此，今其十七世孙矣。五时入坐，同坐除季直及余外，有小山健三、前文部次官，现为三十四银行头取(即总办)，大阪市教育会长。岛村久、前驻布哇公使，现为鸣池银行头取。土居通夫、前判事，现为大阪商业会议所头取，兼办电灯会。关新吾、前福井县知事，现为《朝日新闻》社执笔，号半田。内藤虎次郎、号湖南，《朝日新闻》执笔。久松定宪、号淀江，《朝日新闻》执笔。小池信美及三主人共十二人。饮毕，季直赋七律一章，余亦成一绝句：

绕阁溪流碧有痕，好山无数恰当门。暮云散尽月初上，一片金波落酒尊。

又赠西村君二绝：

春申江上曾相见，大阪城边又唱酬。惭愧阿蒙无进益，坐看岁月去悠悠。

蓬莱清浅几多时，风雨沧溟走蜃螭。努力回舟支骇浪，莫教精卫笑人痴。

内藤君用余原韵见和，叠韵答之：

夙兮曾观翰墨痕，今辰捧袂接龙门。愿将金石论交契，旧学商量古谊尊。

十四日(6月9日) 昙。八时，小山健三来访，小山君于二十年前即为长崎师范学校长，后又为东京商业、工业各学校长、文部省实业学务局长、文部省次官，诚教育之泰斗也。因询当年师范学校状况，君言当初效美国学制建师范学校，全国止有五校，后逐渐增设。初延美国人一二人，以日本人之尝读西书者副之，后则仍用本国人矣。九时，偕小池、季直至鹤桥村观府立农学校，校长井原百介君导观各教室。此校共分两科，一为农科，一为兽医科，农科生徒百三十人，兽医科生徒七十人，皆三年毕业。校内除各教室外有寄宿舍，有养蚕场；校外有解剖场，有家畜病院，有蹄铁场，有畜舍，有牧夫小屋，有农夫小屋，有堆肥小屋，有种牛舍，有农产制造室，有家禽舍，有养蚕室，有温室，有水禽舍，有实习所；校前为场圃，有普通农场，有试作地，有实验地，有蔬菜园，有见本园，杂植各蔬谷若标本然。有种苗园，有果园，有桑园，有茶园，有陆田，有水田，有生徒担当地，令各生分领而自种之，以比较优劣。有体操场，共计二百余亩。华亩。每年用款二万七千元，内教员俸金一万元。除本校每年入款四千余元外，余均由大阪府补助。农科学生每日午前受业，午后至场实习。生徒之毕业者或为各试验场技师，或自治农业，或游学外国。有愿留本校习专科者，谓之专攻科生徒，有外来生徒欲习简易方法者，谓之别科生徒。农科仅土壤、肥料、作物、畜产、养蚕、病虫害六门。兽医科仅解剖、生理、药物、畜产、内外科、蹄铁六门。观毕，已十二时，井原君留予等午膳，且言校中止有生徒肴馔，未能为待客设，殊为歉然。其膳每人饭一小桶，炒蛋一块、约两鸡卵，内有牛肉屑。马铃薯二片、咸萝卜二片，感其厚意，校例不留客膳，此为破格之设。为之三饭。

饭后归至清宾馆，馆中理事金岛文四郎号瑞园。约观筑港工程。先同至水明楼旅馆，约偕游之华友二人，一为方君药雨，一为杨君。方君鄞人，为天津日日新闻主笔，为刘铁云至好，素闻其名，不意于无意中遇之。金岛君为大阪商船会社理事，故为特开小轮一艘至筑港。筑港者，在安治川口外海中，因海面敞阔豁，不便泊船，于是议筑长堤两条，伸出海中，一长九百丈，一长一千三百余丈，不用土石，皆用赛门德为之，每块宽五尺，长六尺，高四尺，约重万余斤，横斜堆叠，不使平正，云较平砌者为有力。复用濬海机船濬港内海底，务使极深，其土则积置海滨，为将来设埠之地。估工价二千万元，自明治三十年开工，限三十七年讫工，一切工师船械，皆本国自造，无取材于西洋者。归途过大阪铁工所，即造船厂，登岸一览。过川口，访实甫不值。夜内藤君来谈。

十五日(6月10日) 昙。午前至东区大手町二丁目三番地访小山君笔谈二时许，君出照片见赠。午后观博览会之水产馆，所陈列海错及渔具极多。有《养蛎法》一书，自述其法得之支那厦门，然近年研究发明则出蓝多多矣。又游不思议馆观影戏及美国女优之舞，其法着一白绸之舞衣，上用各色电光照之，忽如万花齐开，忽如烈火齐举，瞬息万变，令人目迷五色，虽属游戏，然光学之奇妙殊可惊也。访聚卿、拔可不值。夜藤泽元造来谈。

十六日(6月11日) 雨。午后二时，小山君于三十四银行导观理事处。此银行设于明治十一年，后渐次扩张，并四银行为一家，资本金五百万元。去年结算共预金即外来存款。九百余万元。贷金即放出之款。千八万元，此等谓之劝业银行，专备农工等人借贷兴业之用。借时需用产业作抵，年息七厘或八厘，凡欲预金者自五元以上皆收之。利息分三等：常年寄存者，每百元年息五元；零星寄存者，每百元日给息一分二厘；随时可提取者，每百元日给息七厘。凡设此银行者，将资本备齐后例得出十倍之债券，其法譬如有资一万元，则出二十元一张之彩票五千张，任人购买。择日开彩，得千元者三张，得五百元者数张，其不得者仍以二十元为存款，每年按五厘取息，故买者有得无失。此例起于法国，日本仿而行之。四时，西村君来谈。晚剃头。

小山君并允为书绍介于西京、名古屋、静冈、北海道诸学校，其意极殷殷。盛大堂主任高桥岩吉饷药，诗以谢之：

三岛神仙宅，多藏不死方。蛟龙窥玉札，山水护丹房。九转参真诀，千金压客囊。不须饮冰雪，内热自清凉。

十七日(6月12日) 晴。约小池同游有马,迟至日中不至。实甫来谈。午后上街买物,写苏州信。晚饭后,至药雨处谈。

十八日(6月13日) 晴。午前至东区岛町二丁目访内藤君,笔谈良久。内藤君嗜金石之学,四壁皆题中国古刻,出示《集古录》《浪华帖》及前年在直隶山房所得《心经》残石,且赠余日本天平。余告以将游西京,且向闻西京博物院有西魏陶仵虎写经,请其作书介绍往观。又至西村君处辞行。午后,游天满宫。天满宫者,日本先儒菅原道真之祠也。规模宏阔,殿屋不用瓦,覆以木皮,其厚盈尺。余屋则用瓦,殆仿中国清庙茅屋之意欤?夜,实甫来谈,约定明日同往西京。

十九日(6月14日) 晴。午前九时,偕季直、实甫乘汽车,十时抵西京。二等车价每人七十九钱。下车后先至木屋町二条南岛津源吉处略憩,岛津氏专售学校各种仪器标本,于电学尤多所发明,所制有听曲电灯,将电线一头通至唱曲之所,一头将电灯旋开,则歌曲之音即从光中发出。又有电气煮茶具、暖足具、暖身褥诸器。偕岛津往访染织学校长金子笃寿,因今日日曜停课,约定明日午前往看。至近江楼,临加茂川,溪声潺潺,对面山如屏障,楼阁浮屠,参差碧间,风景绝佳。饭后,岛津导往观水力发电处,日人谓之水利事务所,为前任西京府知事北垣国道仿美国法所创。凿山为隧道,疏琵琶湖之水以注之,隧口为池,湖中之舟由隧达于池,然池水尚高于西京平地数十尺,乃于池边为斜坡铁道,以机关载舟入于溪,又于溪边为水门,门口通铁骨,以激机轮而生电气。厂中凡置电机十余具,共二千四百匹马力,凡西京各工厂及电车、电灯,皆仰给焉。又为水道,通入市中,供万人饮食之用。经始于明治□年,越年告成,糜金钱□□□万元。初经营时,人盛诽之,谓湖身高于西京市,全恃山为保障,今若凿之,西京将为泽国。北垣氏力排众议以成之,今则岁入□□□万元,预计□□□年后借款可以还清,从此长为西京市之公产。市之人感北垣氏之惠,将为立铜像于水次,以志遗爱焉。晚宿麸屋町姊小路柊屋旅馆,上等客每日宿食料金三元,下等客一元五十钱。

二十日(6月15日) 晴。午前同岛津、季直、实甫观染织学校及盲哑学校。校中男女生徒三百人,盲者教以读书、音乐、针刺、按摩。其书用厚纸刺成叠点,以手扪而读之。字用五十假名。校长令一生试读,两手齐扪,声随手向,绝无迟误。并令刺五十字母为赠,今记于左[①]。

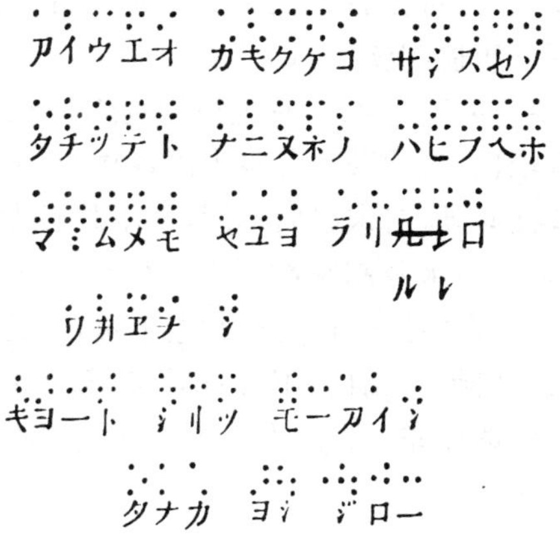

日本京都私立盲哑院盲生田中吉二郎手刺五十假名

哑者则教以观书、写字、作画、裁缝诸学。其半哑者,耳不能闻,喉中略能呼声,则教以出声之法,使略能读,惟不甚清楚耳。余购得男哑生小画幅一纸、女哑生画扇一柄而归。饭后,实甫返大阪,余等至大学访图书馆长某三二君,致内藤信,请其导观博物馆。二君允明介绍往观。时大学停课,且余等志不在调查大学,遂未请遍观。四时,至御所观览。御所者,西京之旧皇居也,平时不得入,惟持博览会之有待票得入之。守者导观清凉殿、便殿也。紫宸殿,正殿也。紫宸殿凡九楹,中设玉座屏障,障画中国圣贤象,自唐虞以至李唐凡三十

① 原未见录文,按国家图书馆藏清光绪刻本补充。

二人记得有许由、管仲及魏徵、李勣等[①]。殿上皆铺席，殿前木阶十九级，殿屋亦用木皮为之。殿东为上苑，水石明秀。殿后为听政处，凡六室，屏幛画《昆明池图》《兰亭图》《岳阳楼图》《十八学士登瀛洲图》《烂柯图》，导者详询此等故事之出处及今之何地，为之一一笔述。又其后为寝殿，则门皆扃闭，不得入。将出门，门卫又出一纸，书数字，问汉音如何读法，此可见日人无上无下莫不好学也。宫不甚大，规模特为古朴，用李唐遗制欤？

二十一日(6月16日) 昙。午前游博物馆，晤之长某君[②]，余请观写经，□□□有难色，先导余观各室中国各物，有吴道子画佛象、李龙眠山水，用笔皆极瘦硬，与宋以后不同，虽不敢必为真本，要亦有所本也。又有宋徽宗画山水及赵昌群贝图，又有古磁器、古漆器，皆极精。既而出经笥见示，经凡五册，每册约七十页，每页十行，共三十八品。纸似黄麻，第一册纸色稍白，书体亦草率，疑是后人补书。第二册以下则书法遒美，然亦非一人所书。第三册之后有写经缘起，今录于左[③]：

> 大统十六年岁次鹑火，律在挟钟八日丙寅，佛弟子陶仵虎卅人等，资光偏懿，体耀乘门，敬崇玄范，渊敷灵教。于陶兰寺契，遵冲业报，大魏国内一切乘藏，搜访尽录，至二年功讫。洪基创跱，福映三千，镜辟昏沉，遐图万叶。愿法界四生，无复六尘，依寻殄鄣，俱觉融道。

观毕，馆长又出古拓本数种，皆宋孝宗赐明州天童寺敕书及诗刻，观其纸墨，确为宋拓也。观毕，归寓。十二时，偕季直登汽车，六时至名古屋，寓富泽町二丁目志那忠旅馆。

二十二日(6月17日) 阴雨。午前偕季直观市立商业学校，此

---

① 原作“记得有许由、魏徵等管仲及李勣”，误。

② 原写“技手”，后圈改为“某君”。

③ 原本未见录文，按国家图书馆藏清光绪间刻本补充。

校立于明治十七年，今有生徒一千余人。有本科、有豫科、有速成科。校长市村芳树、教师斋藤清之丞，校之门外悬一匾，书曰“世界我市场”。讲堂左右悬二匾，一曰“立国在商”，一曰“育英在学”，并赠予等一览表及《伦理读本》。《读本》为汉文，斋藤氏之所著也。午刻等车，四时至静冈县。车中见道旁民田布置极精，今详记如左：

一水田陆田错综法。凡地之不高不低者，以为水田则太高，以为陆田则太低。其法将田分为二类，取低处之土以培高处，则两获益矣。

一稻田开畦种豆法。田宜轮栽，然或水田地低，不能种陆田植物，则开成畦条，畦间之沟极深、面极高，自无水患。

一苗代田法。日本近因研究害虫之事，极注意于苗代田。每村由农会择定极好地一区，为苗代，各家不得私立。其田式宽仅四尺，便人在两边检查虫卵。

宿驿旁大东馆旅社，晚，此间商业学校长冈田祯三来访，约定明天同观制纸工场。

二十三日(6月18日) 晴。同季直至商业学校，晤冈田君，导观各教室，规模略同名古屋而较小。生徒四百余人，有本科、豫科、简易科，学生由高等小学校毕业后升入，先入豫科程度同中学前二年。二年，再入本科程度同中学后二年。三年，是为毕业，储为巨商及商店总理之用。简易科二年毕业，即多为近地商人之子弟也。九时至安东村静冈制纸场，主人姓野村，名角太郎，导观各处。原料专用三桠皮，此皮即产富士山下及静冈近地，其长三尺，外层黑皮已经剥去。先用水浸透，由工女削去皮上黑斑。再加洗涤，然后装入蒸汽罐种，加入苛性曹达，约蒸六时，即腐熟成黄褐色。取出，再洗之，置入大桶中，用机轮搅烂之。再移入他桶，加曹达、硫酸等药漂之，色即渐白。再移入他桶，混以西洋纸料，其色纯白。漂时亦用机轮搅转，女工数人以手拣之，有纤毫黑点皆去之。然后移至秘密室，加药品，再用铁网滤之。乃入漉桶，和以水，用竹帘或铁网漉之。若欲有花则用铝片刻成花纹，以细铁丝缀于网上，漉出，覆于佛兰绒巾上。两巾夹一纸，积数十层，用压机压去水质，除去绒巾，积七纸为一帖，外加粗纸，糊于木框，入干燥室。室内有蒸汽管，顷刻即干，剔去粗纸，送检查处一一称量，有太厚太薄者去之，有小斑者亦去之。用机器切齐，送研光处，每纸夹以为两层，检光滑之铁片，用轮机一再轧之，则两面皆有光泽，而纸成矣。有斑之纸用小刀将斑切去，再入漂桶重制，故日本之纸洁白如玉石，不惜人工也。观毕，复回冈田。季直乘汽车至江尻大田制纸场一观，制法与村处悉同，而规模宏阔。大田氏之引擎为五十匹马力，野村氏仅三十匹马力耳。据云，日本制纸本无参用西法者，自政府立印刷局，局中自造纸张始用机械，补人工之不足，名曰“局纸”，亦称“改良纸”，然民间无仿制。至明治二十七年，始请于政府改归民造。今国中有三处，静冈二处，越前一处，余皆仍用日本旧法，略参用西药而已。观毕，归大东馆。四时，登汽车。道出富士山下，山巅积雪皑然，惜山腰云起正多，不能见其全体。十时，抵东京新桥，同季直至京桥区西绀屋町五番地清净轩宿。惕斋住同町七番地。

二十四日（6月19日）　晴。午前写一书寄驹场农学校，约壬甫来谈。欲访王斋惕，则已往大阪。十时，鄞人张伯岩名之铭。来访。伯岩为惕斋之友，惕斋临行知余等降至，故托其来招呼，遂同往访刘聚卿、李拔可于本乡区弓町。本乡馆午膳后，归。徐佑长来谈。名世保，以巽之子。灯下作内藤信。路壬甫来谈。

二十五日（6月20日）　午前昙。至王惕斋家中小坐。十时，乘汽车至涩谷，换乘人力车至驹场农科大学访路壬甫。阻雨，不能往观试验场，亦不能归寓，谈至夜，即宿学中。

二十六日（6月21日）　晴。午前偕壬甫至清净轩逆旅。午后，迁寓本乡馆。五时，偕壬甫上街散步，买得零星书籍数种。

二十七日（6月22日）　午前昙。偕壬甫游上野公园博物馆，规模较西京尤大，其中陈列分天然部、动植矿物类属之。历史部、古代器皿及各国古今物属之。美术部、书画玩好等属之。中国物类中有雅片烟具及妇人小足模型、吸烟人夫妇反目模型，观之不觉恶然。日本乐器中有箜篌一具，其形，共二十三弦，旁有古画，画中即有弹箜篌图，其法将上端悬起，一手按弦之上部，一手弹之。观毕，至酒肆午膳。膳毕，游劝工场，购零物数事归，途遇雨。陶惺存来谈。今日发淮安信。

二十八日(6月23日)　晴。午前至台町二十七番地凤鸣馆访陶惺存，不值。午后来，出门。

二十九日(6月24日)　午前雨。偕壬甫游浅草公园，登凌云阁。阁凡十二级，登者人输金八钱。其高略同苏州北寺塔，东京之东部尽在目中矣。阁上有检体重量计，人立其上，投一钱其孔则针自动。予检得重十六贯三百五十目，壬甫检得十五贯五百目。游浅草观音寺，殿宇崇宏，男女之祈祷者不绝。午后过松山堂小坐，至芝区游芝公园，有寺名三缘山增上寺，基址极大，有地二十余万坪，园即其地为之，苍松夹道，康衢中有山林气象。寺西有东照宫，德川家康之祠也，有池曰辨天池，水木明瑟，小憩片刻。归途过神田区田代町十番地鹭田信一家，购得日本古泉数种及日本画钱谱，鹭田赠予明治折二钱拓本，云是明治初年所铸，今国中绝难得，此品已为外国人以十金买去矣。

闰月朔(6月25日)　阴雨。午前至京桥区西绀屋町访王惕斋，盖不见者五年矣。又至神田区锦町三丁目十七番明凌馆访廖绶青、徐佑长、张伯严。绶青留予午膳。绶青现在高等工业学校，今日休暑假，故得暇也。午后至松山堂书肆，偕其伙友中村氏同至活板株式会社，傍晚归寓。

初二日(6月26日)　午前阴。偕壬甫步至书肆购书数种。十一时至王惕斋处，十二时偕惕斋、季直、壬甫坐汽车至横滨。惕斋邀至酒楼小饮，午后同游市街，遇惕斋友人潘荻洲名延初，归安人。现在函馆仲滨町六番地，开慎锠荣海货号。此君在北海道二十余年矣，将来道出函馆，得此东道主人便利不少。至海滨散步，又至美术肆一览。余购绒画一幅，季直购绒画六幅、漆画一幅。遇雨，匆匆登汽车。

初三日(6月27日)　雨。午前清河人陈赢生名福顺。来谈。陈君现在弘文学院留学，为留学生会馆干事，以会馆第二次报告见赠，并出捐册募捐。十一时，偕季直至牛込区沙土原町一番地二丁目访汪伯唐监督，因留午膳。饭后，至成城学校访章静轩、名亮元，浙江临海人。洪俊卿，名杰，安徽歙县人。二君皆在校中留学者。此校内有华人二百余人，定章月出学费二十五元，一切饮食、衣服、被褥、书籍皆由参谋本部代备。卒业之日，如有余款则返之学生，校中不留一钱也。又至弘文学院访陈赢生，遇彭敏博名树滋、吴庭翼名翔庆，皆吴人，庭翼念劬之从弟也。此院为嘉纳治五郎所立，专教华人，内分警务、普通、师范三科。师范止有速成科，无本科，其学期为六个月及一年半。六个月者，止习教授学；一年半者，兼习普通学。皆由舌人传译，不习东文东语，学费每月二十五元。今中国各县皆设小学堂，昔无教习，不能不以老学究充数，流毒不浅。宜令各县选送中文优长，究心西学之士二三人，申送省城，汇送日本，一年半后归为教员，虽学问未必深，然较之今日之学堂，已不可同年语矣。其学费应由各县自筹，以一邑之财力筹千元为培养教员之费，非难事也。至浩养馆访高梦旦。又至松本馆访姚柳坪，不值。夜发西村信、孙实甫信。

初四日(6 月 28 日) 晴。午前游滨离宫，此宫为德川氏旧苑，以居海滨故名。屋宇不多，山水清旷，有天然之趣，无丝毫殿阁气。至上野观工场，购物数种。午后未出门①。

初六日(6 月 30 日) 晴，午前偕季直至麹町区五番町九番地访嘉纳治五郎。午后访王惕斋，并至松山堂购旧书数种。夜接孙实甫信，检理行箧，豫备明日至北海道。

初七日(7 月 1 日) 雨。晨起九时二十分钟，偕季直、壬甫由上野驿登汽车往青森。道傍农事不如东海道，山水亦无甚奇秀者。晚过仙台驿。

初八日(7 月 2 日) 雨。天明后见道旁之山间有未辟者，居民

---

① 无闰五月初五日日记。

多用板屋，气象颇萧条。铁道过两山间，往往支木为棚，询之日人，知其名曰“雪覆”，因山上之雪遇风则积于轨道，阻滞汽车，故以此覆之。此处气候极寒，前年有陆军一队夜行迷路，雪深齐肩，僵毙者数百人，居民冻死者亦有不少。八时至青森，暂憩中岛支店。气候甚寒，始着棉袍。十一时，冒风雨坐舢板登肥后丸，渡津轻海峡，是处为日本海流入太平洋之处，水流甚驶，船略颠簸，五时半抵函馆，即箱馆。寓胜田旅馆。至慎锠荣访潘荻洲，知此处有华人四十余人，浙人居多，次为闽人，浙人多业海货，闽人则小本贸易也。每岁大暑前后，海产登市，即租英商之舶运往上海，每舶可载货三万担，每担赁金三角。而中国运来之货甚寥寥，因中国所产之物，北海道皆有之。昔年此间设一领事，甲午以后，裕公使为惜费起见，不令驻此，仅令其居于使馆，拥领事虚名而已。商人若有与日官交接之事，往往自与官场直接，不必借重领事也。闻此间雪时最多自日历九月至于五月，最深者至七八尺。

初九日(7月3日) 雨。午前九时至商业学校一观，规模远逊静冈。复由校长神山君介绍，往观堀川私立小学校。此校为堀川道藏所立，当年开办时建筑费用等共用五千元，皆其父母遗产。现在有生徒四百七十人，分寻常、高等二等，寻常生月脩二角，高等生月脩六角，共收脩百五十元。教员八人，最多者月俸四十元，最少者月俸十元，连地租及各用等月项二百四十元出入相抵，不足百元，由本区役所补助六十元，由赞成员补助四十元。赞成员共十余人，皆其同窗会中人也。午后雨止，商业会议所副会头内野高吉、法学士秋谷辰三郎来访。五时，潘荻洲招饮于五岛轩，同坐十余人，皆华商也。席间未能遍询姓字，将候归来时详询荻洲。九时，登萨摩丸，十时开行，风平浪静，偕季直、壬甫至舱面看月。

初十日(7月4日) 晴。清晨五时抵室兰，气候如深秋，暂憩蛯子旅馆，早膳。七时二十分钟登汽车，途中林木极多，皆阔叶树，无针叶树。未垦之地甚多，稻苗已莳而麦多未秀者。午后二时至札幌，寓山形屋旅馆。至街市散步，衢路宽直远胜东西二京，盖此地本为空地，开拓时始建为都市，故一切规划皆有秩序，北海道厅即驻此地。至旭馆访孙慎钦、名德全。叶希贤。名基桢。孙君鄞人，现在锦州大凌河办垦事，叶君为东京农科大学留学生。坐上有一日服之华人，观其名刺，曰许士秦，山东日照人，华语甚生涩，多杂日语，自述今年五十六岁，少时在之罘为佣保，明治九年经黑田清隆招来北海道开垦，每月工价二十元。初来时共十人，其九人者到日本后保暖淫泆，次第归去，许氏独勤于耕作，先后凡得四等褒赏证二次，三等褒赏证三次，二等褒赏证四次，一等褒赏证二次，又得白桃绶名誉章一、银杯一、金三元者一次，二十元者一次。其昔日所垦之田，今皆经政府给与为其私产，居然一富人矣。已在此为人赘婿，生子二人，女三人，家中尚有兄弟四人，然已十五年不通音问矣，察其神情，于中国亦殊落落。呜呼！此不足为许氏咎也，使许氏不至日本，海滨一佣工耳，即使力田温饱，且不免里胥之鱼肉，安得有今日之荣誉？宜其甘心为日本国民也。今将其所得褒状二通译录于左，以告吾邦之有志劝农者云云①。晚将小山介绍书送至农学校长伊藤昌介处。

十一日(7月5日)　晴。今日日曜，不能看学校。午前佐藤君来访，午刻招饮于丰平馆，此馆为当年开拓所建公署，后尝为天皇之行在，今改为宴集之所。同坐为季直、慎钦、壬甫、希贤及农学教授南鹰次郎。席间谈及昔年开拓之制，凡农人领地者，国家不取地值，立限垦熟，垦熟之后即给之为私产，若限满不垦者，地仍入官，故人人自奋然。幅员太大，二十余年来殖民约百万人，仅开得全道十分之一，每岁农产千五百万，林、矿、渔业二千余万，若全数垦辟，无虑殖民一二千万人，出产四万万也。午后慎钦来谈至晚，晚饭后访佐藤不值，访南君谈片刻。

十二日(7月6日)　昙。午前九时至农学校访佐藤、南两君，偕南君至北海道厅，晤事务长大冢贡、土木课长武井贞，约定自今日午

---

① 录文七月十八日日记中。

后起,派人导观各处。十一时,至农学校第一试验场,此校共有试验场八处,此其一也。计地九百三十余反,合中国一千六百余亩,八处共计合中国十一万余亩。先观动物园,有美国种之黄牛,躯干极大,云价值四百元。次观自作地,皆学生所自种也。雨至,不能遍观,至教室小坐。此教室系今年新建,故一切布置尚未毕工,且在暑假期内,故不能观其授业。南君出樱桃、蛇莓相饷,皆本校果园所产也。教室凡六处,一曰农学,居正中,二曰理化学及地质学,三曰图书馆,四曰昆虫及养蚕学,在左边,五曰动植物,六曰农业经济及农政学,在右边。此外尚有普通教室、体操场、宿舍尚未毕工,计建筑费二十六万元。南君赠余等本学一览及规则各一册,且曰俟天晴再观他处。午后,北海道厅派技手农学士佐藤六郎导观制亚麻会社。亚麻原产美洲,形如茅而纤维极细韧,胜于大麻,现在札幌近地产者不少。此会社初创时,资本八十万元,计机械三十余万元,房屋四十余万元。自原料至于成布,悉以机械为之,引擎马力五百匹,不用石炭,专用木屑为薪。晚,本道农业会干事长屋平太郎来谈。

十三日(7月7日) 昙。八时至真驹内观种畜场,距札幌约十二里。此场始于明治十年,用美国法牧养马、牛、羊、豕、鸡,专求西洋佳种,供国人传种之用。牧场面积□□□。马种极雄骏,牛皆放牧在山上,不得观。场长出潼酪相饷,并赠沿革志。归途值役夫除道,车迁避之坂侧,辐脱,人马俱扑,徒步三四里至平岸寻常小学校,少憩。此校为单级简易教法,生徒七十余人,教员止二人,男教员曰柴田菊藏,教第一第二第四学年生,女教员曰上原コウ,教第三学年生。男教员月俸十八元,女教员月俸六元。此女教员年仅十六,在高等女子小学校毕业,又入寻常女子师范学校一年者,因出修身教科书相示,乃专为单级小学校所用,每一课分为四段,以便分授四年学生之用。其教授之法,以一学年生为一行,先授学年最先者,次授学年稍后者,末授最后者,或数组同授一科,如修身、唱歌、体操。或数组分授各科。如读书、写字、算术。别有一室曰裁缝室,专教女生徒。坐片刻,驭者至牧场借来运牧草车一乘，因乘之归札幌。

校舍构造略图

午后至农会，详询长屋君以农会办法及当年日本初创农会时情形。长屋君言明治四年黑田清隆初授北海道开拓使，尚未之任，先在东京立农事试验场一所，厚价聘外国人为农师。至明治八年，东京志士始醵金立大日本农会。初立之时，农人绝无信之者，明治九年，政府始立农学校，后乃稍稍开通。至明治□年，国家颁农会法，于是全国农会规制大备。今约分为二大类，一有系统之会，一无系统之会。有系统者，每岁由国家及地方补助经费，不足则取之会员。北海道农会其一也，其属有郡农会十六，村农会□□，每岁用款约万元，由国家补助四千元，地方补助□千元，余皆各村会员所担任也。无系统者，由同志会员组织而成，无一定之属会，亦无国家补助金，大日本农会是也。且赠余历年年会报告册。六时，偕季直、慎钦假丰平馆，请佐藤、南二博士晚饮。今日为日历七月七日，壬甫言日人虽改历法，然遇令节仍用旧俗庆赏，东京人家今夕亦有陈瓜果乞巧者。最可笑者为八月十五夜，此夜未必有月，而群相宴饮以赏中秋，未免名不副实矣。九时，北海道タイムス新闻馆[北海道时报]记者辻筹夫来谈。

十四日(7月8日) 昙。八时至茨户前田农场，距札幌约二十里。前田氏为加贺国藩主菅原氏之后，其父之改姓前田，纳土之后仍袭侯爵，共有农场三处，一在小樽，一在轻川，为地□□□，一即此地，为地□□□。轻川专植作物，此地专畜牛，小樽专榨牛乳。牛种皆来自美洲，最贵者值二千元，最贱者值五百元，产犊则卖之，价如大牛之半。农学校种畜之牛皆此处所产，余如□□□等牧场，皆取给焉。事务长竹内静胜留余等午膳，斋前即牧草地，一望无际，风来时作浪纹，大木数百株，绿阴周匝，林表远山，白云叆叇，清旷之气，尘襟都涤。饭后，竹内君出画幅相示，乃菅原氏始祖佐德川氏出征时其夫人为饯别之图，被甲帕首，英姿飒爽，其夫人则剃眉被发，作日本古装，陪臣某奉命所绘也。归途，观创成川之水门，用西法建筑，不用闸板，为门二扇，便于启闭。门上又为小门，用螺旋启闭，以节宣之。四时，南君导观博物馆，皆北海道产物，有土人服用之物，其布以树皮之纤维织成，形如麻布。又游植物园，左为木类分科园，右为草类分科园，匆匆一览，不能详考也。夜雨，至佐藤、南两处辞行，佐藤未见。

十五日(7月9日) 昙。晨七时，登汽车，南、辻、长屋三君至驿亭相送，佐藤六郎同行。八时抵小樽，憩越中屋旅馆。偕佐藤驾舢板渡海观筑港，规模小于大阪，所用塞门德土由函馆运来，而杂以本处之息火山灰及海滨沙石为之。工场即在息火山下，故取材甚便。火山灰色正黑，质类砂石，中含种种杂质，余拾得一片及石子数粒，谓壬甫曰："此亦袖中东海也。"又至高岛水产讲习所，观畜鲽池及人工孵化鲽子器，其器以玻璃为之，取雌鲽挤出其子，又取雄鲽子挤出其精，于杯中徐徐滴于子上，加高温度，自然孵化，初出时小若尘芥，不甚可辨，今日已孵化若干日，然亦仅如黍米耳。午后二时，回旅馆。六时，送佐藤登汽车归札幌。九时登钏路丸发函馆。十一时鼓轮出口。

十六日(7月10日) 晴。天明至岩内停轮三时，计行海程□□□里，午刻至寿都，又停轮三时，计海程□□□里，晚至奥尻停轮，计海程□□□里，夜半始发。今日舟颇颠簸，海滨高山往往见积雪。

十七日(7月11日) 晨雨即止，至江差，计海程□□□里。午后晴，四时抵函馆，计海程□□□里。登岸，仍憩胜田旅馆。访潘荻洲，商业会议所副会头闻余等至，特来荻洲处相访。余等介荻洲径访各华商，计七家：曰裕源成，主人张尊三，号安澜；曰裕大和，主人朱英，号英表；曰丰大，主人张毅，号忠甫；曰同协和，主人李长绶；曰源茂成，主人汪顺定；曰日新昌，主人张鸿森；曰慎号，主人穆炳荣，号生福；尚有一家曰长和隆，主人不在家，未往访。晚饭后登骏和丸发青森，荻洲父子及张安澜送至海滨，郑重而别。十时，鼓轮出口，风平浪静，月色甚佳，在舱面徘徊久之。

十八日(7月12日) 晴。天明四时，抵青森，仍憩中岛旅馆。食后偕壬甫至街市散步，十时登汽车。

十九日(7月13日) 昙。午前七时至赤羽易车，八时抵新桥，仍寓清净轩。接佐藤昌介信，并介绍信。午后持介绍信至本乡区金助町七十二番地访农会干事长田中芳男，则往大阪观博览会未返，又访干事石板桥树，亦不值。道出宫城观楠正成铜象，介胄乘马，英姿飒爽。至二重桥观皇宫正门，傍晚会寓。晚饭后偕季直访汪伯唐，谈至十一时，归。夜雨。

二十日(7月14日) 阴雨。发大阪小山君信，并寄小象一纸。十时至赤坂溜池町大日本农会晤石坂桥树，详询农会开办情形。午后偕惕斋、季直至华族会馆访长冈护昊子爵，又至乐善堂访岸田吟香，又至浅草区访永阪周。永阪氏喜吟咏，酷摹华俗，斋中陈列无一非华式，复令其夫人为客抹茶，并赠予《檀药集》一册，皆同人唱和之诗也。之本乡馆访聚卿，晚饭后归。

二十一日(7月15日) 昙。天明地震，不甚剧，午前写佐藤昌介、南鹭次郎、长屋治太郎信。剃头。饭后晴，至书肆买书。四时至本乡馆，晚饭后偕季直、聚卿、拔可往访嘉纳，并晤其外舅竹添光鸿。

二十六日(7月16日) 晴。午前十时观高等师范学校，由嘉纳君导观各教室。现方休假，但观其规模而已。有手工教室，专教金工、木工、漆工、陶工。嘉纳君言此校为养成全国教员之所，其直接之弟子为寻常师范学校及中学校，其间接之弟子为小学校，此等弟子将来为实业者，故必于授业时为植实业之基础。若为师者但明空理，不能实习，其教法断不能详尽，故不论高等、寻常师范学校，必有手工实习一科也，并以生徒所作零物为赠。且留午膳。此校为去年新筑，故规模极为完备。嘉纳又出示明治初年教科书，其体例皆远逊今本，即此可以见其教育之程度。夫日本竭上下之精神，聚全国之财力，经营三十年，务注意于养成国民之资格，今之国势居然比肩欧美，非偶然也。而我邦之办学校者，视此事若儿戏，去岁数月之间，而所谓大学堂、中学堂、小学堂者，遍于通国，岂不异哉！午后三时，访竹添君，观其所藏宋元旧本，有淳熙三年所刊《毛诗正义》，卷首有张齐贤、李昉等校进衔名，盖当时奉敕所刊之本也，闻缪小山编修已谋之竹添君，将影写重刊。又观唐卷子本《扬雄传》一卷，自《反离骚》以下至卷终，纸色类黄麻，书体与唐写佛经一律，确为当日经生之书。五时归寓，接小山复书。

二十三日(7 月 17 日)　晴。午前至小石川区小日向町三田村观制纸工场，规模甚小，仅板屋三楹，一为主人居室，二楹为工场，作工者仅三四人，蒸灶漂桶皆置屋外，而所制之纸则殊不恶。午后观高等工业学校，晤其校长手岛氏，校中已休暑假，无可观者，但约定明日观附属之职工徒弟学校及实业补习学校。归寓后，汪伯唐、李拔可先后来谈。

二十四日(7 月 18 日)　晴。午前发苏州、淮安信。观职工徒弟学校，由教授内海静导观。此校专为小学校卒业生之欲习手工者而设，中分□科，令学生各占一科，每周讲习时与实修时相半，三年毕业。此等学校东京共有二处，全国共有十五六处，问："何不广设以扩充手工？"答："以昔年国人注意高等工业，不甚措意于此，近年知其有益，乃稍稍议增设，然以经费未裕，故尚未骤增也。"请观赏实业补习学校，则云即假此校为之，午前课徒弟，午后课补习也。补习者，专为工人之欲明学理者而设，故于午后工毕时来校，讲习学理时不甚注意实修，盖因其所短而教之也。午后二时，至小石川区理科大学附属之植物园，赴嘉纳氏游园之招。园在山麓，树木葱郁，池水潆洄，颇有溪山深秀之致。嘉纳今日之集，因近日中国士大夫之来考察者甚多，故遍请东京之诸教育家及中国考察教育各员相见于此，并陈列自维新以来各教科书以资研究。至者共百余人，人多时促，彼此尚不遍能通姓名，遑论探讨，仅与枢密顾问官田中不二麿吕略谈当日开办之法，盖田中君当明治初年为文部大辅，曾亲至美洲调查学务者也。晚收拾行囊，定于明日西发。

二十五日(7月19日)　晴。七时半登车，季直、王惕斋至治津下车，往观机械凿井，予则直往大阪。晚九时半到梅田驿，下车，寓川口益源号。与顾甫谈至夜分，夜雨。

二十六日(7月20日)　昙。午前移寓三江公所。午后访西村、小山二君谈，复至山东出品事务所访姚古风，谈至上灯后归。夜雨，十时季直、惕斋至，接叔韫信。

二十七日(7月21日)　雨。午前蜀人张式卿名森楷。来谈，张君现在合州办蚕桑公社，故来考察蚕学。午后至西村、小山二君处谈，并晤内藤湖南。

二十八日(7月22日)　午前雨，姚古风来谈。十时，偕季直、实甫、古风至博览会，实甫邀至酒楼小饮。午后偕古风阅书肆。

二十九日(7月23日)　雨。午前剃头，检理行箧。午后小池信美、山田新一郎先后来谈。四时，上街买小间物。

六月朔(7月24日)　午前晴。九时至内藤、西村二处辞行。十时登汽车，西村、小池、古风、实甫皆送至驿亭，季直约惕斋同行，因欲迂道濑户海滨视察盐业，故请其为舌人也。十一时，抵神户，至东源号小憩。午后二时，登山阳铁道汽车，途中遇雨。晚抵姬路县，至大野町访井上总兵卫，此君改良煎盐之釜，经农商务省特许专卖者也。其釜皆长方式，共有六等，纵自七尺一寸至九尺五寸，横自一丈五寸至一丈三尺，厚一寸，釜抵涂以粉土，则耐久用而盐色美，其价自百八十元至三百二十元。晚宿日本同盟旅馆。

仓敷道中

山下平畴尽插秧，小桥曲水荇丝长。峰峦蕴藉松筠秀，绝爱风光似故乡。

初二日(7月25日) 午前阴。五时登汽车，十时至仓敷驿，换人力车至味野村访野崎武吉郎。味野距仓敷日程四五里，途中无奇险之景，而水平山远，秀色迎人，酷似木渎光福间及杭州风景，中有村落二处，一曰藤户，一曰福冈，在福冈午餐。二时抵味野晤野崎君，野崎之祖为冈山藩臣，昔年味野为海滨荒村，野崎氏始教民垦辟，且为兴盐业，今则俨然一小都会，而野崎氏亦为山阳巨富矣。野崎氏在维新以前以功升士族，今又以纳税数多为贵族议员，予等因偕其纪纲至海滨观其盐田盐灶。盐田吸卤不用灰而用沙，田中设板框，积吸卤之砂，以海水浇之，曰盐井。井旁埋木桶，以贮盐卤，桶中卤满则移之盐池。池方广数丈，上覆茅屋以蔽之雨水，有管通于灶屋。灶高约二尺，长方形，纵横尺寸与昨日所观井上盐釜相等，下烧石炭，烟道通至屋外。釜旁设二锅，先将冷卤置锅内，俟其渐温，移置釜中。釜有二种，一为日本旧式，一即井上新式，日本旧式尺寸与井上相同，惟厚仅四五分，且底不涂粉，故不若井上式之坚固耐用。每釜每日用煤一吨，出盐八九次，计二时出盐一次，每次用卤约十石，出盐约三石。问以二釜之优劣，则言新者近方试用，尚未能精密比较也。观毕，野崎氏邀至其别业追暇堂小饮，屋宇宏畅，容有百席，开轩四望，山光海气，照映几案。同坐为其门客高野君，能诗。四时，冒雨回仓敷，九时登汽车，十一时抵松永驿，宿鹤楼旅馆。

初三日(7月26日) 晨起至盐业调查所，晤其技师林庸介，导观盐田。其布置与味野所见略同，而较精致，其卤池极大，容三千石。场上列木盆十，第一至第七皆盛海水，以此比较其浓淡；第八盛细沙，即日本普通制盐所用者也；第九盛石炭，渣滓，此则新发明之制法，林君云现方事试验，尚未极精，然知其含卤之力过于细沙；第十为粗沙，则含卤不及细沙。复观美国式制盐厂，其法将盐卤用唧筒灌入蒸汽罐，将水分蒸去成极浓之卤，过入卤槽，沉淀其渣滓，再过入第二槽，此槽内置热气管，令卤常温，则槽底自然结晶，以网滤出堆至板上，滤净余卤即可收贮矣。其槽内热气管之热力即借蒸汽罐中分出之水气及炉中烟道之热气为之，不别加火力也。蒸汽罐二具，容卤三百石，每日用煤六吨；卤槽共四个，每日可滤盐百石。此调查所设于明治三十二年，为农商务省所辖，其意将各国盐业一一试验，采其良者，以改日本旧法，林君在美国学制盐法，故先为此美国式也。其旁有测候台，亦林君主之，其仪器半来自欧洲，而风雨、寒暖、燥湿诸表，皆日本所自制也。复至机械会社观堀田信男所发明之二重底盐釜，其大小与井上略同，惟不用铸铁而用炼铁，深英尺十寸五分，上层五寸盛卤，下层五寸盛清水，如此则釜底可历久而不蚀。灶旁设木槽，内置卤水，俟釜底清水沸腾后，用铁管将热气通入槽内，俟槽内之卤已成极浓之度，移釜中，顷刻结晶。盖堀田即取美国制盐法而变通之，然较美法用煤省而成本轻，每具价五百余元耳。十二时，乘汽车至道尾小憩，待急行车。上街散步，其地滨海，风景绝佳，小汽船甚多，皆往来四国道者。二时登急行车，傍晚过广岛，其外即吴军港也。十时至下关易舟渡海峡至门司，十一时登汽车，即发。

初四日(7月27日)　八时抵长崎，下车至新地三余号鄞人沈明九处小坐。十时，登弘济丸。午后四时，启椗出口，后西风，舟略荡。

初五日(7月28日)　晴。

初六日(7月29日)　晴。天明抵沪。剃头。访叔韫。接三弟信，三弟邀至江南村午餐，遇刘铁云，观其六泉十布。午后登苏州轮船。

初七日(7月30日)　时雨时晴。六时抵苏，七时至西百花巷寓庐。

初八日(7月31日)　时雨时晴。

初九日(8月1日)　时雨时晴。发淮信，午后延针医为孟环治疾。傍晚，姚学洲来谈。夜作太仓闻、稚川钱两宣信。

初十日(8月2日) 时雨时晴。午后潘长卿来谈,斗如三子也。

十一日(8月3日) 晴。午前至观前开智书室,又访吴念劬,不值。晤潘笙诗,谈至饭后。至五叔祖母处谈,知小翁叔有一外室之子,生三年矣。小翁叔生前已给他人为养子,去年七月初二始举官领回。体貌尚壮健,三房居然有此孑遗,亦可喜事也。至吴介眉处谈,比归已暮。

十二日(8月4日) 晴。午后至护龙街及观前,笙诗来,不值。

十三日(8月5日) 晴。写陈小山信,即发之。

十四日(8月6日) 晴。作《调查日本盐业记略》。受风寒,伤风。

光绪癸卯五月游日本大阪,观博览会,见其水产馆所列盐业模型、标本、列表等甚详备,归途持大阪府知事介绍书走山阳铁道,遍历其产盐各地,与其鹾商、技师相讨论,得闻其盐业崖略,因叙其所闻,著于篇,以备吾国谈盐法者参考之。

产地 日本虽四面滨海,然产盐不多,其故有二:一因国之北部热度甚低,海水含盐分少,不足供煎熬;一因地小民众,国人注意垦辟,不欲多设盐田,以妨耕作,故通国食盐皆仰给于濑户内海。濑户内海者,自大阪湾以西至马关海峡之总名也,其中产盐最著名处,在本州者,曰播磨国之赤穗,曰备前国之味野,曰备中国之玉岛,曰备后国之松永,曰周防国之三田尻;在四国者,曰伊豫,曰赞歧。今将博览会陈列内国各盐名目列于左。其余滨海之处虽亦偶有煮盐者,然产额不多,不足比数也。

八家盐　阪出新斋盐　东京右积盐　大盐　赤穗盐　赤穗真盐　赤穗差盐　东滨真盐　赞歧真盐　赞歧差盐　滩差盐　备钱四切盐　伊豫差盐　山田盐　味野盐　沃度盐

制法 择海滨通潮汐之河旁为盐田,田间及四周开沟洫,河滨叠石为池,池有水门,潮至则启之,满则闭之,以达于沟。田中满布石子,上覆粗沙,之上加细沙,咸水入田中,日先曝之,卤气由石子上沁于细沙。又于田中掘地为盐井,四周以板为墙,方广四五尺,深二尺余，井底布细竹及藁席，其下通管，达于卤池。田面之细沙，既含卤气，则扫而纳之于井，以海水淋之，而卤成矣。大率每田一区，广袤十余丈，则掘四井或六井不等，广斥之地，连区数十，则数百井矣。卤池大者容卤二三千石，小者容数百石，屋之以蔽雨露。卤池之旁为灶屋，灶高约二尺，长方形，纵七八尺，横丈余，上施长方铁釜，下掘地为火道，焚石炭。釜旁设二镬，池中之卤由管达灶下，先实镬中，俟其渐温，移置于釜，次第灌注，则热力不虚靡。每釜可以四人，二人主昼，二人主夜。每人工资银日四五角，一昼夜成盐八九次，焚石炭约一吨，每次用卤约十石，成盐约三石云。

改良 日本盐田不多，产盐恒不敷民食，不得不仰给于台湾及英、德之盐，于是上下皆注意于改良制法，冀增产额而敌外盐。明治三十一年，政府设盐业调查所于松永，欲集各国制法，一一试验，以采其良。分遣学生至海外习盐业，美国留学生林庸介先归，为美国式盐灶，其法用唧筒吸池中盐卤入蒸汽罐，蒸去水分，成极浓之卤，过入木槽，沉淀其渣滓。再过入第二槽，此槽内置热气管，令卤常温，则槽底自然结晶，以网滤出堆积板上，滴净余卤即可收贮。其槽内热气管之热力即借蒸汽罐中分出之水气及炉中烟道之热气为之，不别加火力也。蒸汽罐二具，容卤三百石，每日用石炭六吨；卤槽共四个，可漉盐百石。于是又堀田信男者，以美国式用炭多而成本重也，乃斟酌其法，为二重底釜，其式与旧式同，惟不用铸铁而用炼铁，深英尺十寸五分，上层五寸盛卤，下层五寸盛清水，如此则釜底可历久而不蚀。灶旁设木槽，内置卤水，俟釜底清水沸腾后，用铁管将热气通入槽内，俟槽内之卤渐浓，移入釜中，顷刻结晶。较日本旧法为良，而较美法为省。又有井上总兵卫者，亦改良盐釜，其式亦略同旧制，而加厚焉。釜底涂以粉土，亦可久而不敝，出盐多而色味佳。堀田、井上二氏，皆注意于重制台湾盐者也，盖台盐味浓而色不深，日人取之，溶以海水，滤去其滓而重熬之，每盐一石八斗可得盐一石三斗，色味皆美，价格亦高，故业盐者多乐为之，而堀田、井上之釜，于此事尤宜。又有某氏者，改良灶式，于灶底置二铁箱，内实以卤，二箱之间即为火道，热气透入箱内，卤中水分已渐减，然后入釜则结晶速，其用意略同堀田氏。又日本盐田吸卤概用细沙，今调查所新发明，石炭渣滓碎之吸卤之力强于细沙，若改用之可使卤味浓厚云。

十五日(8月7日) 晴。至吴念劬处谈竟日。

十六日(8月8日) 晴。午前陪孟环至许吟梅处针，傍晚至吉如处谈。

十七日(8月9日) 晴。午前至马德茂、周宝成。

十八日(8月10日) 晴。午前陪孟环就医。孟环之表妹适胡氏者来。半夜雷雨，记许士泰事。

许士泰者，山东日照县农人，年二十余，以昆弟多，田不足耕，为佣保于之罘。日本明治八年，即光绪二年。北海道开拓使黑田清隆至山东招农夫十人，士泰与焉。月俸二十五元，九人者得资皆饮博冶游，不能自存，而独士泰朴讷勤苦，尽力垦辟。北海道开拓凡例，凡农人愿往领垦者，官给资斧、庐舍、农具，令其自言垦熟之期，期内尽辟者，即以与之，官不取值。士泰遵，得尽有其所垦地，乃益自策励，注意于选种、粪壅诸事，所获菽麦、亚麻、玉蜀黍等，皆颖粟坚好。本道举农产品评会，士泰屡获优赏，擢为名誉会员，先后凡得四等褒赏证二次，三等褒赏证三次，二等褒赏证四次，一等褒赏证二次，又得白桃绶名誉章一、银杯一、金三元者一次，二十元者一次。今将其初来开拓使所给手书及去年所得证状二通译录于左，以见其概略。其历年之褒赏证十余通不具录。

长官达支那人书

汝等颖应本使之招，远来此地，从事垦锄，日夜勤勉不怠，实堪感赏。今者，三条太政大臣阁下巡视本道，到邱珠村，大称赞汝等之起业。归京之后，将其奏于我天皇陛下，是汝等之幸荣也。其益勉而业，励精不止，有厚望焉。

明治九年九月

特赏　银杯一个　札幌郡邱珠村　许士泰君

明治八年旧闻开拓使长官黑田清隆氏至清国山东省雇聘熟练农夫十名，立十年之约，以实体试验各国之农业，采其长而舍其短，为本业研究之资。其当时应募者，涉万里波涛，移着邱珠村，备尝艰难辛苦。君始终励精，十年如一日，不随同僚归国，断然确守其志而归化于本道，长官嘉之，即以本村清国农业试验场及家屋物品等悉以付之。君自浴此恩命，益加奋勉，励精斯业，成效卓著，以享有此数十町步之耕地，足为本道开拓地移民之龟鉴，兹特赠君银杯一个，以表彰名誉。

明治三十五年三月三十日

北海道农产会长绶褒章佩用者阿部仁太郎、北海道农产会总裁正三位侯爵菊亭修季名誉章赠与状　白桃绶名誉章

札幌郡邱珠村通常会员许士泰君

明治八年日本政府欲试验清国之农事，旧闻开拓使长官命聘清国农夫十名，以十年为期，君其一也。自移着邱珠村农事试验场，确守官命，十年如一日，为本道尽力，成效卓著，即以该场及家屋、农具悉以付之。君浴此恩命，益加奋勉，励精斯业。值大臣三条公巡视本道之际，称赞其起业。归京之后，具奏上于天皇陛下，复蒙“益勉而业，励精不止，有厚望焉”之训谕。君日夜励精，至于今日，敬守恩命，保养家产，享有七十余町步之耕地，是为农产业者之龟鉴。曾于本会第八回物产品评会赠君特别赏银杯一个，兹又依本会之规定寄赠金二十元，列于名誉会员以表彰君之名誉。

明治三十五年九月二十四日

北海道兴农产会总裁从二位侯爵菊亭修季

士泰居北海道垂二十年，易日服，娶日妇，生子女五人，今年五十有六岁。北海道不恒见华人，十余年不作华言，与之语，字句生涩，时杂日语，盖居然一日本人矣。家产除发给之外，又自买田数顷，岁入可千金。问其山东家中有音问否？答以初来时偶一寄之，今已十五年无消息矣，来时有昆弟五人，今不知存否也。察其神情，亦殊落落，盖几视同隔世事矣。

记者曰，使士泰不遇黑田清隆，终其身为佣保耳。即使珠累寸积，买数亩之田，又何以自表见于乡里间哉？苟多收十斛麦，且不免为里胥之鱼肉，安望有今日之荣名耶？士泰幼不读书，未闻爱国之义，其感激日本之恩遇，甘心为之国民，固其所也。独惜吾国农夫，其朴勤如士泰者，奚啻亿万？使得贤长官以日本之法提倡而奖励之，其所开拓岂止区区一北海道哉？奈何独使许士泰以上农称于日本也。故诠次其事以告有劝农之责者。

十九日(8月11日) 晴。午前齿痛。夜雷雨，连日酷暑今夜忽变为清凉世界。

《中国近现代稀见史料丛刊》已出书目

第一辑

莫友芝日记
汪荣宝日记
翁曾翰日记
邓华熙日记
贺葆真日记
徐兆玮杂著七种
白雨斋诗话
俞樾函札辑证
清民两代金石书画史
扶桑十旬记(外三种)

第二辑

翁斌孙日记
张佩纶日记
吴兔床日记
赵元成日记(外一种)
1934—1935中缅边界调查日记
十八国游历日记
潘德舆家书与日记(外四种)
翁同爵家书系年考
张祥河奏折
爱日精庐文稿
沈信卿先生文集
联语粹编
近代珍稀集句诗文集

第三辑

孟宪彝日记
潘道根日记
蟫庐日记(外五种)
壬癸避难日志　辛卯年日记
嘉业堂藏书日记抄
吴大澂书信四种
赵尊岳集
贺培新集
珠泉草庐师友录　珠泉草庐文录
校辑民权素诗话廿一种

第四辑

江瀚日记
英轺日记两种
胡嗣瑗日记
王振声日记
黄秉义日记
粟奉之日记
王承传日记
唐烜日记
王锺霖日记(外一种)
翁同龢家书诠释
甲午日本汉诗选录
达亭老人遗稿

第五辑

袁昶日记
吉城日记
有泰日记
额勒和布日记
孟心史日记·吴慈培日记
孙毓汶日记信稿奏折（外一种）
高等考试锁闱日录
东游考察学校记
翁同书手札系年考
辜鸿铭信札辑证
郭则沄自订年谱
庚子事变史料四种（外一种）
《申报》所见晚清书院课题课案汇录
近现代“忆语”汇编

第六辑

江标日记
高心夔日记
何宗逊日记
黄尊三日记
周腾虎日记
沈锡庆日记
潘钟瑞日记
吴云函札辑释
新见近现代名贤尺牍五种
稀见淮安史料四种
杨懋建集
叶恭绰全集
孙凤云集
贺又新张度诗文集
王东培笔记二种

第七辑

豫敬日记　洗俗斋诗草
宗源瀚日记（外二种）
曹元弼日记
耆龄日记
恩光日记
徐乃昌日记
翟文选日记
袁崇霖日记
潘曾绶日记
常熟翁氏友朋书札
王振声诗文书信集
吴庆坻亲友手札
画话
《永安月刊》笔记萃编
浙江省文献展览会文献叙录
杨没累集